Zvi Jagendorf

Die fabelhaften Strudelbakers

Zvi Jagendorf

Die fabelhaften Strudelbakers

Roman

Aus dem Englischen
von Verena von Koskull

Aufbau-Verlag

Die Originalausgabe unter dem Titel
Wolfy and the Strudelbakers
erschien 2001 bei Dewi Lewis Publishing,
Stockport, Großbritannien.

ISBN 3-351-02997-7

1. Auflage 2004

Einbandgestaltung Mediabureau Di Stefano
Druck und Binden GGP Media, Pößneck
Printed in Germany

www.aufbau-verlag.de

Für Molly, Benjamin und Yael, Lea, Asaph und Nadja

1
Kalmans Reise

Er war ein toter Mann, der an einem Samstagabend des Jahres 1937 mit leeren Taschen in einer Tram durch Wien fuhr. Er trug einen altmodischen dunklen Anzug und ein weißes bis obenhin zugeknöpftes Hemd ohne Schlips. Unten im Jackenärmel steckte ein zusammengeknülltes Taschentuch. Auf seinem Kopf saß ein breitkrempiger schwarzer Hut, und ein gepflegter weißer Bart fiel ihm wie eine Serviette auf die Brust. Die schwarzen Schuhe waren geputzt, und unter dem Hosensaum blitzten weiße Socken hervor. Seine Haut war hell, fast durchsichtig, sein Körper zerbrechlich und zart, so daß er vorn am Fenster kaum die Hälfte des Sitzes einnahm. Von hinten sah er aus wie eine bemalte Pappfigur, starr und aufrecht, unbewegt in dem bewegten Gefährt, ein zweifarbiger Scherenschnitt, der sich scharf gegen die Spiegelungen, Schatten und wechselnden Lichter der vorbeiziehenden Kulisse abhob. Seine Taschen waren leer, kein Geld, keine Brieftasche und auch keine Schlüssel befanden sich darin. Er hatte weder einen Bleistift oder Füllfederhalter noch irgendwelche Notizzettel bei sich, die ihn daran erinnerten, was er einkaufen oder erledigen mußte. Nirgends kam ein Brief in irgendeiner Sprache oder ein Umschlag mit irgendeiner Adresse zum Vorschein, nicht einmal ein Schnipsel, ein Bonbon oder eine halb gerauchte Zigarette. Er führte keine Ausweise oder Papiere mit sich, auch keinen Nachweis über einen Wohnsitz irgendwo auf dieser Welt. In der rechten Hand hielt er eine mit passendem Kleingeld bezahlte Fahrkarte, und bis auf einen dünnen goldenen Ehering am Mittelfinger derselben Hand war das alles, was er bei sich hatte.

Er war tot, aber keiner bemerkte es, bis die Tram die Endstation erreichte und alle lebenden Fahrgäste ausgestiegen waren. Die Tram hielt, die Lichter gingen aus, und er saß immer noch vorn auf seinem Platz. Der Schaffner rief nach ihm, doch vergeblich. Er durchquerte den Waggon, um zu sehen, ob der Mann vielleicht schlief. Seine Augen waren geöffnet, doch er hörte den Schaffner nicht, und auch, als der ihm auf die Schulter tippte, regte er sich nicht. Er kippte einfach um wie ein Schilfrohr im Wind, ein dünnes, schwarzes, über den Sitz geknicktes Schilfrohr, in einer leeren Tram an der Endstation.

Als man den Krankenwagen rief, war bereits klar, daß er tot war, doch niemand konnte sich erklären, weshalb es nicht den geringsten Hinweis auf seine Identität gab. Offensichtlich war er kein Bettler, sondern ein anständiger Bürger, ordentlich gekleidet und sauber, mit gepflegten Fingernägeln, ein Jude aus Polen oder Mähren oder sonstwoher aus dem Osten. Solche Leute hatten Familien, ja, ganze Sippen, und Hausschlüssel. Die waren fast nie allein wie dieser hier, der mitten in der Nacht ohne einen Pfennig und nur mit einer Fahrkarte durch die Stadt fuhr. All das war sehr merkwürdig.

Mit einer Nummer versehen, wartete Kalman Gold im hallenden Leichenschauhaus darauf, daß seine Söhne und Töchter ihn vermißten. Jeden Samstagnachmittag, wenn das Wetter es zuließ, hatte er die Wohnung seiner Tochter verlassen und sich zu Fuß auf den fast einstündigen Weg zu Sadigora Rebbe gemacht, um zusammen mit seinen Freunden aus Kindertagen den Sabbat ausklingen zu lassen. Wie ein gefiederter schwarzer Pfeil, der auf sein Ziel zufliegt, war er durch den Verkehr, den Lärm, die Farben und das Gewühl der großen Stadt gelaufen. Wien tobte, bot ein buntes Durcheinander aus Mauerwerk und Laub, Reklameschildern und Schaufenstern, Flaggen und Wimpeln dar, doch ließ er sich durch den Trubel der Metropole nicht beirren. Er kannte seinen Weg.

War er erst einmal in dem dunklen Zimmer mit dem wuchtigen Tisch, dem Geruch von Kerzenruß und alten Büchern angekommen, rückte Wien in weite Ferne. Nicht, daß er Wien nicht mochte – ganz im Gegenteil, er liebte die Stadt –, doch dieses Zimmer war seine Wiege und erlaubte ihm die Illusion, daß die Zeit behutsam und langsam verging, sich im Kreis drehte und die guten Dinge bewahrte, anstatt sie aus dem Gleichgewicht zu bringen und zu Staub zu zermahlen. Das Verstreichen des Tages, der langsam in Abend und Nacht überging, erfüllte ihn mit einer Ruhe, die er sich nicht zu erklären vermochte und für ein Echo aus seiner Kindheit hielt, eine ferne Erinnerung an ähnliche Stunden, die er am gleichen Tag vor einem halben Jahrhundert weit weg im Osten in einem ähnlichen Raum verbracht hatte.

Spätabends wollte er den Nachhauseweg durch das elektrische Lichtgewitter der Stadt nicht noch einmal zu Fuß zurücklegen. Doch das war auch nicht nötig, denn der Sabbat war vorüber. Also ließ er sich von einem der Söhne des Rebbe das stets genau abgezählte Fahrgeld geben, und nachdem er sich von dem alten Herrn verabschiedet hatte, kehrte er dem Osten und seiner Kindheit den Rücken und machte sich auf den Weg nach Wien und in die Arme seines Todes.

Kalman Gold war also ein Toter auf Reisen. Er hatte heimfahren wollen, doch nun war er ein Reisender ohne Ziel. Kaum setzte sein Herzschlag aus, reiste er nur noch um des Reisens willen , wie ein Materieteilchen im Weltall, eines mit Hut und schwarzem Anzug. Besitzt ein Materieteilchen eine Aufenthaltsgenehmigung? Verfügt es über eine Adresse? Oder über eine Persönlichkeit? Wer weiß.

Kalman Golds Identität offenbarte sich in der Leere seiner Taschen, die vom Reichtum seines Glaubens und dem merkwürdigen Umstand zeugte, ihn hier in dieser christlichen Stadt zu praktizieren. Daß er keinen Schlüssel bei sich trug, war äußerst aufschlußreich, doch konnten sich weder

der Schaffner noch die Besatzung des Krankenwagens einen Reim darauf machen, genauso wie Kalman nie verstanden hatte, daß es sich bei einer Hostie um den wahren Leib Christi handeln sollte.

Wolfy Helfgotts Mutter war von der Geschichte ihres Onkels Kalman tief beeindruckt, und selbst als sie bereits nach England geflohen waren und unter den deutschen Luftangriffen nächtelang in Londoner Luftschutzbunkern hockten, besprach sie mit Wolfys Vater flüsternd jede Einzelheit. Während alle gebannt den Detonationen und den Pfiffen der Luftschutzwärter lauschten, schien sie aus Kalmans würdevoller, stiller Fahrt durch Wien Hoffnung zu schöpfen. Auch auf Wolfy, der damals noch ein kleiner Junge war und sich alte Männer, die allein in Londoner Bussen oder Straßenbahnen unterwegs waren, von nun an ganz genau ansah, machte sie großen Eindruck.

Niemand war in Wien geblieben. Die Familie hatte sich auf London und Tel Aviv verteilt. Wolfy war hier in London, zusammen mit seiner Mutter und seinem Vater, Onkel Mendl, Tantie Rosa und Bernhard, seinem Cousin. Sie alle waren unglücklich, denn sie waren Flüchtlinge. Manche hielten sie sogar für Spione, doch eigentlich glichen sie eher Waisenkindern.

Es wäre übertrieben zu sagen, daß der tote Reisende Kalman den Jungen Wolfy Helfgott und später den Erwachsenen Will Halfgo nicht mehr losließ. Wolfy hatte andere Sorgen, und Will tat alles, um zu vergessen. Doch an manchen Tagen im Herbst, wenn Wolfy schulfrei hatte und durch die geschäftigen, lauten Straßen Londons schlenderte, beschwor der heimliche Gegensatz zwischen seinem Ferienspaziergang und dem Leben um ihn herum den Geist Kalmans herauf, der zielstrebig und mit schlenkernden Armen durch Wien lief, um dann als toter Mann mit leeren Taschen und einer Fahrkarte in der Hand zurückzufahren.

Er war das erste von Wolfys zahlreichen Gespenstern, und auch das greifbarste, denn es existierte lediglich in der Erzählung seiner Mutter und besaß über seine einzigartige Reise hinaus keinerlei Eigenleben. Dem Tod selbst maß Wolfy keine allzu große Bedeutung bei. Vielmehr faszinierte ihn das Bild der hellbeleuchteten Tram, die durch die Stadt fuhr, mit dem Kopf des Toten wie ein ausgestanztes Blechspielzeug im Fenster.

Will Halfgos Verhältnis zu Kalman war weniger unbeschwert. In Krisenzeiten träumte er von ihm, Träume von vergeblichen Versuchen einzugreifen, von bruchstückhaften oder unverständlichen Botschaften. Er stand an der Straßenbahnhaltestelle und klopfte gegen das Fenster, um Kalman zu wecken. Er war der Schaffner und wußte, wo Kalman aussteigen mußte. Immer wieder rief er die Haltestelle aus, doch ohne Erfolg. Jedesmal, wenn Will einen Job an den Nagel hängte, eine Stadt oder eine Frau verließ, erschien ihm Kalman als der wahre, der schwereloseste Reisende überhaupt und begleitete ihn durch seine Träume. Will wußte, daß er mit seiner Vorstellung von Kalman falschlag, denn Kalmans Schwerelosigkeit war das genaue Gegenteil von seiner eigenen. Kein Gepäck zu haben war für Will die notwendige Voraussetzung zur Flucht, Kalmans leere Taschen dagegen waren Anker, die ihn festhielten und bis zum Schluß an seinen Straßenbahnsitz fesselten.

Trotzdem brauchte Will Kalman, ebenso wie Wolfy ihn brauchte, denn er war ein faßbares Gespenst, eine Figur aus einer Geschichte. Will konnte an ihn denken, ohne daß er Geisterstimmen hörte oder sich Abgründe vor ihm auftaten. Dank Kalman konnte er sich Wien als faszinierende Stadt voller verlockender Geheimnisse und betörender Schatten und zugleich als Stadtplan, als Grundriß vorstellen, über den ein schwarzer Pfeil dahinschoß, der einzig seiner Flugbahn folgte. Aus den Erzählungen seiner Mutter schloß er, daß

Kalman alles andere als ein Flüchtling gewesen war. Schon möglich, daß er vor irgend etwas hatte fliehen müssen, als er aus dem Osten nach Wien gekommen war, aber auf seiner letzten Reise, dem Spaziergang und der Rückfahrt, war er durchaus nicht auf der Flucht gewesen. Er hatte keinerlei Ausweise oder Dokumente voller Nummern in den Taschen gehabt, keine Genehmigungen oder Mahnungen. Er trug keine Habseligkeiten bei sich. Seine Route war dieselbe wie seit Jahren schon und verlief entlang gewohnter Marksteine. Vor allem wußte er, was ihn erwartete, das dunkle Zimmer mit dem Geruch von Kerzenruß, die Gesellschaft alter Herren, die hellerleuchtete Tram und der Rhythmus des Haltens und Fahrens, bis zum letzten Halt.

Ein beispielhafter Tod, dachte Will. Um selbst ein Reisender mit leeren Taschen zu werden, beschloß er als erstes, ein paar Kreditkarten zu kündigen und seine Adreßbücher auszumisten.

2
»Flichtlinge«

Sie alle waren *Flichtlinge*. Chaim war einer und Frida, obwohl sie eigentlich eher krank als ein *Flichtling* war. Mendl war auf jeden Fall einer. Er war ein schreckhafter *Flichtling*, der immer mit dem Schlimmsten rechnete, wie etwa damit, auf einem Schiff für feindliche Ausländer nach Australien verschickt zu werden. Rosa war ein guter *Flichtling*, denn sie hatte die Broschüre der LONDONER FLÜCHTLINGS-KOMMISSION gelesen und wußte, was zu tun und zu lassen war, zum Beispiel, daß man auf der Straße keinesfalls laut Deutsch sprechen durfte. Angenommen, du fährst Bus, und Chaim sitzt oben und raucht; wenn der Bus hält, kannst du dich nicht einfach unten an die Treppe stellen und hinaufrufen: *»Chaim, wir steigen aus.«* Dafür gibt es zwei Gründe: Erstens sind Namen wie *Chaim* bei den Engländern nicht sonderlich beliebt, sie tun ihnen in den Ohren weh, und zweitens ertragen sie es nicht, wenn man in ihrem Land auf einmal Deutsch spricht. Was soll man denn auch anderes erwarten, mitten im Krieg? Rosa wußte auch, daß die Bibelmission in der Commercial Road Decken ausgab, aber man mußte sich vorsehen, denn sie taten es für Jesus. Die beiden Jungen Wolfy und Bernhard waren ohnehin noch zu klein, um zu wissen, was sie waren. Sie wußten allerdings, daß sie in Panik aufgebrochen und in Züge gestiegen und tausendmal hochgehoben und wieder abgesetzt worden waren. Dann war's auf ein Schiff gegangen, und plötzlich waren sie woanders, an einem Ort, an dem ihre Eltern *Flichtlinge* und manchmal auch *Flichtlingspack* genannt wurden.

Männliche *Flichtlinge* wurden in Lager gesteckt, damit die

Polizei sie beobachten und feststellen konnte, ob sie deutsche Spione waren oder nicht. Es gab Nazis, die sich als *Flichtlinge* ausgaben, das wußte jeder, und Winston Churchill hatte befohlen, sie ausfindig zu machen. Aber nicht einmal der dämlichste Polizist konnte Mendl und Chaim für deutsche Spione halten. Sie hatten wirklich rein gar nichts Geheimdienstliches an sich und waren derart unfähig, etwas zu verstecken, daß der Inhalt der Freßpakete, die ihre Frauen ihnen schickten, bereits zur Hälfte verschwunden war, bevor sie überhaupt einen Bissen davon gegessen hatten. Mendl zu verhören muß für die Beamten eine Qual gewesen sein, denn waren die einfachsten Fragen erst einmal abgehakt, war Mendl nicht in der Lage, in irgendeiner Sprache zu kommunizieren.

Verhörender Beamter(in Deutsch): Herr Gold, haben Sie jemals mit den Kommunisten oder den Nazis symphatisiert?

Mendl(in seiner eigenen Sprache): You like black bread *oder* white?

Chaim war anders. Er konnte über alles reden, das aber sehr vage, als würde er einer Musik in seinem Kopf lauschen und sich weder darauf noch auf das konzentrieren, was er gerade sagte. Doch da saßen sie nun, in einem Küstenstädtchen in Kent, und wurden zusammen mit ein paar tausend anderen *Flichtlingen* verhört, während ihre Frauen und Kinder in irgendwelchen Londoner Mietwohnungen darauf warteten, daß etwas passierte.

Chaim machte das nicht besonders viel aus. Bevor er aus Wien geflohen war, hatte sein Vater für seinen unschuldigen, gutaussehenden Jüngsten ein Testament verfaßt. Nach ein paar Ratschlägen zur Behandlung von Hämorrhoiden hatte der Alte ihm geschrieben, daß nichts schiefgehen könne, solange er koscher blieb, dreimal am Tag betete und anständigen Umgang pflegte. Chaim waren diese Weisheiten nützlicher als seinem alten Herrn, der in Dachau erfror. Für das

Flüchtlingslager in Kent waren sie zumindest recht brauchbar. Man konnte vegetarisch essen, es wurde viel gebetet, und obwohl es den einen oder anderen Dieb oder Spion gab, wimmelte es nur so von ehrlichen Intellektuellen, die über jedes nur denkbare Thema Vorträge hielten. Chaim lernte dort eine ganze Menge und besuchte sogar Kurse über große jüdische Komponisten, über Religion, Hygiene und vegetarischen Humanismus. Mendl hingegen war weniger glücklich. Er hatte für Vorträge nichts übrig und war überzeugt, daß er außerhalb des Lagers nie Arbeit finden würde. Doch irgend jemand erzählte ihm, daß er, hätten die Briten erst einmal befunden, daß er kein feindlicher Ausländer sei, in das Pionierkorps eintreten könne. Das war eine Militäreinheit, in der Flüchtlinge wie Mendl Gräben aushoben und Säcke von A nach B trugen. Dort wurden sie verpflegt, lernten ein paar Brocken Englisch und trugen britische Uniformen. Sie konnten sogar Geld an ihre Frauen schicken.

Die Spätsommertage vergingen für Mendl sehr langsam. Das pampige Lageressen schmeckte ihm nicht, und die Bücher in der Bibliothek konnte er nicht lesen, nicht einmal die auf Deutsch. Er hätte sich gerne Bilder von fremden Ländern und Tieren oder von Sportlern angesehen, aber statt dessen gab es nur seltsame Bände über Geschichte oder Religion, Broschüren über das Britische Parlament und Fibeln zum Englischlernen. Chaim las Zeitung und besuchte Konversationsklassen, um sein Englisch zu verbessern. In seiner Freizeit übte er sich im Schreiben von Bewerbungen: »Lieber hochverehrter Herr, ich suche einen Platz in Ihrer Arbeit.« Mendl hörte, wie alle um ihn herum über Arbeit redeten und eifrig Englisch lernten, und fühlte sich nutzlos und erschöpft. Bisher hatte er nur für seinen Vater auf dem Holzplatz gearbeitet und es genossen, zwischen den Stapeln von Baumstämmen umherzulaufen und den frischen Harzgeruch einzuatmen. Er hatte sich schon in einem weißen Vorstandskittel gesehen, aber was Geldangelegenheiten betraf, traute Nissan Gold ihm einfach nichts zu, und so hatte Mendl auf dem Hof seine Runden gedreht und den Arbeitern nachspioniert, die sich heimlich über ihn lustig machten und ihn *der kleine Momo* nannten. Verzweifelt schrieb er Rosa, daß er sich entschlossen habe, als Freiwilliger in die Armee einzutreten, sollten sie ihn nehmen.

Als Rosa den Brief las, brach sie in Panik aus. Schon sah sie sich mit dem Kind allein gelassen und mußte unwillkürlich daran denken, daß Mendls Mutter von Anfang an gegen die Heirat gewesen war. Sie war ein armes, unansehnliches Mädchen gewesen, das noch nicht einmal eine Karotte schälen konnte. Ein Mädchen, dessen Vater ständig an Nervenzusammenbrüchen litt und das zu nichts in der Lage war, nicht einmal zum Nähen. Um ihretwillen hatte Mendl, das ewige Muttersöhnchen, sich sogar gegen die eigene Mutter gestellt. Er hatte bitterlich geweint und gesagt, daß er Rosa mehr als alles in der Welt liebe, obwohl Tanzen eigentlich das Einzige war, was sie wirklich gut miteinander konnten. Er war ein wunderbarer Tänzer, sie tanzten einfach alles – Foxtrotts, Quicksteps, Walzer – und gewannen sogar Preise. Sie waren ein seltsames Paar: Er glatzköpfig, dunkel und klein, sie dagegen dünn, blaß und vogelartig. Doch auf der Tanzfläche waren sie einfach hinreißend. Und nun würde er zur Armee gehen und für immer verschwinden.

Also rief Rosa beim Flüchtlingskomitee an, ließ das Kind bei Frida, ging aus dem Haus und fragte einen Polizisten nach dem Weg zum Bahnhof. Im Gegensatz zur Wiener Polizei, die nichts als ein Haufen übler Nazis war, zeigten sich die Londoner Polizisten freundlich und wußten, wie schwer es die *Flichtlinge* hatten. Und so bekam Rosa die Auskunft, die sie brauchte, und stieg in den Zug, der sie zu Mendl bringen sollte.

Vom Bahnhof aus hätte sie noch ein ganzes Stück zu Fuß

gehen müssen, aber zum Glück hatte jemand Mitleid mit ihr, nahm sie im Auto mit und setzte sie vor den Toren des Lagers ab, das früher einmal ein Ferienheim gewesen war. In dem schäbigen Büro saß eine säuerlich dreinblickende Frau hinter einem mit Aktendeckeln überhäuften Schreibtisch. Sie machte nicht den Eindruck, als spräche sie außer Englisch noch irgendeine andere Sprache.

Getrieben vom Mut der Verzweiflung fiel Rosa gleich mit der Tür ins Haus: »Ich suche meinen Mann. Er heißt Max Gold und ist aus Wien.«

Die Frau war nicht gerade freundlich. Sie schien sich für Rosa und ihr Anliegen nicht im geringsten zu interessieren.

»Kann ich bitte mal Ihre Papiere sehen?« war alles, was sie sagte.

Nervös wühlte Rosa in ihrer Tasche, und ihre Nase verschwand dabei fast in dem weißen Lederbeutel. Auf der irrwitzigen Flucht aus Wien war die Tasche bei den Grenzkontrollen mehrmals von Nazipfoten vergewaltigt worden. Doch so sehr sich Rosa auch bemühte, die Ausweispapiere und Zettel ordentlich hineinzupacken, es herrschte immer eine heillose Unordnung darin. Da waren Listen von silbernen Messern, Gabeln und Kerzenleuchtern, die sie einer Speditionsfirma anvertraut hatte, wohlwissend, daß die Sachen niemals abgeschickt werden würden. Es gab Fotos ihrer zurückgelassenen Eltern. Aufgehobene Zug- und Schiffsfahrkarten für den Fall, daß man irgendeinem Polizisten irgend etwas nachweisen mußte. Auf Papierschnipsel gekritzelte Adressen. Ein paar vom Sohn des Wiznitzer Rebbe gesegnete Glückspfennige. Und natürlich die britischen Papiere, die Rosa Gold dazu berechtigten, in Begleitung eines Kindes in das Vereinigte Königreich einzureisen und im Hause von Oberst Josiah Wedgwood als Hausangestellte zu arbeiten.

»Sie sind Österreicherin«, sagte die Frau ohne ersichtlichen Grund.

»Oh, ja«, sagte Rosa mit einem unerklärlichen Anflug von Stolz, »aus Wien.«

Die Frau blieb völlig ungerührt. Rosa hätte genausogut sagen können, sie sei aus Grimsby.

»Waren Sie schon mal in Wien?« fragte Rosa zaghaft.

»Noch nie.«

»Es ist schön da«, sagte Rosa, »wunderschön.«

Die Frau ging eine Namensliste durch.

»Sie dürfen das Lager nicht betreten, aber ich kann Ihrem Mann einen Passierschein ausstellen, dann können Sie mit ihm ein Weilchen rausgehen. Haben Sie verstanden?«

Rosa wurde in ein Wartezimmer gebracht, in dem sich der Geruch von Desinfektionsmittel mit dem Duft von frisch gemähtem Gras mischte, der durch die Fenster hereinwehte. Sie betrachtete die Poster an der Wand, die für Ferienaufenthalte in verschiedenen Teilen Englands warben. Die Männer und Frauen darauf hatten freundliche, offene Gesichter. Sie gingen wandern, spielten Tennis und badeten. Rosa wußte, daß sie sich mit diesen Leuten gut verstehen würde, auch wenn die zunächst bestimmt nichts für sie übrig hätten. In Wien hatte sie Tennisstunden genommen und konnte hier sicher wieder damit anfangen, sollte sie einmal genug Geld für ein weißes Röckchen, eine Bluse und einen Schläger haben. Auf diese Weise würde sie auch hervorragend Englisch lernen, ganz ohne Bücher und an der frischen Luft.

Als Mendl hereinkam, lösten sich all ihre schönen Träume in Luft auf, und sie brach in Tränen aus. Er sah aus wie ein Lumpensammler. Zuerst umarmte er sie noch ein wenig linkisch, als hätte er Angst, sie könnte vielleicht zerbrechen, aber dann zog er sie zärtlich an sich heran und wisperte ihr sein weiches *»Liebele«* ins Ohr. Er roch nach muffigem Bettzeug.

Flüsternd, damit keiner daran Anstoß nehmen konnte, fingen sie an, sich auf Deutsch zu unterhalten. Rosa warf

Mendl vor, daß er sie und das Kind wohl im Stich lassen wolle. Wie sollte sie in so einer großen, fremden Stadt, in der sie außer dem *Flichtlingsbüro* und ein paar Missionaren niemanden hatte, bloß über die Runden kommen! Am besten suchte er sich eine Arbeit, wäre Bernhard ein guter Vater und ihr ein guter Ehemann. Sie kannte *Flichtlinge*, die etwas Eigenes auf die Beine stellten. Das war kein Ding der Unmöglichkeit. Mendl hörte betreten zu und schwieg. Die Vorstellung, für jemand anderen als seinen Vater zu arbeiten, war einfach grauenhaft. Arbeit war für ihn immer eine Art Spiel gewesen, verkleidet im weißen Kittel hatte er beim Auf- und Abladen zugesehen, ein Schwätzchen mit den Kunden gehalten, und die Stunden waren fast wie im Flug vergangen. Nun würde er Dinge tun müssen, die ihm irgendein Fremder in einer fremden Sprache befahl, ohne eine Mutter in der Nähe, bei der er sich beklagen konnte, wenn jemand gemein zu ihm gewesen war. Bei der Armee konnte er zumindest in der Masse khakifarbener Uniformen untertauchen und das tun, was alle anderen auch taten. Das war einigermaßen tröstlich.

Die Frau aus dem Büro kam ins Wartezimmer zurück.

»Mr. und Mrs. Gold.«

Verschreckt schauten sie auf. Mendl war zum feindlichen Ausländer erklärt worden und sollte auf einem Seelenverkäufer voller Gauner und Nazispione nach Australien verschifft werden.

»Sie müssen nicht hierbleiben, wenn Sie nicht wollen. Ich kann Ihnen einen Passierschein geben, und Sie können den Bus nehmen und einen Stadtbummel am Wasser entlang machen. Haben Sie verstanden?«

Sie trug noch immer ihre grimmige Beamtenmiene zur Schau, aber ihre Stimme klang auf einmal wärmer. Vielleicht hatte sie plötzlich Mitleid mit dem seltsamen, hilflosen Paar, mit der Frau im flattrigen Sommerkleid und dem Mann in seinen formlosen, für das warme Wetter viel zu dicken Sachen.

»Haben Sie vielen Dank«, sagte Rosa, »wir fahren in die Stadt.«

Mendl verließ das Lager nur ungern. Wenn die anderen für ein paar Stunden einen Passierschein bekamen, drückte er sich mit Bauchweh oder Fußschmerzen. Er hatte Angst. Er hatte Angst, sich zu verlaufen und von der Polizei aufgegriffen zu werden, und auch vor den Gerüchen in diesem fremden Land hatte er Angst, vor den Markständen voller Schalentiere, und selbst die Blumen rochen seltsam und unangenehm. Trotzdem folgte er Rosa zur Bushaltestelle und versuchte, bei der Vorstellung, daß die Leute ihn argwöhnisch und sogar verärgert musterten, nicht in Panik zu geraten. Einige im Lager behaupteten, daß die Briten diesen Krieg eigentlich gar nicht wollten und nur wegen Ausländern wie Mendl und den ganzen anderen *Flichtlingen* hineingezogen worden waren. Andere sagten, daß England für den Frieden kämpfe und das auch immer getan habe. Mendl wollte nicht der Grund für einen Krieg sein. Er begriff einfach nicht, warum ihm der englische Diplomat in Wien in letzer Minute einen Zettel in die Hand gedrückt hatte und er deshalb jetzt hier war. Er hatte niemanden bestochen. Er hatte keine Klinken geputzt oder gebettelt oder gejammert. Er hatte einfach nur vor einer Unzahl von Bürotüren gewartet und sich von einer Liste auf die nächste setzen lassen, bis er endlich an der Reihe gewesen war.

Er war mit dem Zettel nach Hause gekommen und hatte eine völlig in Tränen aufgelöste Rosa vorgefunden. Ihre Eltern hatten beschlossen, nach Polen zu gehen, obwohl die Mutter kaum laufen konnte.

»Mutti wird ihren Enkel nie mehr wiedersehen«, sagte sie nur und merkte gar nicht, daß der Zettel in Mendls Hand ihnen das Leben gerettet hatte.

Verlegen spürte er ihre warme Haut durch das dünne Kleid, als er neben ihr im Bus saß. Er hatte vergessen, wie sich ein Frauenkörper anfühlte, und es nicht sonderlich vermißt. Die Männer in seiner Baracke waren schon älter und redeten nicht über Frauen – nur über Ehefrauen, aber dann nie *so*. Rosas spitze Hüfte erinnerte ihn an die ersten Monate ihrer Ehe, als er befürchtete, seine Heftigkeit würde ihr alle Knochen brechen, und sie ihn mit rauhen Worten angefeuert hatte. Das war eines der wenigen Dinge, die er seiner Mutter nicht erzählt hatte.

Rosa schwatzte weiter vor sich hin, über das Zimmer in London und den Park in der Nähe, in dem sie mit dem Kleinen spazierenging. Sie war fest entschlossen, die Stadt so darzustellen, als gäbe sie *Flichtlingen* die Chance, von ihren Wunden zu genesen. Mendl sah nur einen dichten Häuserwald vor sich, öde Straßenzüge, Fabrikschornsteine, die sich in langen Reihen gegen einen bleiernen Himmel abhoben, eine herzlose Stadt, in der er mutterseelenallein war.

»Woran denkst du?« fragte sie.

»Wer gibt mir Arbeit?«

»Es gibt Stellen. Das *Flichtlingsbüro* hat Listen. Du mußt sie dir anschauen und mit Leuten reden.«

Rosa blickte sich nervös um, die *Flichtlingsbroschüre* war sehr strikt, was Deutschsprechen in Bussen anbelangte, und obgleich sich die wenigen Fahrgäste nicht im geringsten um sie zu kümmern schienen, fühlte sie sich unwohl.

»Laß uns ein bißchen Englisch reden«, sagte sie. Mendl legte seine Hand auf ihr Knie.

»Do you love me?« flüsterte sie ihm ins Ohr.

Er drückte ihr Knie.

»You lonely for me?«

»*Sehr* lonely«, sagte Mendl, und Schweißperlen glitzerten auf seiner Stirn.

Sie legte ihm den Kopf auf die Schulter, und eingelullt vom

schweren Rumpeln des Busses, erreichten sie die kleine Küstenstadt.

Rosa war aufgeregt wie ein Schulmädchen auf einem Ausflug. Sie hakte Mendl unter und stellte sich vor, den herrschaftlichen Boulevard von Karlsbad entlangzuflanieren. Witternd atmete sie die Gerüche der Hauptstraße ein: Fisch, Schokolade, Sägespäne, Benzin, Tabak, Zuckerstangen. Sie mischten sich mit der salzigen Brise und erfüllten sie mit einem berauschenden, überschwenglichen Gefühl von Freiheit. Hier würde ihr keiner etwas tun. Sie konnte auf einer Bank sitzen, in einen Laden gehen, essen, wo sie wollte, und niemand würde ihr Fragen stellen. Sie lief beschwingt, summte vor sich hin und betrachtete ihr Spiegelbild in den Schaufenstern. Sie fand sich hübsch, wenngleich ihr Kleid auch ein wenig ungewöhnlich war. Sie war genauso schick wie ein englisches Mädchen, soviel stand fest, und sie bemerkte, wie die Männer hinter ihr hersahen und ihr aus Hauseingängen und vorbeifahrenden Bussen freche Blicke zuwarfen. Sie wußten, daß sie nicht von hier war, und benahmen sich deshalb neugieriger und unverfrorener als bei englischen Mädchen. Rosa klammerte sich fest an Mendls Arm, doch der schien mit seinen Gedanken ganz woanders zu sein. Er ging zögerlich, als wüßte er nicht genau, ob er tatsächlich einen Fuß vor den anderen setzen konnte. Es war, als würde er auf einer schmalen Brücke über einen reißenden Strom balancieren. Wenn sie ihn ablenkte, würde er womöglich hinunterfallen.

Am Ende der Hauptstraße kamen sie ans Ufer, eine schmucke kleine Promenade mit bunten Buden und Lädchen, und dahinter lagen der steinige Strand und die bleigraue See.

»Riech mal, die Luft, Mendl«, sagte sie, »du mußt sie ganz tief einatmen.«

Er stand da, blickte aufs Wasser und seufzte. Lachend

versuchte sie, ihn aufzuheitern, doch er war ganz in sich selbst versunken.

»Was ist los?«

»Wir haben alles verloren.«

»Dann fangen wir eben von vorne an. Der Junge wird ein Engländer.«

»Hier hassen sie uns, genau wie überall sonst auch.«

»Warum haben sie uns dann aufgenommen, wenn sie uns so hassen?«

Er schwieg.

»Um Christen aus uns zu machen.«

Rosa lachte und schob ihre Hand unter Mendls Hemd.

»Was für einen Christen sollen sie aus dir denn schon machen, Mendl, du bist als Kind beschnitten worden, und damit hat sich's.«

Sie schmiegte sich enger an ihn. Jeder hätte sie jetzt für irgendein Liebespaar am Strand halten können, vielleicht sogar für ein heimliches Liebespaar, das vor einem langweiligen Ehemann und einer freudlosen Ehefrau geflohen war, um an einem Ort, an dem niemand sie kannte, ein paar gemeinsame Stunden zu verbringen. Er beugte sich zu ihr hinunter und knabberte an ihrem Ohr. Er war wie ein weiches, kuscheliges, pflanzenfressendes Tier.

»Komm, wir setzen uns irgendwo hin, in ein Café«, sagte Rosa und dachte an Marienbad und an die kleinen Kurorte in den Wiener Bergen.

Zum ersten Mal mußte Mendl lachen.

»Was denn für Cafés, hier gibt's keine Cafés. Kein einziges. Nur Pubs, in denen sich die Leute betrinken.«

»Zu Hause haben wir uns mit Wein betrunken, weißt du noch?«

»Das war was anderes.«

Sie nahm seine Hand, und sie wanderten die steile Straße zur Klippe hinauf. Rosa konnte sich ob der hübschen kleinen

Häuschen und der bunten Blumenkästen gar nicht wieder beruhigen. Als sie eine Katze im Fenster sitzen sah, blieb sie stehen und zischelte »Mitzi, Mitzi«. Schon sah Mendl Türen aufgehen und garstige alte Damen herauskommen, die sie fortjagten und ihnen nachriefen, gefälligst draußen zu bleiben: »Keep out.« *KIPAUT* hatte er im Lager schon oft gehört. Es war ein *Flichtlingswitz* über die Engländer und darüber, wie ungern sie Ausländer hereinließen. »Kipaut, *Flichtlinge*«. »Kipaut the krauts, Kipaut the garlic.« Doch nirgends tauchte ein Gesicht hinter den Fenstern auf, und die Katzen blieben völlig ungerührt.

»Laß uns da reingehen«, rief Rosa und zeigte auf die schmutzigbraune Tür des »Prince of Wales«.

»Aber das ist doch ein Pub«, sagte Mendl, »das ist nichts für uns.«

»Warum denn nicht? Wir haben doch genug Geld. Wovor hast du denn Angst, vor einem *Verboten*-Schild?«

Sie zerrte ihn zu der schweren Tür mit den geschliffenen Glasluken und dem glänzenden Türknauf.

»Siehst du, da steht FREIER EINTRITT. Das heißt, daß alle da hinein dürfen, sogar *Flichtlinge*.«

Sie lachte und zog ihn noch fester am Arm.

»Sogar *Drecksflichtlinge*, die ein bißchen Kleingeld in der Tasche haben. Na, komm schon, Mendl, was haben wir denn zu verlieren?«

Er ließ sich in das dunkle Lokal zerren, und sofort schlug ihm der vertraute, schale Geruch von biergetränkten Holztischen und Dielen entgegen, den die stickige Dunkelheit in der Gaststube noch durchdringender erscheinen ließ. Mendls jugendliche Trinkereien hatten sich meist im Freien bei Musik und lautem Stimmengewirr abgespielt. Dieser Raum dagegen schien der Treffpunkt einer üblen Sekte zu sein, die sich um einen braunen Altar versammelte, um Blut zu saufen.

Hinter der Theke stand ein kräftiger, rotgesichtiger Mann und starrte sie an.

»How do you do«, sagte Rosa.

»Schöner Tag heute«, antwortete er.

Mendl wollte die Flucht ergreifen, aber Rosa hielt ihn fest an der Hand wie einen bockigen Schuljungen. Sie manövrierte ihn an einen Tisch, drückte ihn auf den Stuhl und ging zur Bar hinüber. Er starrte gebannt hinter ihr her. In ihrem leichten Kleid und den weißen Sandalen sah sie mädchenhaft und zerbrechlich aus. Sie wirkte wie aus dünnem Papier, doch dahinter verbarg sich eine ihm unbegreifliche, wilde Entschlossenheit.

»Haben Sie gute Biere?«

Der kräftige Mann grinste. »Aus den besten Brauereien der Gegend.«

Rosa schien zu zögern, dann hob sie zwei Finger.

»Zwei Biere bitte, für mich und meinen Mann.« Sie wandte sich um und lächelte Mendl stolz zu.

»Welches soll's denn sein?«

Rosa blinzelte zu den Flaschen im Regal hinauf. Alle Sorten, die ihr einfielen, waren Deutsch und durften nicht genannt werden. Pilsener fiel ihr noch ein, das war tschechisch. Aber unter den Tschechen gab es Nazis, also war auch das riskant.

Der Mann bemerkte ihre Ratlosigkeit und beschloß, zu helfen.

»Wie wär's mit einem Pint Bitter?«

Rosa zögerte nicht. Sie sah zu Mendl hinüber.

»Für dich ein Bitter?«

Mendl war kreidebleich. Er sah aus, als würde er gleich in Ohnmacht fallen.

»Zweimal Bitter, vielen Dank.«

Mit angehaltenem Atem balancierte Rosa die randvollen Gläser an den Tisch. Mendl griff sich eines und stürzte den halben Inhalt mit einer jähen Kopfbewegung hinunter. Er verzog das Gesicht.

»Warm wie Suppe.«

Es schien dennoch nicht ohne Wirkung zu bleiben. Mendl wurde lebhafter und fing an, über das Lager zu sprechen, vor allem über die beiden Männer, die als Spione entlarvt worden waren, aber den Jungen erwähnte er mit keinem Wort.

»Bernhard vermißt dich«, sagte sie.

»Woher willst du das wissen?«

»Er hat Schwierigkeiten beim Einschlafen und wacht nachts oft auf. Er ist es nicht gewöhnt, ohne seinen Vater zu sein.«

Mendl war erstaunt. Er sah sich selbst nie als Vater. Er war Nissan Golds jüngster Sohn, der die Verantwortung für das Kind stets an ein Kindermädchen abgab, und lediglich zu gesellschaftlichen Anläßen, wenn der Junge von den Freunden und der Familie bestaunt wurde, den Vater mimte. Bernhard war Frauenbesitz, von Rosa, dem Kindermädchen, den Großmüttern. Mendl war lediglich ein Lückenfüller. Was der Kleine brauchte, ob er Schmerzen hatte oder weinte, war anderer Leute Sache.

»Erinnerst du dich noch an den Jungen?«

Rosas Stimme hatte einen scharfen Unterton. Sie kramte in ihrer Handtasche und holte ein Etui mit Photos hervor.

»Da, ist das dein Sohn?« Sie schob Mendl ein Bild unter die Nase. »Erinnerst du dich noch an ihn?«

Es war ein Photo aus Wien. Bernhard trug Lederhosen und ein gerüschtes Hemdchen und saß auf einem Tisch. Ein speckiges Beinchen hing über die Tischkante, das andere lag ordentlich angewinkelt unter seinem Hinterteil. Rosa hatte darauf bestanden, sein blondes Haar zu einer kunstvoll geschwungenen Locke zu drapieren, an der sein rundes Puppengesicht baumelte.

Verdutzt betrachtete Mendl das Photo in seinen Händen.

Hier war also ein kleiner Junge, der auf dem besten Weg war, ein *Flichtling* zu werden; er lächelte den Nazi-Photographen an und hielt es für vollkommen selbstverständlich, daß man ihn nur mit Zärtlichkeiten, Küssen und Lob überschüttete. »Idiot, Idiot«, stieß Mendl hervor, ohne wirklich zu wissen, was er sagte.

»Was soll das heißen, Idiot?« fragte Rosa.

Er antwortete nicht, murmelte in sich hinein und richtete seine ganze Wut und Enttäuschung gegen das Photo.

»Ist dieses Baby schuld daran, daß es Hitler gibt?« sagte Rosa und riß ihm das Bild aus der Hand. »Bin ich schuld, weil ich das Kind bekommen habe? Bist du ein Idiot, weil du mich geheiratet hast?«

Sie war rot geworden, und ihre Hände flatterten im Zickzack über den kleinen Tisch mit den Biergläsern. Speicheltröpfchen hingen an ihren Lippen, und ihr spitzes Kinn näherte sich drohend seinem Gesicht. Genauso hatte sie in Wien ausgesehen, als sie versucht hatte, sich die Pulsadern aufzuschneiden, weil ihre Eltern nicht in die Hochzeit einwilligen wollten. Er wußte noch, wie er sie, »Ich liebe dich« schreiend, auf das Sofa gezerrt und das Dienstmädchen gerufen hatte, das fast in Ohnmacht gefallen war, weil es kein Blut sehen konnte.

Mendl legte seine Hand auf Rosas Wange. Sie war heiß und feucht. Rosa tat ihm leid, und er spürte ihre Unsicherheit und Angst fast ebenso deutlich wie seine eigene. Wie sollten sie hier denn jemals als Mann und Frau, als Vater und Mutter leben, wo sie doch nichts als *Flichtlinge* waren, menschliche Bündel, die man wie Frachtgut bis ans Ende der Welt verschicken konnte, wenn irgendein Polizist sie auf eine Liste setzte?

Ein heftiger Schlag fuhr ihm übers Ohr. Sie trommelte mit den Fäusten auf ihn ein, schlug ihn noch einmal mit der flachen Hand ins Gesicht und schrie »Idiot, Idiot, Idiot«.

Mendl hielt sich schützend die Hände über den Kopf und preßte die Stirn auf die Tischplatte. Er war ganz benebelt vom Alkohol, und der Geruch von Holz und Bier verursachte Übelkeit. Die schrille Stimme, die Ohrfeigen und der widerliche Geruch hielten ihn gefangen. Die britische Polizei, Rosa und der Junge sperrten ihn ein. Er wollte zurück zu seiner Mutter. Nur sie konnte seine Wut und die unartikulierten Worte verstehen, die in seiner Kehle aufstiegen.

»Ihr habt wohl ein bißchen Ärger, was?«

Der massige Mann war hinter der Bar hervorgetreten und baute sich vor ihnen auf wie ein Totengräber, der zufrieden sein Werk betrachtet.

»Das ist die Hitze, da drehen alle ein bißchen durch.«

Über sein rosiges Doppelkinn hinweg sah er auf sie herab.

»War das nicht Deutsch, was ihr da geredet habt?«

»Ja, wir sind *Flichtlinge* und lernen bald Englisch.«

»Ihr seid im Ferienlager, oder?«

»Mein Mann ist im Lager. Aber er kommt raus.«

Mendls Kopf lag noch immer auf dem Tisch. Er sah aus wie bei seiner eigenen Hinrichtung, den Kopf auf dem Block, wartete er nur auf das Fallbeil. Rosas Stimme schien von weit weg zu kommen. Sie war nicht mehr schrill wie eben noch. Sie redete Englisch mit einem Engländer, so wie es sich ihrer Meinung nach gehörte. Er hob den Kopf und sah den Mann an. Die Konturen waren ein wenig unscharf, doch die Augen über dem Doppelkinn waren erschreckend blau und eisig. Sie warfen ihm vor, seine Frau und sein Kind zu vernachlässigen. Mendl zuckte zusammen, als bekäme er gleich eine Ohrfeige verpaßt. Dann machte er zu seiner eigenen Verblüffung den Mund auf.

»Mine Frau speaks gut English.«

»Margaret«, rief der Mann in Richtung Bar, »Margaret.«

Eine junge Frau erschien in der Tür.

»Margaret, ruf die Polizei.«

Rosa hob die Stimme.

»Nicht die Polizei. Wir haben eine Genehmigung. Wir gehen zurück. Jetzt.«

Sie stand auf und machte Mendl ein Zeichen, ihr zu folgen.

»Wir trinken, wir gehen.«

Der Mann packte sie bei den Schultern und drückte sie zurück auf den Stuhl.

»Nix gehen. Hier warten. Polizist kommen, ihr mitgehen.«

Rosa wühlte in ihrer Tasche. Sie konnte die Genehmigung, die ihr die Frau gegeben hatte, nicht finden. Statt dessen kam die gesamte Unordnung zum Vorschein, alle achtundsiebzig Zettel, die sie vor weiß Gott was bewahren sollten. Wie ein halbfertiges Puzzle lagen sie auf dem Tisch verstreut.

Rosa wedelte mit einem Stück Papier.

»Kennen Sie Oberst Wedgwood?«

Der Mann schwieg.

»Er ist ein guter Mann. Er uns hergebracht.«

»Margaret«, schrie der Mann, »hast du sie gerufen?«

»Sind gleich da.«

Mendl fing an zu singen. Bevor er wußte, wie ihm geschah, fing er an zu singen. Er hatte seit Jahren nicht gesungen, nicht einmal zum Gebet. Er pfiff lieber, doch weil sein Vater das für vulgär hielt, hatte er sich das abgewöhnt. Jetzt aber, da ihm das ungewohnte Bier zu Kopf gestiegen war, sah Mendl dem Wirt in die kalten Augen und fing an, ein wehmütiges Lied von Wien zu singen:

Wien, Wien nur du allein
Sollst stets die Stadt meiner Träume sein
Tra la la lala la la

Ihm fiel der Text nicht mehr ein, aber die Melodie erfüllte ihn mit Sehnsucht nach den schweren dunklen Möbeln seines

Elternhauses, nach dem Klang der Türglocke und dem Geruch von Zimt und Kaffee. Rosa trat ihm unter dem Tisch gegen das Schienbein, aber er konnte einfach nicht aufhören. Er sang und ruderte dabei mit den Armen, während Rosa ihn vergeblich anzischte.

Der Wirt blieb vollkommen ungerührt.

»Was ist das, die Nationalhymne?«

»Viel Bier«, sagte Rosa und tippte sich an den Kopf. »Hier ist es.«

Endlich fand sie den Zettel, den ihr die Frau im Lager gegeben hatte. Sie hielt ihn dem Mann unter die Nase, doch der würdigte ihn keines Blickes. Statt dessen griff er nach der Brieftasche mit den Familienphotos. Das runde, dünnbärtige Gesicht ihres Vaters starrte ihn unter einem schwarzen Homburger hervor mit wirren Augen an. Jakob Mandel, darf ich vorstellen: Engländer aus Pub. Vielleicht hilft er dir ja und findet dich, egal wo du gerade bist, und holt dich mit Mutti hierher.

»Sieht verängstigt aus«, sagte er. »Wer ist das, dein Vater?«

»Mein Vater ist in Polen *Flichtling*«, sagte sie, »und meine Mutter.«

»Und wenn der Krieg vorbei ist, trefft ihr euch alle in Jerusalem wieder.«

»Pardon?«

Er warf das Photo auf den Haufen zurück und murmelte etwas in sich hinein. Er hatte etwas Gefährliches an sich, etwas Wütendes und Höhnisches, das Rosa fast körperliche Schmerzen bereitete. Gib ihm Geld, dachte sie, das ist alles, was er will. Aber sie hatte keines, bestimmt nicht genug, um ihn zu bestechen, und es war ziemlich unwahrscheinlich, daß er sich für gesegnete Münzen interessierte. Mendl hatte den Kopf auf die Arme gelegt und schien zu schlafen. Grinsend und schnaufend langte der Wirt nach ihrer Brust und kniff hinein. Rosa trat ihm mit Wucht gegen das Schienbein, er fluchte, ließ aber nicht los. Statt dessen drückte er noch fester zu, und in seinen tiefliegenden Augen zuckten blaue Blitze.

Als Mendl in die Wirklichkeit zurückkehrte, stand Rosa da und biß dem Mann in die Hand, der erneut nach Margaret rief. Wie durch einen Schleier sah er, wie ein Polizist den dunklen Schankraum betrat und sich bedrohlich vor ihnen aufbaute. Sein weißes, vom dunklen Helm und der Uniform umrahmtes Gesicht glich einem erleuchteten Fenster. Rosa deutete auf den Wirt und rief etwas, aber der lachte nur und winkte ab. Rosa zeigte auch auf Mendl und wedelte mit der Genehmigung aus dem Lager.

»Max Gold.«

Als Mendl seinen Namen hörte, versuchte er aufzustehen und warf dabei den Tisch um. Rosas Tasche und der gesamte Zettelwust landeten zwischen Bierlachen und Glassplittern auf dem Boden. Er sank auf die Knie, um alles wieder aufzusammeln, und schnitt sich in den Finger. Das Blut rann die Hand hinab und tropfte auf den Boden. Er starrte es an, als liefe ihm das Blut eines Fremden über den faltigen Handteller.

»Sind Sie Max Gold?«

Mendl hatte den Blick auf den großen schwarzen Polizeistiefel vor seiner Nase geheftet. Er konnte sich gerade noch zurückhalten, seine blutige Hand an der Hose darüber abzuwischen, und richtete sich mühsam auf.

»Max Gold«, sagte er und streckte linkisch seine Hand aus. Der Polizist schüttelte sie nicht. Nun war Rosa auf den Knien, klaubte ihre Papierschnipsel zusammen und stopfte sie in die Tasche.

»Der Wirt hier sagt, Sie hätten die Ruhe gestört.«

Mendl starrte leer auf die Polizeimarke. Rosa zupfte an seiner Hose.

»Hast du die Wiznitzer-Münzen gesehen?« flüsterte sie, damit keiner hörte, daß sie Deutsch sprach.

Mendl zuckte mit den Achseln und wischte sich das Blut am Hemd ab. Rosa stand auf und fing an, unter den anderen Tischen nachzusehen.

»Was suchen Sie denn?« fragte der Polizist.

»Pennies.« Rosa rang nach Worten. »Pennies von heilige Mann. Glück. *Gebencht.*« Das jiddische Wort war ihr einfach so herausgerutscht, und sie wurde rot.

Alle blickten suchend auf dem rissigen Holzboden umher. Rosa entdeckte zwar das Stück Papier, in das sie eingewikkelt gewesen waren, doch von den Münzen fehlte jede Spur. Womöglich waren sie in die Ritzen zwischen den Dielen gerollt.

»Da ist was«, sagte der Polizist. Er war auf allen vieren, das Gesicht dicht am Boden, und spähte in einen Spalt.

»Hast du mal 'nen Löffel da?«

Der Wirt verschwand hinter dem Tresen und kam mit einem Löffel zurück, der sich jedoch als zu kurz erwies. Also brachte er einen zweiten, und leise vor sich hin murmelnd, redete der Polizist sich und dem Geldstück gut zu und stocherte geduldig in der Ritze herum. Alle sahen gebannt zu, wie er die Münze beinahe zu fassen bekam.

»Ich bräuchte eine Pinzette«, sage er zu Rosa.

Dieses Wort tauchte in keiner der ihr bekannten *Flichtlingsvokabellisten* auf.

»Was?«

»Eine Pinzette«, sagte der Mann, der ihr noch vor wenigen Minuten in den Busen gekniffen hatte.

»Das ist das Ding, mit dem man sich die Härchen aus der Nase holt.« Er machte eine zupfende Bewegung mit Daumen und Zeigefinger. Sie verstand nicht.

»Sie haben doch sicher eine in ihrer Tasche.« Er zeigte auf den weißen Lederbeutel. »Lippenstift, Puder, Pinzette.« Es sah lächerlich aus, wie er mit übertriebenen Grimassen so tat, als schminkte er sein breites, teigiges Gesicht.

Endlich wußte Rosa, was er meinte, und kramte ihr Schminktäschchen hervor. Neben einer Nagelfeile und einer kleinen Schere steckte die gesuchte Pinzette. Sie reichte sie dem Wirt, der nun Kopf an Kopf mit dem Polizisten am Boden kniete und das Geldstück behutsam vom Löffel angelte.

Rosa griff danach, und ihre Augen füllten sich mit Tränen. Jedesmal, wenn sie auf ihrer Flucht aus Österreich angehalten worden waren, hatte sie die Wiznitzer-Münzen klingeln lassen. Es war ein Glücksklingeln im Takt ihrer Lieblingsmelodie, klickklickKLICKklack, ein Münzentango. Sie war sich ganz sicher, daß es sie beschützt hatte, zusammen mit dem Segen des heiligen Mannes. Zwar war ihr jetzt nur eine Münze geblieben, aber das machte nichts, denn inzwischen befanden sie sich ja in Sicherheit.

Der Polizist war aufgestanden und wandte sich zum Gehen. Rosa hakte Mendl unter und zog ihn zur Tür. Er war ein bißchen wackelig auf den Beinen, aber das legte sich, als sie langsam den Hügel hinunter Richtung Hauptstraße und Wasser gingen. Die Steilküste fiel schroff zur Brandung ab. Wie eine feindliche Division rollte die grüne See heran, doch die unerschütterliche englische Küste ließ sich nicht von ihr bezwingen. Gierig sog Rosa die salzige Luft ein und machte die eins, zwei, drei Atemübungen, die sie in der Schule gelernt hatte. Durch das blutige Taschentuch hindurch drückte Mendl ihre Hand, und sie verschränkten die Finger. Die Genehmigung steckte in Rosas Tasche, ihre Faust barg sicher die Münze. Mit schweren, bedächtigen Schritten ging der Polizist vor ihnen her. In der *Flichtlingsbroschüre* stand, daß man vor Polizisten keine Angst haben mußte, man konnte sie alles fragen, sollte aber nicht vergessen, sie mit »Officer« anzureden.

»Officer«, sagte sie zu dem breiten uniformierten Rücken »haben Sie in Englisch Pennies von heilige Mann?«

»Da bin ich überfragt, Madam«, antwortete er und marschierte weiter.

Rosa streichelte das Geldstück. So lange es in ihrem Besitz war, würde es ihnen beistehen und dafür sorgen, daß sie zusammenblieben. Und wenn sie ein zweites bräuchte, damit ihr Klingeln Glück verhieß, würde auch ein englischer Penny genügen.

3
Herrlich ist die Sortierarbeit

Wolfy Helfgott sagte es.

Der Bischof von Lichfield stattete der St. George's-Church-of-England-Grundschule in Oakengates, Shropshire, einen Besuch ab, und Wolfy wußte, was er sagen mußte, als der Bischhof fragte: »Warum, liebe Kinder, legte die Mutter unseres Herrn Jesus ihr kleines Baby in eine Krippe?«

Wolfy hob die Hand.

»Weil sie ausgebombt waren.«

Alle Blicke richteten sich auf Wolfy, den Neuling aus London. Er war eines der evakuierten Kinder, die mit ihren Familien wegen der Luftangriffe in das Dorf gekommen waren. Aber eigentlich war er gar nicht aus London. Er kam irgendwo anders her.

Der Bischof von Lichfield war von Wolfys Antwort begeistert.

»Richtig, ausgebombt. Maria und Josef ging es genauso wie unseren ausgebombten Familien. Sie mußten irgendwo unterkommen. Sie hatten kein Zuhause. Und wie heißt du, mein Junge?«

»Wolfy.«

»Na, Wolfy, das war eine sehr gute Antwort. Seht ihr, Kinder, Wolfy ist selbst ausgebombt worden und kennt die Weihnachtsgeschichte, als wäre es seine eigene.«

Der Bischof kam zu Wolfy herüber und schenkte ihm ein wunderschönes Bildchen, das Maria und das Kind und ein paar musizierende Engel und die Tiere in Bethlehem zeigte. Das war sein Preis.

Er konnte es gar nicht abwarten, ihn seiner Mutter zu

zeigen. Sie wohnten bei Mr. Palmer, einem alten Bergarbeiter, der verwitwet war und eine Tochter hatte. Als Wolfy aus der Schule nach Hause kam, stand seine Mutter am Fenster. Sie stand oft dort, und jedesmal hielt er nach den etwas verschwommenen Konturen ihres runden, blassen Gesichtes hinter der Fensterscheibe Ausschau. Es war ziemlich kalt, und weil er den ganzen Weg gerannt war, stürmte er mit glühenden Wangen durch die Tür.

»Was ist denn das?« fragte seine Mutter.

»Mein Preis.«

Sie schwieg, streckte das Bildchen weit von sich und kniff prüfend die Augen zusammen.

»Das haben sie *dir* gegeben?«

»Ja, mir, mir.« Wolfy war ganz aufgeregt, weil seine Mutter ihm nicht glauben wollte.

»Wofür?«

»Weil ich gewußt habe, daß Jesus ausgebombt war.« Er trommelte mit den Fäusten gegen ihre Knie. Manchmal war sie derart langsam und schwer von Begriff, daß man meinte, sie bekäme überhaupt nichts mit. Als ob sie schlafwandelte.

»Tatnjo«, sie faßte sich an die Brust. Dieses Wort verhieß nichts Gutes, das wußte er. Es hatte etwas mit seinem Vater zu tun. Als sie Wolfys Enttäuschung sah, gab sie ihm einen Kuß.

»Und nur du hast den Preis bekommen?«

»Nein, andere auch, aber ich war der erste.«

Wieder betrachtete sie das Bildchen. Er wurde aus ihrem dunklen, unergründlichen Blick einfach nicht schlau, und obwohl sie die Lippen bewegte, hörte er keinen Laut. Sie schien in dem grellbunten Bild nach irgendeiner Lösung zu suchen, nach irgend etwas, das herausspringen und ihr alles erklären würde.

»Sie singen Weihnachtslieder, schau, die machen Musik. Das sind Engel.«

Hastig drehte sie das Bildchen um und zog ihn an sich. Er konnte ihren Herzschlag spüren.

»Du bist mein Engel.« Sie roch nach gewaschener Wolle und Mottenkugeln, dem Geruch aus den Koffern.

Wolfys Vater arbeitete in der Munitionsfabrik im Tal. Die Arbeit war hart, er brachte endlose Stunden damit zu, in einem lärmerfüllten Hangar Metall zu sortieren; doch es machte ihm Spaß, und er war beliebt bei den jungen Mädchen, die den Großteil der Belegschaft stellten. Keiner konnte den Namen Chaim Helfgott aussprechen, und deshalb nannten sie ihn Mr. Harry oder Mr. Harry Halfgo. Mr. Harry hatte blaue Augen, ein rundes Kindergesicht und dunkles, lockiges Haar, das über der Stirn störrisch zu Berge stand und wie Stahlwolle in die Höhe wuchs. Er war charmant, redete die Mädchen mit »my lady« an und sprach wunderbar Englisch, obwohl er erst seit kurzem im Land war. Wenn die Mädchen Geburtstag hatten, dachte er sich sogar Verse aus. Im Moment war er damit beschäftigt, ein Gedicht für die LIEDER-FÜR-DEN-SIEG-Weihnachtsfeier zu verfassen. Die Fabriksleitung hatte aus diesem Anlaß um Songs und Sketche gebeten, doch die Idee fand zunächst nur wenig Anklang, und deshalb wurde ein Preis für den besten Vorschlag ausgeschrieben. Mehrere Abende lang saß Wolfys Vater nach dem Abendbrot am Tisch und kritzelte eifrig ein Blatt nach dem anderen voll, strich das Geschriebene wieder durch oder knüllte sogar alles zusammen und schleuderte es mit vor Verzweiflung geröteten Wangen in die Ecke.

Keiner wagte es, ihn zu stören. Wolfys Mutter saß ihm gegenüber und nähte Hemdknöpfe an oder stopfte Socken. Sie arbeitete mit quälender Langsamkeit, blinzelte gen Faden, hielt immer wieder inne, hob horchend den Kopf und starrte auf die geschlossenen Fenstervorhänge. Doch außer dem lautlos fallenden Schnee und dem böigen Rauschen des Windes war nichts zu hören. In Oakengates gab es keine

Luftangriffe, und ihr Vater würde sie nicht besuchen kommen und mit dem Jungen spielen. Er war weit weg. Genauso weit weg wie Chaim, der über sein Papier gebeugt dasaß und zum Takt seiner Verse auf die Tischplatte trommelte. Hin und wieder stieß er die Blätter erbittert von sich, rief *»geht nischt, Mutter«* und kippelte so heftig mit dem Stuhl, daß sie Angst hatte, er würde umfallen und den unter ihnen wohnenden Mr. Palmer wecken. Doch auch wenn er seine Grübelei unterbrach, saß er nicht wirklich bei ihr an dem Tisch mit der trüben Lampe und dem Wäschehäufchen. Hinter seinen blauen Augen drehten sich die Reime wild im Kreis, und unter dem buschigen Haarschopf blieb kein Platz für andere Gedanken. Auch wenn er sie ansah, trommelten seine Finger in die Luft.

Wenn Wolfy gegessen hatte und ihm vom Essen und dem prasselnden Kaminfeuer wohlig warm geworden war, kniete er sich auf den Stuhl vors Fenster und wartete auf seinen Vater. Stundenlang konnte er so dahocken, den Scheinwerfern des kleinen Busses entgegensehen, der den Hügel hinaufkroch und an der Straßenecke hielt, und die großen Kinder beim Schlittenfahren beobachten. Schreiend und johlend schossen sie den St. George's-Hügel hinunter. Wolfy war dazu noch zu klein, aber dafür konnte er über eine zugefrorene Pfütze auf dem Schulhof schlittern. Die anderen Kinder warteten nur darauf, daß er hinfiel, doch er übte wie besessen, und wenn sie ihn schubsten, weinte er nicht und erzählte seiner Mutter auch nichts davon.

Sein Vater kam immer sehr hungrig nach Hause. Er nahm sich gerade mal ein Sandwich mit zur Arbeit, und wenn er heimkam, war er ganz blind vor Hunger. Er sah Wolfy nicht, und er sah Frida nicht, er sah nur das Brot auf dem Tisch, von dem er sich gierig ein Stück abriß, Salz darüber streute, in eine Zwiebel biß und eifrig darauf herumkaute, bis ihm die Augen fast aus dem Kopf quollen. Aber niemals war er so schrecklich hungrig, daß er vergaß, sich die Hände zu waschen und *Hamojze* zu sagen. Es bestand lediglich aus ein paar dahingemurmelten hebräischen Wörtern, zu denen er sich bereits das Brot in den Mund schob, doch sie mußten gesagt werden, bevor er zubiß, denn sonst hätte er das Versprechen gebrochen, das er seinem Vater gemacht hatte.

Wolfy wartete ab, bis der Vater seinen quälenden Hunger gestillt hatte. Es fiel ihm schwer, ruhig auf seinem Stuhl zu sitzen und zuzusehen, wie er die Suppe so hastig in sich hinein löffelte, daß man meinte, es ginge nicht mit rechten Dingen zu. Die Suppe verschwand, und der Teller sah hinterher so sauber und gewaschen aus, als wäre nicht der winzigste Klecks darin gewesen.

Doch als sein Vater endlich seufzend den Teller zurückschob, konnte Wolfy nicht länger warten. Er berührte seinen Arm. »Ich hab in der Schule einen Preis bekommen.«

»Einen Preis, jetzt schon, na, das ist ja schön. Wofür denn?«

Wolfy zögerte.

»Für die Weihnachtsgeschichte.«

Die strahlendblauen Augen richteten sich unversehens auf seine Mutter, die zaghaft zu lächeln versuchte und dabei kaum merklich ihre Mundwinkel verzog.

»Weißt du etwas davon?«

»Ja«, sagte sie, »Wolfy ist heute mit einem Preis aus der Schule heimgekommen.« Sie versuchte, Wolfy zu helfen. »Er hat ein paar Fragen beantwortet.« Sie sagte nicht, welche.

»Du kennst die Weihnachtsgeschichte?« Sein Vater sah ihn forschend an.

»Ja, ich weiß, wie die geht und daß sie ausgebombt waren.«

»Wer?«

»Jesusmariajosefunddietiere«, sprudelte es aus Wolfy heraus.

Sein Vater schlug mit der flachen Hand auf den Tisch, doch

er sagte nichts. Seine Mutter ging zum Herd, um den nächsten Gang aufzutun.

»Und was für einen Preis haben sie dir gegeben?«

Seine Mutter klapperte mit den Töpfen. Wolfy wühlte zwischen den Socken und Hemden, unter denen die Mutter seine Trophäe hatte verschwinden lassen, und zog das Bildchen vom Bischof hervor. Sein Vater schnappte danach, warf einen flüchtigen Blick darauf und drehte es dann so geschwind um, daß es sich in Luft aufzulösen schien. Im nächsten Augenblick lag es auf dem Tisch neben dem Messer, doch als Wolfy danach greifen wollte, legte sein Vater blitzschnell die Hand darauf.

»Ich will mein Bild. Ich will mein Bild. Ich will mein Bild.«

Sein Vater schlug ihm so heftig aufs Handgelenk, daß der harte Ehering über seine Haut schürfte. Weinend lief Wolfy zu seiner Mutter und verbarg das Gesicht in ihrem Rock. Sie hob ihn hoch und setzte sich wieder an den Tisch, um seinem Vater beim Essen Gesellschaft zu leisten. Doch der rührte die heißen Nudeln mit Käse nicht an. Er starrte auf die Rückseite des Bildchens, als wäre es ein aufgesperrter Krokodilsrachen.

»Warum tust du das? Der Junge kann doch nichts dafür«, sagte sie.

»Hast du denen in der Schule denn nichts gesagt? Hast du es ihnen nicht gesagt?«

Mit der Schürze wischte sie Wolfy die Tränen von den Wangen.

»Scht, scht, Liebling, scht. Ich hab's ihnen gesagt, aber sie glauben eben nicht, daß wir so anders sind.«

»Er weiß, wer Jesusmariajosef ist, und bald wird er wohl auch noch wissen, wie man niederkniet und sich bekreuzigt.«

Er schnaubte mehrmals und räusperte sich laut, um zu zeigen, daß er ernsthaft wütend war, doch der Nudeldampf war allzu verführerisch. Eine Sekunde später hatte er sich tief über den Teller gebeugt, und die Nudeln waren das Einzige auf der Welt, was wirklich zählte. Mit dem geschmeidigen salzigen Teig auf der Zunge und dem weichen Käse zwischen den Zähnen konnte ihm noch nicht einmal Jesus etwas anhaben. Schweigend und versonnen schaute sie ihm zu. Er fuhrwerkte derart verbissen auf dem Teller herum, als ringe er in einem Netz aus Nudeln um sein Leben und könne sich nur daraus retten, wenn er es verschlang. Sie aß nur wenig, und obwohl ihr sein Heißhunger angst machte, erfüllte er sie auch mit Verachtung. Sie war neidisch auf seine Gesundheit, und deshalb servierte sie ihm das Essen so ungnädig, als wollte sie sagen: Das hat eine sterbende Frau für dich gekocht, iß.

Wolfy war müde. Das Weinen hatte ihn erschöpft, und obwohl es noch früh war, wäre er am liebsten sofort ins Bett gegangen. Sein Vater holte den Waschbottich unter dem Spülbecken hervor und machte ihm das Badewasser heiß.

Das Bildchen lag noch immer auf dem Tisch, doch inzwischen hatte sein Vater es vergessen oder tat zumindest so, denn er kitzelte Wolfy beim Ausziehen und rieb seine kratzigen Bartstoppeln an seinem nackten Bauch. Es tut mir leid, Wolfy, wollte er damit sagen. Wollen wir uns wieder vertragen und nicht mehr an den Bischof und seinen Preis denken. Dann rubbelte er Wolfy trocken, steckte ihn in seinen molligen Schlafanzug und ließ ihn vor dem Einschlafen noch sein Gutenachtgebet sprechen:

SH'MA YISRAÉL ADOINOI ELOHÉNU ADOINOI ECHOD
GUTENACHT MAMA GUTENACHT PAPA
GUTENACHT OMAMA GUTENACHT OPAPA
GUTENACHT TANTE SOPHIE
GUTENACHT ONKEL LEO

Jeden Abend sagte Wolfy den Eltern und Geschwistern seiner Mutter in Palästina gute Nacht. Er kannte deren Gesichter nur von den Photos in ihrem Geldbeutel, hatte sich aber jedes einzelne genau einprägen müssen. Den Eltern seines Vaters sagte er nie gute Nacht, denn die waren schon tot und ihre Photos sehr alt und ausgeblichen, und seinen Geschwistern ebensowenig, denn sein Vater hatte ihn nie darum gebeten. OPAPAOMAMASOPHIELEO war der Reigen, den er aufsagte, bevor das Licht gelöscht wurde, und er verschmolz mit ADOINOI, was soviel wie Gott bedeutete, der auch in Palästina lebte, aber einen überall hören konnte, und der wollte, daß man artig war und das Licht nicht am *Schabbes* anmachte.

Wenn er mit seinem Gebet fertig war, küßten ihn die Eltern, seine Mutter auf die Stirn, sein Vater auf die Wange, und normalerweise schlief er noch währenddessen ein. Doch nicht so heute nacht.

Er hörte, wie sie nebenan miteinander redeten, sie flüsterten, um ihn nicht aufzuwecken, aber man konnte sie trotzdem verstehen. Sein Vater fauchte fast und sagte immer wieder ein Wort, das Wolfy nicht kannte: *»getauft, getauft«*.

Die Stimme seiner Mutter war sanfter und leiser. Es schien, als wollte sie ihn beruhigen und seine aufbrausende Wut dämpfen. Es klang wie eine Unterhaltung zwischen einer gurrenden Taube und einer Dampfmaschine, und die Dampfmaschine keuchte immer hektischer und wurde immer schneller, bis auch Wolfys Herz rasend zu pochen anfing. Das Gurren ging allmählich darin unter wie die Stimme eines Ertrinkenden. Plötzlich hörte Wolfy einen Krach. Er sprang aus dem Bett, spähte durch den Riß in der Tür und sah seinen Vater, der über das Feuer gebeugt war und sich an etwas zu schaffen machte. Wolfy stieß die Tür auf und stürzte zum Kamin, um ihn zurückzuhalten und seine Trophäe zu retten. Die blaugoldenen Engel mit ihren Instrumenten lagen flackernd auf den glühenden Kohlen, und Wolfy schrie auf, als seine Hand den brennend heißen Rost berührte.

Am nächsten Tag konnte Wolfy nicht zur Schule gehen, weil der Doktor seine verbrannte Hand untersuchen und verarzten mußte. In der Nacht hatte niemand ein Auge zugetan, und Wolfys Vater hatte die Tür beim Weggehen so heftig hinter sich zugeschlagen, daß Mr. Palmer heraufgekommen war, um zu fragen, ob alles in Ordnung sei. Obwohl sie sich kaum verständigen konnten, waren Mr. Palmer und seine Mutter immer nett zueinander, und Wolfy spielte gern mit ihm und ließ sich Geschichten von Robin Hood oder den Kobolden in seiner Diele erzählen.

»Der Junge hatte wohl 'nen Unfall, was, Mrs. Halfgo?«

»Hat in Feuer gefaßt.«

»Na, Freundchen, was machst du denn für Sachen?«

Wolfy wußte, daß niemand etwas davon erfahren durfte, also starrte er auf den Verband, den seine Mutter ihm um die Hand gewickelt hatte, und tat sich leid.

»Jungens stecken ihre Pfoten immer überall hinein.«

Mr. Palmer machte ein schmatzendes Geräusch mit seinem Gebiß, um Wolfy zum Lachen zu bringen, und humpelte mit seinem kaputten Fuß vorsichtig wieder die Treppe hinunter. Er wußte, daß die Halfgos ausgebombt worden waren, und auch, daß sie keine Christen waren, wußte er, aber das war eigentlich schon alles. Sie hatten ihm erzählt, daß sie wegen ihres Glaubens keinen seiner Teller und Töpfe benutzen und nur von ihrem eigenen Porzellan essen durften. Juden glaubten nicht an Christus und gingen nicht zur Kirche, doch Mr. Palmer ging schließlich auch nie zur Kirche, und es war ihm schleierhaft, was ihnen am Geschirr seiner verstorbenen Frau nicht paßte. Aber schließlich waren sie nicht nur Juden, sondern dazu noch Ausländer, die noch andere seltsame Angewohnheiten hatten, wie samstags nicht das Licht anzumachen oder Tee ohne Milch zu trinken, und deshalb durfte man sich über nichts mehr wundern.

Wolfy vermißte seine Trophäe. Er mußte den ganzen Tag zu Hause bleiben, weil ihm die Hand weh tat, die eingesalbt und dick mit Verband umwickelt werden mußte.

»Wie ist er denn bloß mit den Fingern auf den Rost gekommen?« fragte der Doktor.

Wolfy sah seiner Mutter genau ins Gesicht, damit er sie beim Lügen beobachten konnte.

»Er hat getan Kohle auf das Feuer und fällt hin.«

Ihre Augen glänzten vor Anspannung, ihr ganzes Gesicht wirkte plötzlich blasser und runder, und ihre Lippen sahen aus wie ein dünner roter Buntstiftstrich. Glücklicherweise stellte der Doktor ihm keine Fragen, sondern erkundigte sich lediglich, wo es weh tat, und so mußte Wolfy nicht lügen. Doch kaum waren sie wieder daheim, mußte er wieder an sein Bildchen denken, und so stocherte er in der Asche herum, um nachzusehen, ob vielleicht doch noch etwas davon übrig war. Aber keine Spur mehr von den Engeln, dem Kind, einfach alles war weg. Als sie in London ausgebombt worden waren, hatte das Haus gegenüber so lichterloh gebrannt, daß alle Menschen, die von den Luftschutzwärtern aus den Kellern geholt wurden, im Feuerschein hell erstrahlten. Sie mußten auf Lastwagen klettern, und seine Mutter war gestürzt, als sie auf das Trittbrett steigen wollte. Ein Mann hatte ihr aufgeholfen und gesagt: »Vorsicht, Missis.« Seine Mutter hatte sich bedankt. Wolfy hatte sie gefragt, was mit den Sachen im Haus geschehen würde, und sie hatte geantwortet, daß sie am nächsten Morgen, wenn das Feuer gelöscht sei, wiederkommen und sie holen würden, doch dann waren sie nie wieder zurückgekehrt.

Wie sie ihn so um den Ofen streichen sah, bekam seine Mutter Mitleid mit ihm, und um ihn auf andere Gedanken zu bringen, schickte sie ihn zu Mr. Palmer hinunter. Wie gewöhnlich saß Mr. Palmer in seinem Sessel und rauchte Pfeife.

Anders als Wolfys Vater trug er im Haus nie einen Hut und auch kein Hemd mit Kragen. Wolfy setzte sich neben ihn auf einen Hocker, und eine Weile hörten sie der Sendung *Whistle While You Work* im Radio zu. Anders als die karg möblierte Helfgott-Wohnung war Mr. Palmers Wohnzimmer bis oben hin vollgestopft. An den Wänden hingen Bilder, Zierteller und allerlei Nippes, den Mrs. Palmer als junges Mädchen gebastelt hatte. Auf dem Kaminsims standen ein paar Postkarten mit Bäumen und Schnee und dem Weihnachtsmann und Sternen und Engeln darauf. Als Wolfy sie sich anschauen wollte, sagte Mr. Palmer: »Nur zu, mein Junge, hier gibt's keine Geheimnisse«, doch Wolfy berührte sie so vorsichtig, als seien sie aus Glas. Er stand auf einem Stuhl und stierte auf die verschneiten Landschaften, die Wälder und anheimelnden Häuschen, aber das Jesuskind und Maria konnte er nirgendwo entdecken.

»Wo ist denn die Familie mit dem kleinen Kind und den Tieren?« fragte er.

»Das sind nur ganz normale Weihnachtskarten aus dem Laden«, sagte der alte Mann.

Wolfy hätte Mr. Palmer gern von seinem Heiligenbild erzählt, doch er traute sich nicht, weil sein Vater bestimmt fuchsteufelswild geworden wäre.

»Darf ich eine haben?«

»Na klar, mein Junge, such dir eine aus.«

Wolfy sah sich jede der fünf Karten genau an und entschied sich schließlich für eine, auf der zwei Engel und ein paar Sternschnuppen zu sehen waren, die wie Schnee vom Nachthimmel fielen.

»Bekommst du denn auch Weihnachtsgeschenke?«

Wolfy nickte ein wenig unsicher. Du hast einen Preis gewonnen, du hast einen Preis gewonnen, begehrte eine innere Stimme immer wieder auf, und er konnte sich nicht mehr zurückhalten.

»In der Schule habe ich einen Preis für die Weihnachtsgeschichte gewonnen.«

»Ach, ja? Na, du bist mir vielleicht ein cleveres Bürschchen. Was haben sie dir denn gegeben, etwas Süßes?«

»Nein, der Bischof hat mir ein Bildchen mit Jesusmariajosef und den Tieren und Engeln drauf gegeben.«

»Und jetzt hättest du gerne noch so eine.«

Wolfy zögerte. »Ich hab meine verloren … jemand hat sie mir nach der Schule geklaut.«

»Weiß deine Mutter das?«

Wolfy schüttelte traurig den Kopf. »Nein.«

Beide dachten schweigend über das gestohlene Bild nach, und Mr. Palmers Kopf verschwand in einer grauen Pfeifenrauchwolke. Der alte Mann legte Wolfy seine Hand auf die Schulter.

»Diese Rabauken stürzen sich immer auf die Kleinen, aber du wirst schon noch lernen, dich zu wehren. Du wirst sehen, eines Tages zahlst du's ihnen heim, wart's nur ab.«

Wolfy fühlte sich getröstet. Heimzahlen konnte man also lernen, wie Buchstabieren oder Mal-Drei-Nehmen. Das konnte er lernen, aber seinen Preis würde er nie mehr wiederbekommen, und falls doch, würde er ihn niemals seinem Vater zeigen.

Die Fabriksleitung prüfte alle Einsendungen für den LIEDER-FÜR-DEN-SIEG-Wettbewerb sorgfältig und kam zu dem Schluß, daß der beste Vorschlag von Mr. Harry Halfgo aus der Sortierabteilung stammte. Das ungewöhnliche an Mr. Harrys Gedicht *»Herrlich ist die Sortierarbeit«* war, daß die Anfangsbuchstaben jeder Zeile, von oben nach unten gelesen, einen patriotischen Schlachtruf ergaben. Obwohl Mr. Harry sie mit besonders dicken Strichen hervorgehoben hatte, fiel es den meisten Mitgliedern des Komitees zunächst gar nicht auf. Hatte man sie aber erst einmal darauf hingewiesen, waren sie begeistert. Einer der Chefs wollte darin sogar eine gewisse Ähnlichkeit zum Chinesischen erkennen, und da Mr. Harry Ausländer war, war es ja immerhin möglich, daß er etwas mit China zu tun hatte. Also ließ das Komitee ihn holen, um ihn kennenzulernen und ihm die frohe Botschaft zu verkünden.

»Guten Tag, Mr. Harry, wir möchten Ihnen zu Ihrem Sieg beim LIEDER-FÜR-DEN-SIEG-Wettbewerb gratulieren. Wir alle hier finden Ihr Gedicht einfach großartig, und zudem noch äußerst geistreich.«

Verlegen und stolz stand Chaim vor ihnen in dem engen, stickigen Büro, und sogar die Stifte in der Brusttasche seines Overalls schienen sich eine Spur forscher in die Höhe zu recken.

»Ich habe mir größte Mühe gegeben, meine Herren. Ich bin sehr glücklich, in England sein zu dürfen.«

Er hätte der Diplomat einer Exilregierung aus Prag oder Budapest sein können, so europäisch wirkte er, und sein Englisch war derart melodisch, daß es einem wie ein Walzer ins Ohr ging.

»Wir würden jedoch gerne wissen, was es mit dem HELFT RUSSLAND der Anfangsbuchstaben auf sich hat. Das ist ein so origineller Einfall. Unser Mr. Beaver hier meint, das hätten Sie vielleicht aus dem Chinesischen.«

Mr. Harry zögerte. Was konnten sie denn schon vom *ASHREI* wissen, dem Psalm, den er jeden Morgen zum Gebet sang, bevor er zur Arbeit ging, und jeden Abend, wenn er wieder nach Hause kam? Wie sollte er ihnen erklären, daß Hebräische Gebete oft in dieser, laut Wörterbuch »Akrostichon« genannten Form verfaßt wurden?

»Es ist aus dem jüdischen Gebetbuch«, sagte er ein wenig beklommen und fühlte sich zum ersten Mal unsicher. »Das ist eine alte Schreibweise und auch eine Art Eselsbrücke.«

Eine Minute lang herrschte Schweigen. Der Hinweis auf

das hebräische Gebet hatte der Unterhaltung eine neue, allzu ernsthafte Wendung gegeben. Es war, als hätte Mr. Harry ihnen ein kompromittierendes Geheimnis verraten, von dem sie lieber nichts gewußt hätten. Doch schließlich schlug der Vorsitzende, Mr. Graves, vor, das Gedicht noch an diesem Nachmittag über Lautsprecher vortragen zu lassen, und auch über eine Vertonung sollte man sich Gedanken machen.

»Ihr Gedicht, Mr. Harry, könnte zu unserer Fabrikshymne werden.«

Eine Stunde später wurde der Gewinner bekanntgegeben, Mr. Harry Halfgo aus der Sortierabteilung. All seine Kollegen jubelten, einige küßten ihn sogar, und die ganze Belegschaft lauschte andächtig, als eines der Mädchen aus der Poststelle mit artigstem Stimmchen vorlas:

HERRLICH IST DIE SORTIERARBEIT
EMSIGES SCHAFFEN, JEDERZEIT
LAMELLEN, RÄDER, GETRIEBE UND SCHROTT
FORMEN DIE RÜSTUNG, DEM FEINDE ZUM TROTZ
TRIUMPH DER RUSSEN, AMERIKANER UND BRITEN
RUHMREICH WIRD DES GEGNERS SCHMACH ERSTRITTEN
UNSRE MASCHINEN, UNSRE HÄNDE
SCHMIEDEN DIE WAFFEN FÜR DES FEINDES ENDE
STÄHLERNE PANZER, KANONENROHRE
LAUT SCHALLEN UNSRE STIMMEN IM CHORE:
AUFGEWACHT, IHR BRUDERNATIONEN
NAH IST DIE HOFFNUNG, DIE NACHT IST BEZWUNGEN
DER TAG ERSTRAHLT, DER SIEG IST ERRUNGEN.

HALLELUJAH

Nach den letzten Worten stimmten die Arbeiter der Sortierabteilung ein grölendes GLORY GLORY HALLELUJAH, GLORY GLORY HALLELUJAH, GLORY GLORY HALLELUJAH, HARRY HALFGO'S MARCHING ON an, das in lautem Gelächter und dem Vorsatz endete, Mr. Harry zur Abwechslung einmal richtig abzufüllen.

An diesem Abend kam er pfeifend nach Hause. Wolfy hörte, wie er die Treppe hinaufeilte und eine Weile vor der Tür stehenblieb, als müsse er erst wieder zu Atem kommen. Dann stand er plötzlich im Zimmer, kalt von der Winterluft, seine Wangen glühten, und seine blauen Augen strahlten.

»Sie haben das, was ich gedichtet habe, über Lautsprecher vorgelesen.«

Seine Mutter schrieb gerade einen Brief und bewegte die Lippen dabei. Sie war ganz woanders, nicht hier in Oakengates, sondern in Palästina, wo ihre Mutter gerade erblindete, fern ihres Beistands und Trosts.

»Sie haben es vorgelesen, und es hat allen gefallen.«

Er berührte ihre Schulter, als wolle er sie aus ihren Träumen holen. Sie lächelte zu ihm hinauf und kam nur ganz allmählich zu sich. Er wartete auf sie.

»Siehst du, und du hattest Angst, daß sie dich auslachen würden.«

Eigentlich wollte sie ihren Brief weiterschreiben, aber er war so glücklich, daß sie aufstand und ihm aus dem Mantel half. Sie küßte ihn nicht. Dann wandte er sich Wolfy zu und ließ sich den Verband zeigen.

Wolfy zuckte nur mit den Achseln, er war wütend auf seinen Vater, der sein Bild verbrannt hatte und sich jetzt mit einer Schachtel in der Hand vor ihn hinkniete.

»Schau mal, was ich dir mitgebracht habe.«

Die Schachtel klapperte, Wolfy öffnete sie, und ein Dominospiel kam zum Vorschein.

Sein Vater hielt ihm die Wange zum Kuß hin, und Wolfy konnte die einzelnen krausen Haare erkennen und die kalte, feuchte Abendluft auf seiner Haut riechen. Mit spitzen Lippen berührte er die Wange.

»Es tut mir leid, daß ich so böse geworden bin und dein Bild verbrannt habe, Wolfy. Aber Weihnachten ist nun mal nichts für uns.«

»Aber ich hab doch die Frage richtig beantwortet.«

»Was soll er denn machen, wenn sie ihm das in der Schule beibringen? Schlafen?« sagte seine Mutter.

»Wir gehen zur Lehrerin und sagen es ihr. Sie wird schon wissen, was zu tun ist.«

Sein Vater hielt ihn noch eine Weile im Arm, dann verschwand er im Bad, und Wolfy sah seiner Mutter beim Tischdecken zu. Sie tat alles wie im Schlaf, vollkommen lautlos, als wären die Löffel, Gabeln und Teller aus Watte. Sein Vater war glücklich und erfüllt von der Arbeit gekommen, und während er sich geräuschvoll wusch und dabei mit dem Kessel klapperte, sich Seifenschaum ins Gesicht klatschte und in das Handtuch prustete, wirkte sie noch stiller als sonst, als wollte sie sagen, das ist deine gute Neuigkeit, nicht meine. In der Weihnachtsgeschichte überbrachte der Engel die frohe Botschaft, wie sein Vater, aber die Hirten waren nicht matt und kraftlos wie seine Mutter, und auch die Kälte machte ihnen nichts aus.

Beim Abendbrot bemerkte Wolfy, daß sein Vater aufrecht dasaß und sich nicht wie gewöhnlich tief über den Teller beugte. Er redete laut und machte das Mädchen nach, das sein Gedicht vorgelesen hatte. Sogar seine Mutter mußte lachen, als er mit spitzen Lippen den Text herunterflötete. Wolfy verstand nicht alles, aber auch er lachte laut, als sein Vater mit der Faust auf den Tisch schlug und vormachte, wie sie bei der Arbeit das Hallelujah gesungen hatten. Dann fiel seine Mutter mit ein, und sein Vater sang die zweite Stimme. Später, beim Geschirrspülen, hörte Wolfy seine Mutter sagen, daß er der klügste Mann sei, den sie kenne, und daß es in der Fabrik nun auch alle wüßten. Als es Zeit zum Schlafengehen war und Wolfy gebetet und allen Verwandten *gute Nacht* gewünscht hatte, vermischten sich im Halbschlaf Eisenschrott und Getriebeteile mit A*doinoi* und *Omamaopapa*, und unter seinem Kopfkissen berührte er die scharfe Kante von Mr. Palmers Weihnachtskarte, die nur etwas für Engländer war und deshalb niemandem gezeigt werden durfte.

Einmal im Monat gab es koscheres Fleisch aus Wolverhampton. Es kam mit dem Zug, und sie holten das Päckchen am Bahnhof ab. »Das ist der heutige Fang für Sie, Mrs. Halfgo«, sagte der Schaffner und überreichte ihnen das Paket. Obwohl es dick in Zeitungspapier eingewickelt und fest verschnürt war, roch es nach Blut. Manchmal kam auch gar nichts, und Wolfys Mutter meinte dann, daß es wohl gerade nicht genug Fleisch gäbe. Wenn aber welches kam, mußte sie es über einer Schüssel auf ein Brett legen und salzen, bis alles Blut herausgetropft war und eine schleimige rote Pfütze bildete. Sie machte das mit größter Sorgfalt, denn es war wichtig, daß das Fleisch ordentlich ausblutete und richtig koscher wurde. Man sah, daß sie diese Arbeit nicht gerade gern tat; sie hielt die Luft an, um das salzige Blut nicht riechen zu müssen, wenn sie es das Klo hinunterspülte. Sie sagte, daß Fleisch für einen heranwachsenden Jungen wichtig sei, und Wolfy hörte, wie sein Vater sie anhielt, so oft wie möglich Fleischbrühe zu essen, damit sie wieder stark und gesund würde. Es gab Photos von ihr aus der Zeit, als sie das erste Mal von ihrer Krankheit genesen war, die sie in einem Garten mit Bergen im Hintergrund zeigten. Sie war stolz darauf, wie sie damals ausgesehen hatte, ein wenig pausbackig und rund, mit einem hübschen Sommerkleid und Bubikopf. »Das bin ich, als ich mich im Sanatorium erhole«, sagte sie zu

Wolfy und erzählte von der vielen Butter und Sahne und der frischen Kuhmilch, die sie damals gegessen und getrunken hatte. Wenn sie »Sanatorium« sagte, sah Wolfy einen großen Park mit Teichen, schattigen Bäumen und Familien vor sich, die mit ihren kranken Verwandten picknickten, um sie aufzuheitern und ihnen Butter, Sahne und klebrige Milch einzuflößen.

»Ist dir von der Milch nicht schlecht geworden?« fragte er, und sie drohte ihm lachend mit dem Finger.

»Du weißt doch, daß man Milch trinken muß, um groß und stark zu werden.« Aber sie war überhaupt nicht stark und mußte immer wieder stehenbleiben und verschnaufen, wenn sie, vom Einkaufen oder vom Bahnhof kommend, den St. George's-Hügel hinauf nach Hause gingen.

Die LIEDER-FÜR-DEN-SIEG-Feier sollte am Samstagabend in der großen Schulaula des Nachbardorfes stattfinden. Wolfy sollte dann schon im Bett liegen, und Mr. Palmer würde zu Hause sein und auf ihn aufpassen. Sein Vater war schon den ganzen Tag über aufgeregt, weil er sein Gedicht vor versammelter Belegschaft vorlesen würde und es dann mit Klavierbegleitung gesungen werden sollte. Er wollte, daß Wolfys Mutter sich zu der Gelegenheit besonders hübsch anzog, damit sie sich als Frau des Siegers von den anderen abhob, aber sie besaß nur ein oder zwei Kleider, ein paar schlichte Röcke und gar keinen Schmuck, denn der war ihr in Wien gestohlen worden. Aber dafür wollte sie Lippenstift auflegen, was sie nur zu wirklich besonderen Anlässen tat, und Wolfys Vater zog sich ins Schlafzimmer zurück, um mit lauter Stimme sein Gedicht zu üben. Dabei räusperte er sich unaufhörlich und versuchte, sich bei den schwierigen Wörtern nicht zu verhaspeln. Je mehr Zeit verging, desto nervöser wurde er, und schließlich war er so zappelig, daß er beim Essen ein Glas umstieß und die Zeitung mit Wucht zu Boden schleuderte, so sehr war er mit seiner Geduld am Ende. Dann saß er plötzlich reglos da, die Stirn auf dem weißen Sabbathtischtuch, und horchte in sich hinein. *»Es zhimmet«*, flüsterte er auf jiddisch, *»es zhimmet«*, und Mutter nahm seinen Kopf zwischen die Hände und sang ihm leise ins Ohr, eine Art Wiegenlied, das ihn beruhigen und das *»zhimmende«* Geräusch verjagen sollte. Ungefähr zwanzigmal breitete er auf dem kleinen Tisch all die Dinge aus, die er mitnehmen mußte: sein Gedicht, einen Kamm, die Schlüssel, ein Taschentuch und ein paar Bonbons, falls es im Hals kratzte. Als es Abend wurde, ging er laut singend auf und ab, und erst als das Sabbathgebet zu Ende gesprochen war, blieb er stehen, um die von Wolfy gehaltene Kerze in Milch zu löschen. Eigentlich waren es zwei Kerzen, deren Flammen sich vereinten, und für den Duft hielt seine Mutter eine Streichholzschachtel mit zwei Zitronenbonbons in den Händen. Nachdem jeder an den Bonbons gerochen hatte und die Kerzen in der Milch gelöscht worden waren, schalteten sie das Licht wieder an, und eine neue Woche konnte beginnen.

Doch ehe es soweit war, stand Wolfy in der Dunkelheit und beschloß, es seinem Vater heimzuzahlen. Sein Vater saß gerade vornübergebeugt da, die Stirn auf der Tischplatte, und seine Mutter ruhte sich aus, da nutzte er den Moment, griff sich die Hausschlüssel und versteckte sie in einem Suppentopf unter der Spüle. Es war derartig still im Zimmer, daß er befürchtete, das Klimpern der Schlüssel könnte ihn verraten. Doch niemand hörte etwas.

Als sein Vater den Verlust bemerkte, lag Wolfy bereits im Bett.

»Wo sind die Schlüssel?«

»Hast du die denn nicht herausgelegt, damit du nichts vergißt?« sagte seine Mutter.

Er hörte das Scharren von Möbeln auf dem Fußboden. Höchstwahrscheinlich krabbelten sie suchend auf allen vieren durch das Zimmer.

»Bald kommen sie uns abholen, und ich habe meine Schlüssel nicht.«

»Vielleicht hast du sie ja in die andere Tasche getan.«

Gegenstände wurden hin und herückt, Schubladen aufgezogen und wieder zugeschoben. Dann war es still.

»Vielleicht habe ich sie bei der Arbeit liegenlassen?«

»Nein, du hast sie heute ganz sicher gehabt.«

Wolfy stellte sich vor, wie sein Vater den Kamm, das Taschentuch und das Gedicht in einem Anfall von Wahnsinn ins Feuer schleuderte. Die Worte, über denen er stundenlang gebrütet hatte, würden in Flammen aufgehen. Dann würde sein Vater weinend zusammenbrechen, seine Mutter würde ihm die Tränen trocknen, und Wolfy hätte die Schlüssel.

Unten klopfte es laut an der Tür. Für die Feier war es noch zu früh. Er hörte, wie sein Vater hinunterging. Einen Moment lang herrschte Stille, dann war von draußen ein leises Summen zu hören, das allmählich zu einem Singen anschwoll. Es waren Weihnachtslieder. Wolfy lief zum Fenster und sah zu der kleinen Gruppe hinunter, die sich vor der Tür versammelt hatte. Vor Mr. Palmer und seinem Vater stand eine kleine Schar Frauen und älterer Schulkinder mit Laternen in der Hand. Wie die Engel auf seinem Bildchen sangen sie mit süßen, hellen Stimmen »Der Heiland ist geboren«. Wolfy konnte das Gesicht seines Vaters nicht genau erkennen, nur sein Hut war zu sehen, und er überlegte, ob sein Vater wohl wütend war und die Liedtexte am liebsten ins Feuer geworfen hätte, obwohl sie von englischen Kindern gesungen wurden. Da hörte er, wie sein Vater und Mr. Palmer sich bedankten, ein paar Münzen in eine Dose steckten und die Tür schlossen. Dann war es draußen wieder dunkel.

Unter der Decke starrte er angestrengt auf Mr. Palmers Weihnachtskarte, doch es war nichts zu sehen. *Gute Nacht*, Engel, sagte er.

Er war gerade dabei, mit der Hand auf der Karte einzuschlafen, als seine Eltern ins Zimmer kamen und das Licht anknipsten. Sein Vater rüttelte ihn an der Schulter, zuerst ganz sanft, dann immer heftiger und schneller. Wolfy tat so, als schliefe er, doch gelang ihm das nur kurz, so daß er die Augen öffnen mußte. Das Gesicht seines Vaters war ganz dicht über ihm, seine Mutter stand im Hintergrund. Sein Vater atmete hastig und roch nach Zigarettenqualm.

»Wolfy, wach auf, wach auf, Wolfy.«

In London hatten sie ihn immer bei Luftangriffen geweckt; ehe die Bomben auf das Haus fielen und alle töteten, hatte er in seinen Schutzanzug springen und hinunter in den Schutzkeller rennen müssen.

Er blinzelte ins Licht und sah zu seinem Vater auf.

»Wolfy, weißt du, wo meine Schlüssel geblieben sind?«

Wolfy schüttelte den Kopf.

»Hast du sie denn heute nachmittag nicht auf dem kleinen Tisch gesehen?«

Er schüttelte den Kopf noch ein bißchen mehr, und das machte seinen Vater so wütend, daß er mit aller Kraft am Bett rüttelte, so daß Wolfy beinahe wie ein Sack Kartoffeln herausgefallen wäre.

»Du hast mit den Schlüsseln gespielt und sie irgendwo hingetan. Du hast sie weggenommen.«

»Schrei doch nicht so«, sagte seine Mutter, »du jagst ihm noch Angst ein.«

Aber sein Vater war wirklich wütend. Seine Augen waren rot geädert, und der Hut schien sich wie ein Kreisel auf seinem Kopf zu drehen. Wolfy fürchtete, er würde vielleicht unter dem Kissen nachsehen und Mr. Palmers Engel entdekken.

Das Gesicht seiner Mutter kam ganz nah an seines heran.

»Vielleicht hast du Abschließen geübt und vergessen, wo du sie hingetan hast?«

Als er noch immer nichts sagte, hob sein Vater ihn aus dem

Bett, trug ihn ins Wohnzimmer und stellte ihn vor den Tisch, auf dem noch die weiße Tischdecke und die Kerzen lagen. Er fror, und das Zimmer wirkte trostlos und leer. Wolfy stand da und rieb sich die Augen.

»Jetzt spielen wir verstecken«, sagte seine Mutter. »Wir halten uns die Augen zu, und du findest die Schlüssel und bekommst eine Belohnung.«

Wolfy nickte, die Mutter drängte den Vater auf einen Stuhl, und dann hielten sich beide die Hände vors Gesicht. Wolfy reckte sich nach dem Schalter und machte das Licht aus. Sein Vater murmelte etwas, doch seine Mutter brachte ihn sofort zum Schweigen. Dann schlich Wolfy im Dunkeln zur Spüle und versuchte, die Schranktür so leise wie möglich zu öffnen. Sie quietschte. Er griff in den Topf, legte seine Hand auf den Schlüsselbund und spähte zu seinen Eltern hinüber. Sie waren nicht mehr da. Zwei Gespenster kauerten dort am weißen Tisch, reglos wie Statuen saßen sie, die Gesichter in die Hände gestützt, und nichts schien sie mehr lebendig machen zu können. Sie sahen aus wie die in Milch gelöschten Kerzen, die zwischen ihnen auf dem Teller lagen. Er hatte sie umgebracht.

Wolfy schrie auf, und seine Mutter machte das Licht an und nahm ihn auf den Arm. Er schrie so heftig, daß er keine Luft mehr bekam; mit aller Kraft mußte sie ihm auf den Rücken klopfen und ihn ins Bett bringen, ehe er wieder atmen konnte. Sie legte sich eine Weile neben ihn, bis er sich beruhigt hatte. Ihr Gesicht auf dem Kissen schimmerte weiß.

Später hörte er die hohe, zornige Stimme seines Vaters, doch seine Mutter versuchte, ihn zu beschwichtigen.

»Es war sein Bild«, hörte er sie sagen, »weil er die Antwort wußte. Was ist denn falsch daran, etwas zu wissen?«

»Man muß wissen, wer man ist«, antwortete sein Vater.

Wolfy wußte, wer er war, er war Wolfy Helfgott aus Miss Tribbs Klasse an der St.-George's-Church-of-England-

Grundschule, in London ausgebombt, Sohn von Chaim, oder Harry Helfgott, oder Halfgo, und Frida, die krank war und wollte, daß er *gute Nacht* zu *Omamaopapaonkeleotantesophie* in Palästina sagte, er war kein Engländer, sondern kam irgendwo anders her, und statt Weihnachten zu feiern, betete er zu Adoinoi und dessen Engeln, die anders waren als die auf Mr. Palmers Postkarte unter seinem Kopfkissen, weil sie keine Weihnachtslieder sangen, aber wußten, wer Wolfy war und über ihn wachen würden, solange sein Vater und seine Mutter auf der LIEDER-FÜR-DEN-SIEG-Feier waren, und sein Vater würde sich darüber freuen, daß sein Gedicht das beste war, und er würde es laut vor allen vorlesen, und es endete mit einem Hallelujah.

4
Tote Briefe

Wolfy wußte es, als Papa mit Onkel Mendl und Tantie Rosa nach Hause kam, mit roten, geschwollenen Augen und einem fleckig sprießenden Stoppelbart. Er wußte es, noch ehe sie etwas sagten. Er kauerte sich auf das Bett und versuchte zu weinen, aber die Tränen blieben irgendwo in der Nase stecken. Bernie setzte sich ihm gegenüber, rieb sich die Augen, damit sie feucht wurden, und tat so, als würde er heulen. Er war ein Heuchler. Es war doch gar nicht *seine* Mutter, die da tot im Highgate-Krankenhaus lag. Deshalb gab Wolfy sich alle Mühe, seinen Tränen auf die Sprünge zu helfen, und versuchte, das Bild seiner Mutter heraufzubeschwören. Er dachte daran, wie sie aufrecht zu Hause im Bett gesessen hatte, als er bereits zu Tantie Rosa gezogen war. Sie hatte ihn angesehen, als er in der Zimmertür stehenblieb, weil er nicht näher kommen durfte, denn die Krankheit in ihren Lungen war ansteckend.

»A shejner Kind hot Gott mir gegebn«, sagte sie auf Jiddisch, was soviel bedeutete wie: Was hat Gott mir für ein hübsches Kind geschenkt. Sie lehnte in den riesigen Kissen mit den rot gestickten Initialen *FH*, die sie aus Wien hatte retten können. Ihr tiefschwarzes, seidiges Haar war streng hinter die Ohren gekämmt, und wenn sie lächelte, versuchte sie, die Lücke zwischen ihren Vorderzähnen zu verbergen. Papa und Mendl waren auch da, aber sie unterhielten sich leise murmelnd in der Küche, so wie es Männer eben tun, wenn sie Angst haben. Das war das letzte Mal, daß Wolfy sie gesehen hatte. Sie selbst war nicht traurig gewesen, ein- oder zweimal hatte sie sogar gelächelt, aber wenn er daran zurückdachte, kamen ihm so-

fort die Tränen. Beim nächsten Wiedersehen lag sie bereits im Sarg.

Tantie Rosa sagte, daß man einen schwarzen Aufnäher am Ärmel tragen mußte, um zu zeigen, daß man trauerte. Das war nach der Beerdigung, als sie Wolfy das Hemd zerrissen hatten und er ziemlich oft das Kaddisch sprechen mußte. Eingequetscht zwischen Papa und Onkel Mendl, saß er im schwarzen Auto und übte das Gebet, die nuscheligen hebräischen Laute leise in sich hineinflüsternd. Er wollte sich nicht verhaspeln und zum Gespött der Leute werden. Draußen auf dem Friedhof war er so sehr damit beschäftigt, das Kaddisch immer wieder vor sich hin zu murmeln und nach der entsprechenden Seite im Gebetbuch zu suchen, daß er gar nicht richtig hinsah, als der Sarg hinuntergelassen wurde. Doch er erinnerte sich, wie Onkel Mendl sich tief in das Grab hinabbeugte und *»Liebele, oj Liebele majne«* rief, was im Jiddischen soviel heißt wie »mein Herz« oder »Schatz« oder »Liebling«. Mendl und seine Mutter waren richtig dick befreundet gewesen, aber Papa jammerte und weinte überhaupt nicht, denn er zeigte seine Gefühle so gut wie nie. Nur ein Auge zuckte ein wenig, und Wolfy konnte sehen, wie sehr er sich beim Beten konzentrierte. Das war sehr wichtig auf Beerdigungen, weil man Psalmen aufsagte, deren Anfangsbuchstaben den Namen des Toten ergaben, damit Gott wußte, wen er vor sich hatte. Bald war alles vorüber, und jeder steckte ein paar Pennies in die Sammelbüchse, um sich ein bißchen Leben dazuzukaufen. Dann wusch man sich die Hände und ließ die Toten allein auf dem Friedhof zurück.

Was das Tragen von schwarzen Aufnähern betraf, war Tantie Rosa einfach nicht davon abzubringen. So war es in Wien üblich gewesen, als sie noch ein junges Mädchen war, und deshalb gab es keinen Grund, es in London nicht auch so zu halten. Also nähte sie Wolfy eine schwarze Raute auf die rechten Ärmel seines Schulblazers und seiner besten Jacke, und als er am Freitag nach der Beerdigung mit Papa und Onkel Mendl zu Rabbi Yoel ging, um das Kaddisch zu sprechen, war ihm klar, daß alle auf seinen Ärmel starren würden.

Sie mußten vor der Tür warten, bis der erste Teil der Gebete vorüber war, denn bei denen ging es fröhlich zu, und Trauernde hätten nur den Spaß verdorben. Dann trotteten sie einer hinter dem anderen hinein, und alle glotzten sie an. Wolfy ging mit gesenktem Kopf durch die Bänke, um keinen ansehen zu müssen, am allerwenigsten Kiva Schreiber mit seinem Affengesicht, über das er immer lachen mußte. Sie brauchten ewig, um zu ihren Plätzen ganz hinten an der Wand zu gelangen. Doch als sie erst einmal saßen, spürte Wolfy erleichtert, daß er in der Menge der Betenden unterging.

Hinterher kam ein alter Mann zu Papa und sagte ihm, daß ein schwarzer Flicken auf dem Ärmel des Jungen *goisch* sei, und daß er ihn wieder abmachen sollte, sobald der *Schabbat* vorüber sei. Kaum hatte Wolfy das gehört, spürte er, wie die schwarze Raute an seiner Jacke wie eine Zeitbombe zu pochen und zu ticken begann. Er überlegte kurz, ob er sie auf dem Nachhauseweg abreißen sollte, doch Reißen war samstags nicht erlaubt, außerdem würde am nächsten Morgen beim Gebet jeder sehen, daß sie nicht mehr da war, und alle wüßten, daß er eine Sünde begangen hatte. Wolfy war ganz Elend zumute bei dem Gedanken, noch bis Sonntagmorgen mit diesem riesigen schwarzen *goischen* Fetzen herumlaufen zu müssen, und alles nur wegen Tantie Rosa.

Abends im Bett versuchte er, Bernie zu überreden, ihm den Flicken abzureißen. Bernie war zwar zwei Jahre älter, aber dafür nicht in Trauer, und er könnte ihn ja irgendwie aus Versehen abreißen, dann wäre es keine Sünde. Doch Bernie ließ sich nicht erweichen und behauptete stur, daß er beschlossen habe, in diesem Jahr fromm zu bleiben, weshalb er nicht im Traum daran dächte, etwas Derartiges zu tun, auch wenn der

Flicken eine Idee seiner Mutter gewesen war. Alles, was er sagte, war: »Am *Schabbat* darfst du nichts zerreißen, nicht einmal ein Blatt Papier.«

Als ob Wolfy das nicht wüßte. Kivas Vater erlaubte einem noch nicht einmal, Klopapier von der Rolle zu reißen, und deshalb mußte Kiva jeden Freitagmittag ungefähr hundert einzelne Blatt fertig machen und für Ihro Gnaden im Lokus deponieren. Sie waren Ungarn und völlig verrückt.

Am nächsten Morgen ging Wolfy mit eigenartig verdrehtem Jackenärmel zu Rabbi Yoel, damit man Tantie Rosas Flicken nicht sah. Zu diesem Zweck mußte er seinen Arm wie ein in der Schlacht um England Verwunderter fest an den Körper drücken. Das einzige Problem dabei war, daß er keinem die Hand geben konnte. Als alle auf ihn zukamen, um ihn zu begrüßen, nickte er nur, ohne sich zu rühren, und hielt den Ärmel steif gegen den Rumpf gepreßt. Sie dachten sicher, er hätte Ausschlag oder so was. Wolfy bat Bernie, nicht von seiner rechten Seite zu weichen. Das war ja wohl das mindeste, was er tun konnte.

Obwohl seit dem Tod seiner Mutter erst wenige Tage vergangen waren, war Wolfy im Kaddisch schon viel besser geworden. Anfangs hatte er solche Angst, Fehler zu machen, daß er hastig drauflos nuschelte und die Wörter dabei so unverständlich herausbrabbelte wie ein Greis. Doch die Leute standen im Kreis um ihn herum und warteten darauf, ihr *Amein* sagen zu können, und so mußte Wolfy laut und deutlich sprechen, um im Takt zu bleiben. Es war schlimm, beim Kaddisch einen Fehler zu machen, das wußte er, denn es zeigte, daß man kein Hebräisch konnte, und das war eine Schande für den toten Verwandten. Wenn man aber ein ganzes Kaddisch verhaute, war das noch viel schlimmer. Es war, als würde man seine Mutter in einem reißenden Fluß ertrinken sehen und nicht hinterherspringen, um sie zu retten; als würde man weggehen oder sich abwenden und die Augen schließen, obwohl man sie um Hilfe rufen hörte. Onkel Mendl hatte gesagt, daß das Kaddisch eine Art Paradies für die Seele sei und daß die Kinder es ihren Eltern schuldig seien, um ihre Seelen glücklich zu machen.

Wolfy hatte eher das Gefühl, als würde er dreimal täglich in lateinischer Grammatik geprüft, und das ein ganzes Jahr lang jeden Tag. Aber er gewöhnte sich daran, und nach einer Weile machte es ihm kaum noch etwas aus. Er ging in die *Schul*, und meistens waren da noch ein oder zwei andere Kinder, deren Mütter oder Väter gestorben waren, seine Rivalen und Gegner vor den kritischen Ohren der Öffentlichkeit. Am besten versuchte man, mit den anderen mitzuhalten und dabei möglichst im Takt zu bleiben. Schnell oder langsam war egal, Hauptsache, man sprach im Chor, so daß die Leute laut und deutlich ihr *Amein* sagen konnten. Darauf kam es an.

Das Schlimmste daran war das Aufstehen um halb sieben Uhr morgens. Wenn Wolfy rechtzeitig aus dem Bett kam, fuhr er bei ihrem Nachbarn Mr. Birkett mit, der bei den Londoner Verkehrsbetrieben arbeitete. Mr. Birkett war ein *Goi* und hatte es gut, weil er kein Kaddisch beten mußte, wenn jemand starb. Manchmal aber, wenn er sein Fahrrad die Treppe hinuntertrug, nickte oder zwinkerte er Wolfy so komplizenhaft zu, als wüßte er genau Bescheid. Hatte Wolfy einmal verschlafen, mußte er sich allein aus dem Haus schleppen und beschämt feststellen, daß bereits hellichter Tag war und die Straßen vor Menschen wimmelten, die zur Arbeit gingen. Noch schrecklicher aber war es, andere Kinder zu treffen, die ihn auslachten, weil sie schon vom Kaddisch *zurückkamen*. Obendrein hatte er keine Zeit zu frühstücken und kam außerdem viel zu spät zur Schule.

»Jüdische Gebete?« murmelte der Lehrer zur Begrüßung und trug ihn ins Klassenbuch ein. »Ich dachte, die gäb's nur samstags.«

Wie sollte er ihm das bloß erklären!

Wolfys Omama und Opapa lebten in Tel Aviv. Seine Mutter hatte ihnen seitenlange Briefe in Jiddisch geschickt und beim Schreiben die Lippen bewegt. Sie hatte sich vor Sehnsucht nach ihnen und ihrer großen Schwester Sophie schier verzehrt, und Wolfy hatte die grimmige Vermutung, daß sie sie mehr liebte als Papa. Mit ihnen mußte sie sich nicht streiten wie mit ihm, weil er wieder einmal seine Suppe schlurfte oder etwas vergessen hatte. Wenn sie richtig wütend auf ihn war, nannte sie ihn *Arunyu*. Das klang lustig und afrikanisch, aber sie sagte es voller Zorn. Eigentlich benahm sie sich eher wie ein kleines Mädchen denn als Frau, und sie hätte wohl auch selbst gern eine kleine Tochter gehabt. Das wußte Wolfy, weil sie jedesmal, wenn sie die Wohnung putzte oder das Bettzeug zum Auslüften über das verwitterte Fensterbrett hängte, diesen Wiener Schlager von 1922 sang:

Allah, Allah, gib mir ein Mädchen
Ein kleines Mädchen
Tra la la la la

In dem Lied geht es um einen Türken, der sich von Allah ein Mädchen wünscht, aber Wolfy war klar, daß sie dabei eigentlich an sich dachte.

Das Tückische an den Briefen an ihre Eltern in Tel Aviv, Palästina, war, daß Wolfy jedesmal ein paar Zeilen dazuschreiben mußte. Er kam sich wirklich blöd dabei vor, Woche für Woche den gleichen langweiligen Kram – Schule, Gesundheit, Küsse – unten auf das blaue Luftpostpapier zu schreiben:

Liebe Oma, lieber Opa, Ich küß und grüß euch. Ich fühl mich gut und lern gut in der Schule. Schalom, Wolfy.

Sie erlaubte es ihm nicht, statt der Küsse drei Kreuze zu machen, denn Kreuze waren etwas Christliches und würden Oma nur aufregen. Wolfy konnte sich nicht vorstellen, daß sie sein Geschreibsel überhaupt jemals lasen. Oma war sowieso fast blind und mußte sich die Briefe vorlesen lassen. Auf den Photos hatte sie den gleichen Hundeblick wie Onkel Mendl nach einem harten Arbeitstag, wenn er in Romeos Lumpenladen säckeweise Armeeausschuß von einer Ecke in die andere geschleift hatte. Sie und Mendl waren zwei richtige Trauerklöße. Wenigstens Opa lächelte auf dem Photo verschmitzt unter seinem großen schwarzen Hut hervor. In Wien hatte er ein Geschäft betrieben, und Mendl und Papa hatten für ihn gearbeitet.

Wolfys Mutter schrieb ihre wöchentlichen Briefe donnerstags, jeden Donnerstag. Oft wusch sie sich vorher das Haar, und obwohl Wolfy eigentlich schlafen sollte, konnte er sie durch die halboffene Tür am Küchentisch sitzen sehen, das Haar in ein weißes Handtuch gewickelt, das noch weißer war als ihr Gesicht. Beim Schreiben saß sie tief über das Blatt gebeugt, obwohl sie an ihm sofort herummäkelte, wenn er einmal nicht gerade saß. Sie muß sich in ihren Briefen oft beklagt haben. Und obwohl er nie wirklich hatte lesen können, was darin stand, war er sich ziemlich sicher, daß es um die schlechten Zeiten und um Papas Arbeitssuche und, bis zu dessen Ende, um den Krieg ging. Möglicherweise berichtete sie auch von Wolfy, davon, was er so tat und sagte. Wolfys Meinung nach interessierte es kein Schwein, was er tat oder sagte, aber wovon hätte sie sonst erzählen sollen? Sie fuhren nie weg und unternahmen auch sonst nichts.

Wolfy dachte, daß er mit dem Tod seiner Mutter wenigstens diese Briefe los sei. Papa schrieb den alten Herrschaften nur einmal im Jahr, denn es waren schließlich nicht seine Eltern, und Wolfy nahm an, daß das gleiche auch für ihn gelte. Er irrte sich. Ungefähr eine Woche nach ihrem Tod kam Onkel Mendl mit dem üblichen trübseligen Gesicht unter der braunen Hutkrempe an den Tisch geschlichen und legte Wolfy, der gerade das Kinderkreuzworträtsel im *Evening Stan-*

dard löste, zwei mit blauer Tinte vollgeschriebene Luftpostbögen hin. Wolfy schob sie zur Seite, denn schließlich mußte er sich konzentrieren. Mendl schob sie geradewegs wieder zurück und hielt seinen weichen, behaarten Daumen darauf.

»You mußt *zuschreiben* dis Brief«, sagte er. Onkel Mendl sprach ein merkwürdiges Kauderwelsch aus einem Drittel Jiddisch, einem Drittel Deutsch, einem bißchen Englisch, das er beim Pionierkorps und bei Romeos Lumpenladen aufgeschnappt hatte, und ein paar Versatzstücken, die er sich selber ausdachte. Wolfy schaute auf die runde, jiddische Schrift auf dem Papier und fiel fast vom Stuhl. Es war die Handschrift seiner Mutter. Und so fing der Brief an:

Tajere Mame un Tate, ich schreib ajch als Chaim un doß Kind schlofen un ich fühl mich git.

Was soviel heißt wie: Liebe Mama, lieber Papa, Chaim und das Kind schlafen schon, während ich euch diesen Brief schreibe, und es geht mir gut.

Wolfy suchte nach einem Datum, doch da war keines. Onkel Mendl starrte ihn mit seiner Heiliger-Josef-Miene an, die er sonst immer beim Beten aufsetzte. Damit wollte er einem bedeuten: Unter Qualen wurde ich zur Lüge gezwungen, doch mein trübseliges Gesicht wird meinen Peiniger zu Tränen rühren und ihn erweichen.

»Wer hat das geschrieben?« fragte Wolfy leer.

»Die Gottselige«, antwortete er und meinte Wolfys Mutter im Himmel.

»Wann denn?«

»Weißnich«, sagte er gereizt. »She do it für de Eltern, daß se sich nich sorgen. *Nu schreib zu*.«

Sein haariger Finger tippte auf die wohlbekannte Stelle am Fuß des Briefes. Doch wie sollte Wolfy bloß seinen dämlichen Spruch neben die Unterschrift seiner toten Mutter schreiben? Wozu sollte er diesen Schwachsinn dazuschreiben und die Leute glauben lassen, daß sie noch am Leben war, wenn er doch jeden Tag und sogar an den Wochenenden das Kaddisch für ihre Seele im Paradies betete? Es war widerlich. Beim Schreiben hatte sie Blut gespuckt und vor Hitze geglüht und es sich trotzdem nicht nehmen lassen, vom üblichen Kram, den kleinen Begebenheiten und dem Wetter zu berichten. Dabei hatte sie gewußt, daß sie sterben würde, und nie das Datum hinzugefügt. Onkel Mendl hielt das für eine heilige Geste und betrachtete sich als ein Kind, das seine Eltern vor Sorgen und Kummer bewahrte. Doch er war ein Feigling und ein miserabler Schauspieler obendrein. Warum sollten ihre Eltern denn nicht wissen, daß sie tot war? Wenn es Mr. Birkett und die Polizei wußten, wie konnten sie dann ihren eigenen Vater, Nissan Gold, im dunkeln lassen? Ein frommer Jude wie er mußte doch Bescheid wissen, damit er die Trauerregeln richtig befolgen und sich erkundigen konnte, wie es mit dem Kaddisch steht. Er sollte über den Stand der Dinge auf dem laufenden gehalten werden. Statt dessen saß er irgendwo in Tel Aviv und las belanglose Briefe von einer Tochter, deren Lungen sich in der Londoner Erde allmählich in Wohlgefallen auflösten. Wolfy hätte schreien mögen, doch er griff nach dem Stift.

»Wie viele hast du davon?« fragte er.

Onkel Mendl zog betrübt die Augenbrauen hoch. »So six oder ten. Nich so wichtig. *Schreib zu.*«

Sechs oder *zehn* Briefe!

Achtzehn bis dreißig Seiten voll kringeligem Jiddisch über Chaims Arbeit, das Rauchen, die Fortschritte des Jungen in der Schule, das Wetter, die Obstknappheit, diese und jene Sorgen, Fragen, Versprechen, Wünsche. Eure euch liebende Tochter, Frida.

»Und was machst du, wenn die alle aufgebraucht sind?« fragte Wolfy.

»Ist noch lange hin, mein Junge. *Gott will help.*«

»Früher oder später wirst du es ihnen sagen müssen, Onkel Mendl. Findest du nicht, daß ein Vater und eine Mutter wissen sollten, was los ist?«

Mendls ölige, tiefliegende Augen schimmerten wie Spiegeleier.

»You donno die Omama. Die ist krank mit'n Herzen. Das mit Frida würde sie umbringen.«

Er legte sich die Hand aufs Herz und sah Wolfy an, als verstehe er nur allzugut, wie es ist, das Kaddisch zu beten und gleichzeitig etwas unter die Briefe einer toten Mutter zu schreiben. Aber er wartete beharrlich darauf, daß Wolfy endlich fertig würde, damit er den Brief gleich am nächsten Morgen abschicken konnte. Wolfy ekelte sich vor sich selbst. Er war ein Weichei. Er hatte keinen Mumm. Während er schrieb, hörte er, wie Bernie den Ball gegen die Gartenmauer schoß. Jetzt verpaßte er auch noch wertvolles Fußballtraining. Liebe Omama und Opapa, Eure Tochter Frida liegt in einem Loch auf dem *Klal Yisroel* Friedhof in London begraben. Sie ist tot, aber ich bin am Leben und bete das Kaddisch. Latein und Kricket sind meine Lieblingsfächer. In einer Woche fangen die Ferien an. Ich hoffe, ihr seid gesund. Küsse, Wolfy. Das war das, was er nicht schrieb. Statt dessen krakelte er den üblichen Quatsch zusammen, und das so unleserlich wie möglich, um ihnen zu verstehen zu geben: Glaubt diesem Brief kein Wort, er ist eine Finte. Aber wenn man einmal genau darüber nachdachte, war er alles andere als eine Finte. So wie andere Sterbende ihr Testament schrieben, hatte seine Mutter diese Zeilen verfaßt.

Ich hinterlasse meinen geliebten Eltern Nissan und Dvoire Gold zwanzig Wochen guter Neuigkeiten, damit sie sich keine Sorgen machen. Das ist alles, was ich ihnen vermache, da ich nichts anderes besitze. Unterschrift Frida Helfgott. PS: Ich bitte meinen lieben Sohn Wolfy, stets seine zwei Sätze dazuzuschreiben, so wie er es immer aus Liebe und Anstand zu seinen Großeltern und mir getan hat.

Und was Wolfys geheimen Hinweis auf die Finte betraf, so hätten sie den eh nicht verstanden. Die alten Herrschaften lasen die Briefe gar nicht richtig. Alles, was kleiner war als ein Kamel, konnten sie sowieso nicht mehr erkennen, und deshalb trug Sophie, die in den Plan eingeweiht war, ihnen die Briefe vor.

Als Fridas Briefvorrat aufgebraucht war, wurde es allerdings schwieriger, den Betrug aufrechtzuerhalten. Die große Sophie in Tel Aviv übernahm jetzt neben dem Vorlesen auch noch das Schreiben, denn Onkel Mendl war einfach nicht in der Lage, jemandem etwas vorzumachen. Also bekamen sie regelmäßig dicke Umschläge voller dünnem, von Sophie vollgekritzeltem Luftpostpapier. Die Blätter sahen aus, als wäre ein in Tinte gefallener Fliegenschwarm darüber gekrabbelt. Nichts hätte Fridas runder, gleichmäßiger Handschrift unähnlicher sein können. Mendl nahm ein paar Seiten heraus, seufzte, leckte sich den Daumen und schob sie Wolfy wie eine Hausaufgabe unter die Nase. *»Schreib zu«*, lautete die Parole.

Diese gefälschten Briefe machten ihn richtig krank. Es stand nur Blödsinn darin. Woher wollte die große Sophie denn schon wissen, wie es in London war? Für sie war das Wetter immer schlecht, Chaim lief dauernd Gefahr, seine Arbeit zu verlieren, und stand als absoluter Trottel da. Wolfy dagegen war ein richtiger Held, der nichts falsch machte, weder am Holloway-Gymnasium noch in der Talmud-Thora-Schule in Clapton. Er war ein Genie in Hebräisch, Latein, Englisch und Algebra, obwohl er alle paar Briefe an einem verdächtig hohen Fieber litt und besorgniserregende Flecke auf der Brust hatte. Wolfy wurde fuchsteufelswild, wenn er das las. Woher nahm sich die große Sophie das Recht, ihm einen Ausschlag auf der Brust anzudichten, die doch makellos weiß war und sich durch das viele Schwimmen und Kricketspielen bester Gesundheit erfreute? Um sich an ihr zu rächen, schrieb er jedesmal, wenn einer ihrer Ausschlagbriefe die Runde machte, daß es ihm *sehr, sehr gut* ginge. Er hoffte, daß ihr breites Gesicht beim Vorlesen rot anlief. Manchmal flocht Sophie auch eigenartige Botschaften in ihre Briefe ein, zum Beispiel: »Wolfy macht genau das, was er soll, und betet dreimal am Tag. Ich bin sehr stolz auf ihn.« Das war eine verschlüsselte Nachricht, das Kaddisch betreffend, die jedoch eher für seine Mutter im Paradies als für die alten Herrschaften bestimmt war. Sie sollte wissen, daß sie sich keine Sorgen zu machen brauchte, weil es mit dem Kaddisch gut voranging.

Doch so dumm waren die alten Herrschaften in Tel Aviv nun auch wieder nicht. Nissan, so schrieb Sophie an Mendl, unterbrach sie beim Vorlesen ständig und weigerte sich, ihr zuzuhören. Er sagte, Fridas Briefe klängen völlig fremd, als kämen sie aus einer anderen Welt. Sophie wurde unruhig und beschwor Mendl, ihr Einzelheiten aus dem interessanten und aufregenden Leben in der Hauptstadt des britischen Weltreiches zu schildern. Doch er hatte nichts zu berichten. Er konnte sowieso kaum schreiben, und wenn er es tat, bestand sein Jiddisch zu neunundneunzig Prozent aus Klagen. Wolfy schlug ihm vor, doch zu erzählen, daß er an der Schule jetzt in der Schachmannschaft war, aber Mendl winkte ab: »Solch Sachen interessieren de alten Herrschaften nich.«

Eines Tages bat Opa Nissan – zweifellos auf Drängen von Oma Dvoire, die es zehn Meter gegen den Wind roch, wenn etwas faul war – um ein großes, neues Photo von Frida und der Familie als Beweis, daß sie noch lebte. Er setzte einen ernsten Brief an Mendl auf und schrieb, daß er die Post seiner Tochter einfach nicht verstehe, daß er das Gefühl habe, ihm würde etwas Schreckliches verschwiegen, und daß er, sollte dies so sein, jedes seiner Kinder verfluchen würde, das ihn belogen habe. Er sagte, er habe sie im Glauben an Gott und die Zehn Gebote erzogen, von denen eines lautete, Vater und Mutter zu ehren. Er riet Mendl, sorgfältig über seine

Antwort nachzudenken, und drehte zum Abschluß das Messer noch einmal ordentlich in der Wunde. Er erinnerte den Sohn daran, daß sein Vater am Ende seines Lebens stand und daß die Welt der Toten die Welt der Wahrheit und nicht der Lügen genannt wurde. Er unterschrieb mit »Dein Vater und Lehrer, Nissan Gold«.

Das Schreiben wurde wie ein Testament verlesen. Onkel Mendl, Tantie Rosa und Papa saßen um den viereckigen Tisch, auf dem einmal im Monat Apfelstrudel gemacht wurde, wobei der Teig jedesmal so hauchdünn ausgerollt wurde, daß man die Hand durchsehen konnte. Bernie und Wolfy saßen auf dem Bett und versuchten, wie die Tapete auszusehen. Wolfys Gedanken schossen wild durcheinander. Er malte sich aus, daß, sollte der alte Nissan sterben, die große Sophie gefälschte Briefe von ihm an Mendl schicken würde, um wiederum *ihm* Qual und Kummer zu ersparen, obwohl das doch eigentlich die einzigen beiden Dinge in Mendls Leben waren, die ihm Freude machten. Und wenn die große Sophie dann irgendwann selbst in den Straßen von Tel Aviv von einem Kamel überrannt werden würde, hätte sie bestimmt schon einen Vorrat an Briefen angelegt, der angeblich von Frida stammte, damit die Familie bis ans Ende aller Tage mit ihrer Betrugsnummer weitermachen konnte. Zu der Zeit hatte Wolfy in der Hebräischschule gerade mit dem Talmud angefangen, und vertrackte Aufgaben faszinierten ihn. Doch eigentlich hatte er nur eine Sorge: Wer würde das Kaddisch sprechen, wenn niemandem gesagt würde, daß jemand tot war?

Nach viel Geschrei und Tränen wurde im Familienrat endlich beschlossen, daß Papa dem alten Herrn einen Brief in Mendls Namen schreiben sollte. Papa war vielleicht keine große Leuchte in geschäftlichen Dingen, aber wenn es um Worte ging, war er einfach unschlagbar. Egal welche: englische, deutsche, jiddische, alle. Die kniffligsten englischen

Kreuzworträtsel fielen ihm leichter als einkaufen gehen. In der Munitionsfabrik hatte er einen Preis für sein patriotisches Gedicht bekommen. Wolfy sah genau, daß er sich gern darum bitten ließ, Mendls Brief zu schreiben. In seinen blauen Augen lag plötzlich ein bedeutsames Leuchten, und die rosa Haut um seinen Mund spannte sich noch ein wenig mehr. Er sagte, er ginge nach oben ins Schlafzimmer, um allein zu sein und nachzudenken. Nachdem er schon eine ganze Weile fortgeblieben war, schlich Wolfy zu ihm hinauf. In jenen Tagen passierte es nicht oft, daß er mit seinem Vater zusammen sein konnte, denn der kam nur am Wochenende zu Besuch, und wenn sie doch einmal allein miteinander waren, blieb sein Vater mürrisch und einsilbig. Manchmal war er wie ein Fremder.

Als Wolfy das Schlafzimmer betrat, saß er am Radio und drehte an den Knöpfen. Der Apparat stieß quietschende, schnarrende Dschungelgeräusche aus. Papa spielte immer am Radio herum, wenn er nervös war. Wolfys Mutter hatte ihn damit immer aufgezogen. Sie nannte es seine Spielzeugkiste. Es machte ihm Spaß, den Klängen fremder Sprachen zu lauschen, und er freute sich jedesmal, wenn er Wörter aufschnappte, die er kannte. Er stand tief über das Radio gebeugt und bemerkte Wolfy gar nicht. Als er sich umdrehte, legte er seinen Finger auf die Lippen, sagte: »Scht, Moskau«, und deutete auf die leuchtende Skala. Wolfy konnte mit den zirpenden Geräuschen nichts anfangen, aber Papa schien sich darüber zu freuen, also setzte er sich aufs Bett und schaute ihm zu. Das Briefpapier, das sein Vater mit nach oben genommen hatte, war leer.

»Papa, was ist mit dem Brief?«

»Hab ich schon geschrieben, Wolfy.«

»Aber das Papier ist leer.«

»Ist alles hier oben drin«, sagte er und tippte sich dreimal gegen die Stirn.

»Und wie soll Onkel Mendl ihn dann schreiben?«

Wolfy wollte nicht über den blöden Brief sprechen, er wollte, daß Papa Notiz von ihm nahm. Er stand auf, trat neben ihn und legte ihm die Hand auf die Schulter. Sein Gesicht war noch faltiger, als Wolfy es in Erinnerung hatte, und seine Augen waren voller roter Pünktchen. Das Radio brabbelte und knurrte. Ein dünner Schmutzrand zeichnete sich auf seinem steifen Kragen ab, und er roch nach Zigaretten und Knoblauch.

»Laß mich zu dir nach Hause zurückkommen, Papa«, sagte Wolfy, »wir räumen die Wohnung richtig auf und machen sie schön.« Chaim sah gehetzt aus. Er wußte, daß er mit Wolfy und der Unordnung und all den Zeitungen in der dunklen Wohnung, in der sie einmal als Familie gelebt hatten, nicht fertig werden würde.

»Wenn du ein bißchen älter bist, vielleicht«, sagte er. Wolfy spürte, daß er zurück zu seinem Radio wollte. Für einen Mann der Worte war Papa ein schlechter Redner, er war eher ein Schreiber. Reden von Angesicht zu Angesicht war einfach zuviel für ihn. Doch Wolfy ließ nicht locker. Er schlang die Arme fest um seinen Hals und küßte ihn geradewegs auf den Mund. Er war ganz kalt. In Papas Augenwinkeln standen Tränen. Das war zuviel für Wolfy, und er fing an zu weinen, den Kopf gegen die Brust seines Vaters gepreßt. Papa tat ihm leid, er tat ihm leid, weil er kein Zuhause hatte, weil er bei der Arbeit und an den Wochenenden von Tantie Rosa schikaniert wurde. Er hatte aus dem Trümmerhaufen seines Lebens nichts retten können außer einen Sohn, und selbst der gehörte ihm nicht mehr wirklich. Er nahm Wolfys Kopf in seine Hände und blieb eine Weile so sitzen, während das Radio neben ihnen zischte und fauchte wie eine eifersüchtige Katze.

Als sie wieder hinuntergingen, setzte er sich an den Apfelstrudeltisch, runzelte die Augenbrauen, schob sich den Hut aus der Stirn, machte mit dem Stift ein paar ausholende

Bewegungen über dem Papier und fing an zu schreiben. Es wurde ein Meisterwerk:

Mein lieber Vater, geliebte Mutter,
Euer Sohn schreibt Euch als schamerfülltes Wesen. Wer bin ich? Ein Flüchtling aus Amalek, der sich Tag für Tag abrackert, damit seine Familie etwas zu essen auf dem Tisch hat. Ihr wißt, daß wir während des Krieges unter Bomben und Not gelitten haben und daß wir nun, Gott sei Dank, ein normales Leben ohne Angst vor Katastrophen und Hunger führen können. Meine lieben Eltern, ich habe Euch stets geehrt und niemals auch nur im entferntesten Schändliches über Euch gedacht. Was ich getan habe, war nur zu Eurem Guten. Als Gott uns strafte und uns Frida nahm, deren Lungen die verschmutzte Luft dieser Stadt nicht vertrugen, wollte ich Euch den Schmerz ersparen. War der unsere nicht genug? War nicht der Schmerz von Wolfy, dem Waisenkind, mehr als genug? Das Kaddisch wurde gebetet, warum also unnötige Tränen und Klagen? Frida, unser Goldstück, wollte es so. Sie selbst hat mit schwachen Fingern diese Briefe geschrieben, damit ihr sie bekämt, wenn sie bereits in der Welt der Wahrheit sein würde. Diesen Wunsch wollten wir ihr erfüllen. Lieber Vater, wenn ich Dir Schande gemacht habe, so strafe mich mit Deinem Zorn. Doch wenn ich gehandelt habe, um die Gesundheit meiner geliebten Eltern zu bewahren, so vergib mir um ihretwillen, die es so gewollt hat und nun im Paradiese weilt.
Dein Sohn, Mendl

Wolfy hörte zu, wie sein Vater den Brief in Mendls Namen vorlas, und blickte in eine Runde zustimmender Gesichter. Tantie Rosas Brille war ganz naß vor Tränen, Mendls Unterkiefer war ihm fast bis auf die Brust gesunken, so gebannt saß er da, und Bernie kaute auf seinen Fingernägeln herum. Alle waren tief beeindruckt, doch Wolfy war wütend. Das war eine weitere, riesige Gold-Finte, selbst wenn sie der

Wahrheit entsprach. Das waren Papas Worte, die Mendl da in den Mund gelegt wurden. Wo sollte das alles enden? Wer würde endlich einmal die schlichte Wahrheit sagen und dazu stehen? Die Antwort lautete: WOLFY. Er würde der erste sein. Endlich hatte er die Chance, etwas Richtiges an die übliche Stelle auf den Blattrand zu schreiben. Doch Mendl sagte nein, dies sei ein besonderer Brief, anders als sonst, und deshalb bräuchte Wolfy diesmal nicht *zuzuschreiben.* Er bettelte und flehte, es gelang ihm sogar, ein paar Tränen hervorzuquetschen, und schließlich gab Mendl nach. Wie konnte man einem Waisen etwas abschlagen? Also saß Wolfy nun da, starrte auf die geschwungene jiddische Handschrift und dachte angestrengt über etwas *Richtiges* nach, was er den Großeltern auf Englisch schreiben könnte. Er wollte ihnen sagen, wie mies er sich jedesmal gefühlt hatte, wenn er seine Grüße unter die Briefe seiner toten Mutter setzte, und wie unverzeihlich es gewesen war, daß sie den alten Leuten nichts gesagt hatten. Er wollte sie fragen, wie seine Mutter als junges Mädchen in Wien gewesen war. Woran hatte sie Freude gehabt? War sie beliebt bei Jungs gewesen? Konnte sie zeichnen? Konnte sie tanzen? Hat sie viel gelacht? Er wollte ihnen auch erzählen, wie er an den dunklen Wintermorgen aufstand und in die Kälte hinausrannte, um das Kaddisch zu beten, worauf er in der Schule ins Klassenbuch eingetragen wurde, weil er zu spät kam. Aber er war ein Feigling.

»Liebe Oma und Opa«, schrieb er. »Wie geht es euch? Mir geht es gut. In Geschichte und Hebräisch habe ich Preise bekommen, und ich bin gut in einer Sportart, die Kricket heißt. Ich spreche jeden Tag das Kaddisch, denke an Mama und bete für sie im Paradies. Küsse, Wolfy.«

Lügner. Wenn er das Kaddisch betete, dachte er daran, daß er in der Schule zu spät kommen und schlechte Noten kriegen würde. Er dachte an Rennräder und Sportlenker. Er blies in das Gebetbuch, um zu kontrollieren, ob er Mundgeruch hatte. Er rechnete durch, wie viele Kaddisch er noch vor sich hatte, bis er endlich frei war und nicht mehr dreimal am Tag trauern mußte.

Aber wie sollte man seinen gebrechlichen alten Großeltern in Tel Aviv die Wahrheit schreiben? Sie würden daran zugrunde gehen.

5
Die Strudelbäcker 1951

»Mischklai, nu«, sagt Onkel Mendl, runzelt die Stirn und leckt an seinem Buntstiftstummel. Das zerknitterte Stück Papier, von dem er abliest, ist aus einer Pfundtüte Zucker ausgerissen. Wenn er fertig ist, wird auf dem quadratischen, grünen Tisch, auf dem sie ihren heiligen Strudel machen, eine Spur weißen Staubes zurückbleiben.

Mischklai
Neunsich Dekplann groß
Achsich Dekplann middl
Virsich Wohldeggn
Nu?

Mendl schaut von seinem Zettel auf, um zu sehen, ob ich mitkomme.

»Nich in de Luft guckn. Da is nix.« Er drückt seinen breiten Daumen auf mein liniertes Blatt Papier und schaut argwöhnisch auf die gekringelten Einträge und die ordentliche, wenn auch etwas wackelige Zahlenkolonne, die sich am Rand entlangschlängelt.

»Du hast nicht gesagt, wieviel, Onkel Mendl.«

»Wieviel?«

»Ja, wieviel *Mischklai*?«

Ich versuche, nicht den Mund zu verziehen. Er würde sich gerne öffnen und einem spitzen Schrei Luft machen. Ich lache Onkel Mendl nicht aus. Für ihn ist es schon schwer genug, in Romeos Lumpenladen zu arbeiten und sich mit seinem merkwürdigen Englisch bei den vierschrötigen Londonern verständlich zu machen, die stapelweise Abdeckplanen, Decken, Mischbekleidung und alle möglichen, aus

Armeebeständen stammenden Uniformen abladen und in Regale packen. Nein, es ist *Mischklai*, das mich fast platzen läßt. Es ist Mendls beste Erfindung und ein fester Posten auf der Inventarliste von Romeos Lumpenladen.

Mendl denkt, ich mache mich über seine Arbeit bei Romeo lustig. Wie könnte ich? Es ist der beste Job, den er jemals hatte. Aber *Mischklai* geht mir einfach nicht aus dem Kopf. Ich stelle mir ausrangierte Westen und alte Socken vor, braune und gelbe Unterwäsche, grüne Baretts und blaue Mützen, die einen ausgelassenen Mischbekleidungstanz aufs Parkett legen. Harry James spielt Trompete, und die Socken schnappen sich die Unterwäsche, Westen kriechen in Hemdsärmel, und der ganze große Haufen muffiger Kleidungsstücke zuckt und zappelt auf dem Boden von Romeos Lumpenladen, während Mendl versucht, mit seinem Buntstiftstummel den Überblick zu behalten.

Dafür braucht Mendl mich, zur wöchentlichen Überprüfung der Bestandsliste, weil er nicht richtig schreiben kann, Englisch schon gar nicht. Und gerade jetzt, wo das Geschäft gut läuft und die Lastwagen auf den Abladeplatz hinter King's Cross rollen und bergeweise Kriegsabfall anliefern, den Kreuzer und Armeen in der ganzen Welt zurückgelassen haben, muß das fast jede Nacht gemacht werden.

»Wieviel *Mischklai*, Onkel Mendl?« frage ich noch einmal. Mein Onkel blinzelt mich listig an. Er ist wie ein gejagter Bär, ein wuscheliger Bär mit Kulleraugen, der im Wald von Jablonica lebt, wo er geboren wurde, und mich jetzt durch dunkelgrüne Blätter hindurch beäugt. Da fällt ein Schuß. Ein trockenes Krachen hallt von den Wänden der kleinen Stube wider, in der sie den heiligen Strudel machen. Es ist die Haustür. Tantie Rosa ist im Anmarsch.

Mendl will mir nicht sagen, wieviel *Mischklai* ich notieren soll. Weder heute abend noch morgen, denn er weiß es nicht. Nicht, weil er ein schlechter Zähler ist. Er ist gut. Er zählt die Pennies, wenn er die Telefonkasse leert, und macht daraus exakt gleich große Stapel für die Bank. Er zählt die Seiten, wenn er morgens betet, um sicherzugehen, daß er keine übersprungen hat. Onkel Mendl versteht Hebräisch nicht besonders gut. Er kann es einigermaßen lesen, aber die Worte sind für ihn wie leere Briefumschläge. Er steckt das hinein, worüber er sich an dem Tag gerade beschweren will, und zählt anschließend die Seiten, damit er weiß, daß Gott den ganzen Schwung bekommen hat. Aber die *Mischklai*-Ziffer hat er nicht. Die bleibt sein Geheimnis.

Völlig erhitzt, knochig und durchnäßt rauscht Rosa in ihrer Arbeitskluft herein. Den ganzen Tag lang näht sie Schulterpolster für Mr. Gick von Bee Gee Trimmings und ist jetzt fix und fertig.

»Die Busse«, bricht es aus ihr heraus, »die Busse. Da kann man warten, bis man schwarz wird. Und dann schubst mich dieser wild gewordene Fahrer, dieser antisemitische Wahnsinnige, wieder heraus und klingelt. ›Keine Stehplätze mehr.‹ Ein wild gewordenes Monster. Wo ist Bernhard?«

Tantie Rosa schält sich aus ihrem guten Mantel, den sie immer bei Terminen mit »guten Abnehmern« trägt. Sie liebt geblümte Schals, flauschige Strickjacken in Gelb oder Rosa und enge Röcke, die sich um ihre knochigen Beine spannen und ein wenig Knie zeigen. Eines ihrer Lieblingslieder handelt von den knochigen Beinen der Elisabeth, einer Deutschen, glaube ich. Rosa trällert es laut im Bad vor sich hin und denkt an das schöne Wiener Leben, als sie noch ein junges Mädchen war und tanzen ging. Das war vor Mendls Zeit.

Wenn die Elisabeth
Nicht so große Beine hätt

Diese deutsche Elisabeth mit den langen Beinen und dem Flaum unter den Achseln werde ich gut im Auge behalten.

Ihr Pferd ist schwarz, und ihr Hintern wippt beim Reiten auf und ab, auf und ab. Ich stehe hinter der Mauer an Opas Holzplatz und beobachte sie, wie sie mit ihren Freunden aus der Hitlerjugend vorbeigallopiert. Hoffentlich sind sie alle tot.

»Wo ist Bernhard?«

»Er ist bei Heinzy Schach spielen.«

»Und was ist mit seinen Hausaufgaben? Hat er denn seine Hausaufgaben gemacht, damit er *Schach* spielen gehen darf?«

Sie faucht das Wort heraus, damit es klingt wie zischender Höllendampf.

»Wir durften heute eher nach Hause gehen, wegen des Nebels. Niemand hat heute Hausaufgaben aufgekriegt.«

Ich habe immer irgendeine Ausrede parat, um Bernie zu decken, aber es wird von Mal zu Mal schwieriger. Bernie hat sich selbst davon überzeugt, daß es keinen Gott gibt und daß koscher essen vollkommen bekloppter Schwachsinn ist. Er wollte es mir beweisen, aber ich komme da nicht mit. Er blättert in seiner Bar-Mizwa-Bibel herum und regt sich über die Amalekiter und die Hethiter auf.

»Wie kommt der dazu, denen zu befehlen, ein ganzes verdammtes Volk auszulöschen? Wie kommt der bloß dazu? Und warum machen die das auch noch? Einfach so? Ein Haufen faschistischer Schlappschwänze.«

Bernie sagt, er geht aufs Klo, und vertilgt dort nach Fleischgerichten heimlich einen Marsriegel, nur um zu zeigen, daß er recht hat. Zwar habe ich das Mars vorher und hinterher das Papier gesehen, aber ich weiß trotzdem nicht, ob ich ihm glauben soll. Sachen mit Milch drin zu essen, nachdem man Fleisch gegessen hat, ist doch irgendwie ein ziemlich großer Schritt, selbst wenn man nicht an Gott glaubt.

Onkel Mendl kann sich nicht mehr so recht auf seine Liste konzentrieren. Er hat aufgehört, sich an seinen Stift zu klammern. Ich weiß, woran er denkt: An Suppe, Kartoffeln und Käse mit grünen Zwiebeln. An das Abendbrot.

Tantie Rosa ist die Stufen zum Schlafzimmer hinaufgegangen und schlüpft, leicht schaudernd vor Kälte, aus ihren Farben und Riemchen und Röcken. Sie hält sich für eine echte Sexbombe und himmelt sich jeden Tag im Spiegel an. Dann nimmt sie die Brille ab, damit ihre knochige Nase und ihre dünnen Lippen richtig zur Geltung kommen und sie sich ihrem Schönheitsideal hingeben kann. Mendl hat nicht besonders oft Augen für sie, jedenfalls nicht unter *dem* Aspekt. Meistens betrachtet er sie wie ein Bündel *Mischklai*, das er prüfen muß, bevor es gezählt, sortiert und gegen Geld in die Welt geschickt wird.

Als Rosa wieder herunterkommt, ist sie völlig verändert. Keine Spur mehr von Beinen, Plüsch, Absätzen und Farben. Alles futsch. Sie hat sich in einen Sack verwandelt, in einen grünen Sack. Ein schlabberiger Morgenrock umhüllt sie vom Kinn bis zu den Knöcheln und hat sich ihre spitzen Knochen einverleibt. Jetzt wird sie für Mendl schon interessanter. Dieses Bündel macht warmes Essen und wird später in der dampfigen, engen Küche mit ihm das Geschirr abwaschen und sich dabei mit ihm unterhalten.

»Karpels hat eine Bestellung aufgegeben«, verkündet Rosa. Sie spricht ein kerniges, forsches Englisch, in das sie ab und zu Wiener Versatzstücke einstreut, wenn sie zu Hause oder mit anderen Flüchtlingen zusammen ist.

»Er hat eine große Bestellung aufgegeben, dabei ist er gar nicht so sicher, daß das Geschäft besser wird.«

Jetzt liegen Erstaunen und Bewunderung in Mendls Blick. Bei ihrer Hochzeit hatte man ihm noch gesagt, daß sie nicht einmal Wasser kochen könne. Sie hatte sich auf die Erde geworfen und Gift und Galle gespuckt, als er sich geweigert hatte, die klebrige Pampe zu essen, die sie als Gulasch bezeichnete. Und jetzt, wo sie in einem neuen Land lebten, verkaufte sie Schulterpolster an die Feinsten der Feinen und kochte Sachen, die man ohne weiteres der königlichen Familie vorsetzen konnte.

»Warum ist denn Bernhard noch nicht hier? Wieso macht dieser Junge eigentlich immer Ärger?«

Rosa steht in der Tür, den Kopf schief gelegt wie eine Taube.

»Dieser Junge ist nie da, wo er sein soll. Was macht er bloß? Comics lesen?«

»Ich hab dir doch gesagt, Tantie Rosa, er ist bei Heinzy Schach spielen.«

In dieser Familie sollte ich eigentlich derjenige sein, der stets die Wahrheit sagt, denn immerhin komme ich nach meiner toten Mutter, aber Rosa glaubt mir einfach nicht. Was Bernie betrifft, ist sie total mißtrauisch, und das nicht zu Unrecht. Er ist von Natur aus gerissen und meint nie das, was er sagt. Selbst ich weiß meistens nicht, wo er sich rumtreibt. Wenn er mir erzählt, daß er Hebräisch schwänzt, um im Park beim Fußball zuzugucken, dann ist er bestimmt auf dem Markt, um sich Welpen und Kanarienvögel anzusehen. Wenn er sagt, er macht bei einem seiner Freunde Hausaufgaben, kann man Gift drauf nehmen, daß er ins West End gefahren ist, um die Frauen in geschlitzten Röcken anzugaffen, die vor den Striplokalen stehen. Bernie schmiert sich pfundweise Brylcreem in die Haare, um die Wirbel rauszukriegen, und schleimt sie sich lässig mit dem Kamm hinter die Ohren.

»Der Junge is sicher mit Heinzy. Yunno, der spielt doch gern lang.«

Mendl verteidigt Bernie nicht, weil er an ihn glaubt. Er will sein Abendbrot und möchte partout nicht, daß Rosa sich aufregt, einen Anfall kriegt und sich im Schlafzimmer heulend aufs Bett wirft. Wenn sie in dieser Verfassung ist, versucht er stets, sie zu beschwichtigen, aber unter seinen großen, behaarten, braunen Händen wollen sich ihre bebenden

Schultern einfach nicht beruhigen, und vergeblich tätschelt er ihr aufmunternd den Rücken, mit weit ausgestrecktem Arm, als wäre sie eine gefährliche Katze mit scharfen Krallen.

»Der Junge wird schon kommen. Jetzt komm und iß.«

Rosa gibt auf und geht in die Küche. Mendls Gesichtszüge sacken erleichtert in sich zusammen, und er fängt an, den Tisch abzuwischen. Er summt leise vor sich hin und legt den ganzen Zettelkram von Romeos Lumpenladen mit meinen Schulbüchern auf einen Stapel. Julius Cäsar oben, Mendls Liste unten.

Als wir bei der Suppe sitzen, kommt Bernie herein. Ich habe gerade den heißen Löffel halb im Mund, da stößt er die Tür auf und läßt sich auf den Stuhl gleiten, alles in einer einzigen fließenden Bewegung wie ein Außenstürmer, der durch die Abwehr schneidet. Mendl konzentriert sich auf die Suppe und versucht so zu tun, als wäre nichts. Er zeigt nur auf das Brot und sagt: »Wasch dir de Hände.«

Mendl glaubt, daß Händewaschen die beste Art ist, Krankheiten und Gottes Zorn abzuwenden. Rosa sagt nichts, und das ist schlecht. Mit der Gabel stochert sie in den Erbsen und Möhren herum. Mendl muß sich zwischen Essen und einer harten Auseinandersetzung darüber entscheiden, wo man sich zwischen Newington Green und Stamford Hill die Hände waschen kann. Ich weiß, daß Bernie sich da schon etwas zurechtgelegt hat. Er hat bereits eine Liste aller Orte parat, an denen man sich auf dem Weg die Hände waschen kann: Heinzys Zuhause, zwei öffentliche Toiletten, von denen eine nicht ganz auf dem Weg liegt, eine Talmudschule, eine Bibliothek und das Rathaus. Mendl merkt, daß er in der Falle sitzt. Bei solchen Spielchen hat er schon mehrmals den kürzeren gezogen.

»Hol dir einen Teller Suppe und setz dir ein Kappel auf.«

Mendl hat nachgegeben, aber noch nicht kapituliert. Er hat

das heilige Kopfbedeckungsgesetz aus dem Ärmel gezogen und feilscht jetzt heimlich: Kopfbedeckung für einen Teller Suppe und ein bißchen Frieden.

Daran hat Bernie schwer zu schlucken. Eine Kippa aufzusetzen stellt für ihn grundsätzlich Verrat und Schande dar. In der Schule setzen die coolen Jungs nie Kappen auf, obwohl es Vorschrift ist; sie würden sich lieber den Hintern damit abwischen, und obendrein hat Bernie noch einen Glaubenskrieg auszutragen.

»Das kann *ihm* gefälligst furzegal sein, was ich mir auf die Birne setze«, ist Bernies Meinung, die ihm bereits etliche Rausschmisse aus der Hebräisch-Schule eingebracht hat. Aber zu Hause ist Bernie ziemlich unberechenbar. Manchmal setzt er sich ganz nebenbei etwas auf den Kopf, als würde er sich am Schädel kratzen, und schaufelt mit halb geschlossenen Augen das Essen in sich hinein. Doch heute ist er nicht in Stimmung. An seinem unruhigen Blick sehe ich, daß er auf dem Markt war und ihn der Viehgeruch, das Gedränge und Geschubse der Menschenmenge ganz hibbelig gemacht haben. Er hätte dort eines der Mädchen aufreißen und sie überreden können, sich mit ihm für Samstagabend am Regent-Kino zu verabreden. Er hätte sich als Boxer oder Preistänzer in einem Club ausgeben können, und da war es doch wohl mehr als lächerlich, sich einen schwarzen Stoffetzen auf den Kopf zu legen, nur um Mendl und Gott einen Gefallen zu tun.

Mendl geht einen Schritt weiter. Er greift unter seinen Stuhl, unter dem er alte Zeitungen hortet, und holt ein winziges Stück schwarzen Stoffs hervor. Eine kleinere Kopfbedeckung hätte man im ganzen Haus nicht finden können, sie ist so winzig, daß sie selbst auf Bernies Haupt ihren läuternden Dienst erfüllen kann. Mendl will ihm damit bedeuten: Setz das auf, wer soll's schon sehen? Aber das kann er nicht laut sagen. Also sagt er: »Dis Kappel is good. Jetzt iß.«

Der schwarze Kunstseidenfetzen hängt wie eine Piratenflagge zwischen ihnen, Rosa verfolgt die Szene durch ihre beschlagenen Brillengläser, und ich scharre unter dem Tisch mit den Füßen.

Ein Fluch, ein Stoß gegen den Stuhl, und Bernie ist weg. Die Tür knallt, der Stuhl ist leer, und das schiffbrüchige Kappel ist zwischen dem Brotkorb und dem Salz gestrandet. Rosa starrt mich an, als sei ich der Staatsanwalt der Nürnberger Prozesse.

»Siehst du, was Kinder ihren Eltern antun? Siehst du, was für ein Ärger? Warum?«

Sie trommelt mit ihrer großen Gabel auf den Tisch und macht einen Fleck auf das Tischtuch. Zum Glück muß ich nicht antworten. Rosas Frage richtet sich an die ganze Welt, an die Schulterpolsterkäufer, an die Journalisten, die über Filmstars schreiben, an die Frauen, deren Söhne sich prächtig machen; sie alle sollen sie dafür bemitleiden, daß sie die Mutter eines Jungen ist, der ihr in ihrem ganzen Leben nicht eine Minute lang Freude gemacht hat.

Mendl seufzt. Nicht, weil Bernie ihm solchen Kummer bereitet, sondern weil ihm zwischen seinen speckigen Nackenfalten warm und schwitzig ist und er mit dem nächsten Gang weitermachen will.

»Möchtest du Limonade?« fragt er mich, und ich falle fast vom Stuhl. Limonade ist in diesem Haus wie Champagner. Die gibt es nur an hohen Feier- und Geburtstagen, und das ist so unumstößlich wie das Hütetragen. Limonade auszuschenken ist ein heiliges Ritual, wie Apfelstrudelbacken oder den Wein zu segnen. Es erfordert Können und eine ruhige Hand, und alle stehen in Sonntagskleidern drum herum und sehen zu. Obwohl es mitten in der Woche ist, braucht Mendl jetzt ein bißchen Feierlichkeit, um sich über die unangenehme Pause zwischen Bernhards Abgang und den Kartoffeln hinweg zu retten.

Er geht hinaus und kommt kurz darauf mit einer Flasche zurück. Rosa sieht verärgert auf die sprudelnde Flüssigkeit in unseren Gläsern und auf Mendls sich nähernde Hand.

»Ich will nicht«, sagt sie und hält ihr Glas zu. »Der Junge hat mir den Appetit verdorben.«

Mendl läßt die Flasche in der Luft verharren und sucht ihren Blick. Er will doch nur, daß sie ihre Sorgen in der Brause ertränken kann. Doch die Frau ist stur. Ihre Hand rührt sich nicht vom Glas, und ihr Kopf hängt betrübt über dem leeren Suppenteller. Mendl ist in Schwierigkeiten. Schon sieht er sein Abendbrot zu einem einsamen, fünfminütigen Kauen und Schlucken verkommen, während Rosa sich im Schlafzimmer schluchzend auf dem Bett hin- und herwälzt.

Mir kommt eine Idee. »Ich sehe mal nach, ob Bernie noch draußen ist. Ich rede mit ihm.« Und ohne Mendls Antwort abzuwarten, schlüpfe ich aus dem Zimmer.

Mit mir sind sie nicht so streng wie mit Bernie, wegen meiner toten Mutter, die mich zu einer bemitleidenswerten Kreatur, oder mehr noch: zu einem Vorbild wahren Leidens macht, an dem sich Bernhard ein Beispiel nehmen sollte.

»Schau, Bernhard, wie der Junge *nebbich* seine Hausaufgaben macht und seine Bücher hübsch in Ordnung hält.« Bei Mendls Lobeshymnen würde Bernie mir am liebsten in die Suppe spucken. Wer hat denn auch je von einem gehört, der Pluspunkte bekommt, nur weil seine Mutter tot ist? Aber am schlimmsten ist dieses jiddische Wort *nebbich*. Es klingt nach schmutzigem, auslaufendem Badewasser und stempelt einen als lebenslänglichen Versager ab.

Ich gehe also auf die trübe, dunkle Straße hinaus, doch die beiden Bushaltestellen sind menschenleer. Ich laufe zur anderen Seite hinüber und spähe durch das Tor von St. Ursula. Manchmal lungert Bernie im Klostergarten herum und sucht nach Kondomen. »Bern«, ich versuche zu pfeifen, doch von

Bernie keine Spur, nur Nebelschwaden in den Bäumen und das Motorengeräusch eines Busses in der Ferne.

Als ich wieder nach oben komme, hängt er ganz entspannt auf seinem Stuhl, und alle drei löffeln hingebungsvoll ihre Kartoffeln mit Käse. Dampf steigt aus den Tellern auf und wirbelt wie ein Taifun über ihren Köpfen, doch sie sitzen friedlich im Auge des Sturms und tun das, was sie am meisten zusammenschweißt: essen. Ich hüte mich davor, etwas zu sagen, und hole mir meine Portion aus der Küche. Offensichtlich hat Bernie es wieder einmal geschafft. Ich spähe auf seinen Kopf. Dort oben auf den pomadeglänzenden Büscheln thront ein glattgestrichener Eisbecherboden. An den Rändern kleben gelbe Bananeneisreste. Die drei essen mit regelrechter Inbrunst, weil Bernie fünf Zentimeter seines Schädels mit einem Stück unkoscherer Eiskremverpackung bedeckt hat. Ein wahres Wunder. Alle sind glücklich. Mendl hat sein Essen, Bernie seinen Spaß, und Rosa ist noch einmal darum herumgekommen, nach oben rennen und sich die Augen aus dem Kopf heulen zu müssen.

»Laß dein Essen nicht kalt werden«, sagt Mendl, um klarzustellen, wer in diesem trauten Familienidyll das Sagen hat. Ich fange an zu essen und versuche, Bernie zu ignorieren, dem ich es zu verdanken habe, daß ich jetzt dastehe wie ein behämmerter Schleimscheißer, der nachts vorm Kloster herumstolpert. In der Zwischenzeit hat Bernie sich ein randvolles Glas geheiligter Limonade eingegossen. Darin ist er ein echtes Talent: erst das brennende Streichholz ins Stroh werfen und dann auch noch dafür belohnt werden, daß er das Feuer auspinkelt.

Trotzdem bleibt Rosa der unberechenbare Faktor in dieser Runde. Sie mag ihr Essen genau wie alle anderen, stopft es aber nicht so restlos selbstvergessen in sich hinein, und ihren Streit mit Bernie hat sie auch noch nicht beigelegt. Vor fünfzehn Jahren hat sie ihm in Wien den Krieg erklärt, als er sich nicht dankbar genug dafür gezeigt hatte, von einem der besten und teuersten Ärzte der Stadt aus ihrem Leib gezogen worden zu sein. Diesmal kommt sie ihm nicht mit Worten. Sie nennt ihn nicht »fauler Lügner« oder »Schlange« oder »Ungeziefer« oder »englischer Fußballer«. Sie murmelt in sich hinein und ergeht sich in einer Art bauchrednerischen Kommentars zu Bernies Charakter. Man versteht kein Wort, aber ein verärgertes, unzufriedenes Grunzen wabert von ihrem Teller in Bernies Richtung, der nicht reagiert, und zu Mendl, der nichts hört. Rosa könnte noch immer in die Luft gehen. Dann würden Teller fliegen, und Bernie würde Prügel beziehen, zuerst mit der flachen Hand und dann mit allem möglichen, Gabeln, Kerzenleuchtern, Haarbürsten, Linealen, Kalendern, Kohlenzangen. Bernie setzt sich nie zur Wehr. Er wird nur bleich, hält sich die Hände schützend über den Kopf und wartet, bis der Anfall vorüber ist. Er kennt Rosa besser als sie ihn, aber das bedeutet nicht, daß er ihr verzeiht. Doch dieses Mal beruhigt sie sich wieder, verschwindet mit Mendl in der Küche, um abzuwaschen, und läßt Bernie und mich allein zurück.

Er greift sich den Stapel mit meinem Julius Cäsar und Mendls Liste.

»Julius Cäser holt sich munter auf Romeos Lumpen einen runter, niedergeschrieben vom armen Sklaven Wolpheus dem Hebräer. Was kriegst du dafür?«

Wahrscheinlich ist Bernie neidisch, weil Mendl ihn nicht fragt. Nicht, daß er es tun würde, aber er möchte trotzdem die Gewißheit haben, daß sie ihn zu irgend etwas brauchen.

Er schaut auf die Liste.

»Abdeckplanen und lange Damenunterwäsche! Versaute Kerle. Gibt er dir Geld dafür?«

Bernie weiß, daß Mendl mir keinen Penny für die Liste gibt, aber er ist ziemlich verzweifelt. Er braucht Bares, wenn er mit einem Mädchen ausgehen will, und seit ein neues Schloß vor der Telefonkasse hängt, sieht es damit eng aus.

»Hast du welches?«

»Nein.«

»Auch nicht in deinen Socken?«

»Nichts.«

Bernie glaubt, daß ich Taschengeld und Fahrgeld für den Bus horte. Aber er irrt sich. Ich habe kein Geld, aber *etwas* habe ich doch. Den Goldzahn meiner Mutter nämlich, den ich zusammen mit ein paar Photos und einem jiddischen Brief ihres Vaters in ihrem alten Portemonnaie aufbewahre. Manchmal hole ich ihn raus, aber ich fasse ihn nur ungern an, weil ich daran denken muß, daß er einmal in ihrem Mund steckte und sie ihn immer mit der Zunge berührt hat, als sie noch lebendig war und sprechen konnte.

Bernie ist von dem Zahn total fasziniert, und es macht ihm überhaupt nichts aus, ihn anzufassen. Er sagt, daß es hirnrissig ist, sich Tote als lebendige Menschen vorzustellen, die sich bewegen, lachen, reden und so weiter. Man muß sie sich als Teil der Erde vorstellen.

»Der Zahn deiner Mama«, hat er mir einmal gesagt, »hörte auf, ein Teil von ihr zu sein, als er herausgefallen ist. Jetzt könnte er auch von irgend jemand anders sein. Er hat mit der Menschheit nichts mehr zu tun.« Aber ich sehe meine Mutter vor mir, die zu lächeln versucht und sich dabei die Hand vor den Mund hält, um die goldene Zahnlücke zu verstecken. Dieser Zahn ist der Mittelpunkt ihres Gesichtes, und ich kann ihn mir nicht ansehen, ohne ihre Stimme zu hören, die eigentlich gar keine richtige Stimme ist, sondern ein undeutliches Klanggewirr aus einer Sprache, die ich vergessen habe.

»Kann ich den verscherbeln? Ich geb dir auch die Hälfte.«

Bernie hört auf, mit meinem Lateinbuch herumzuspielen, und sieht mir direkt in die Augen.

»Ich brauche Geld und weiß nicht, wo ich's sonst herkriegen soll. Meltzer würde uns dafür sicher ein paar Mäuse geben.«

Meine tote Mutter kommt durch das Gartenfenster geschwebt, legt den Finger an die Lippen, um SCHSCHT zu sagen, und wiegt den Kopf. Ich weiß nicht genau, ob das ja oder nein bedeuten soll oder ob sie überhaupt mit mir redet.

»Was willst du denn schon mit einem Stückchen Gold aus Wien? Das ist wie ein Zehennagel, nur daß du es verkaufen kannst.«

Sie ist nicht mehr da, und ich weiß nicht, was ich Bernie antworten soll. Ich weiß, daß er den Zahn jederzeit stehlen könnte, und das würde auch nicht viel ändern. Ich würde heulen und es Mendl sagen. Rosa würde herumschreien und mit ihrem Schuh auf ihn eindreschen. Doch er würde es überleben, und außerdem brauche ich ihn, um abends im Bett jemanden zum Reden zu haben. Aber wenigstens ist er so ehrlich, mich zu fragen, denn insgeheim tut es ihm leid, daß meine Mutter tot ist, auch wenn er vorgibt, sich keinen Furz um das zu scheren, was ihm in IHREN Augen wichtig sein sollte.

»Räumt den Tisch ab, Jungs.«

Rot vom Dampf und dem hitzigen Gespräch kommt Mendl aus der Küche zurück. Er braucht einen freien Tisch für seinen Liebesdienst, das Apfelstrudelbacken.

Mendl ist ein Meister im Apfelstrudelbacken. Das heißt, Rosa ist die eigentliche Künstlerin, und er ist ihr technischer Leiter und Regisseur. Um Strudel zu machen, braucht er einen leeren Tisch und absolute Konzentration. Kein Radio, kein Geschwätz, keine Unterbrechungen. Nur einen Tisch, einen Mann, eine Frau, den Teig und die Füllung. Als wir noch kleiner waren, bettelten wir immer darum, zusehen zu dürfen. Dann holte Mendl den warmen Eierteig aus der Küche, streute etwas Mehl auf die glatte, grüne Tischplatte, und die heilige Arbeit des Ausrollens konnte beginnen. Sie stellten sich einander gegenüber und machten sich daran, den Teig auszuwalken, schoben ihn dabei hin und her, krempelten ihn um, drehten und wendeten und dehnten ihn, bis der grüne Untergrund allmählich darunter verschwand und eine makellose, hauchdünne Teigdecke vor ihnen lag. Ein Loch im Teig kam für Mendl einem Verbrechen gleich.

Wenn er die Dehn- und Ausrollarbeiten leitete und Rosa anwies, hier noch etwas fester und dort etwas weniger fest zu walzen, war er wie ein großer Dirigent, der vor einem seufzenden Orchester stand und es nach seinem Taktstock spielen ließ. Er war Toscanini, und sie war seine erste Geige, die sich seinen Händen liebevoll fügte und dem rhythmischen Wippen seiner Ellenbogen gehorchte. Doch kaum erspähte er das erste Anzeichen eines Risses, und sei es nur der Hauch einer dünner werdenden Blase, ließ er die Musik verstummen. Rosa mußte sich hinsetzen, und er beugte sich mit grimmig geschürzten, dicken Lippen über die Schwachstelle und drückte mit den Fingern daran herum.

Lag der Teig dann erst einmal wie die Haut eines erlegten Tieres auf dem Tisch, standen sie mit leuchtenden Augen davor und betrachteten ihr Werk. Der Teig war ihr Spiegel und zeigte ihnen Adam und Eva. Er ließ ihre Gesichter erstrahlen und flüsterte ihnen zu: »Füllt mich mit Äpfeln.«

Dies war Rosas heilige Aufgabe. Ihr oblag es, saure Äpfel und Rosinen, Nüsse und Orangenschalen in einer Schlangenlinie auf dem Teig zu häufen und mit gekonnten, raschen Bewegungen des Löffels darauf zu verteilen, während Mendl nach den kleinsten Anzeichen von Makeln und Blessuren Ausschau hielt. Das war der schwierigste Teil, denn Rosa mußte abschätzen, wieviel Füllung der Strudel fassen konnte, ohne daß die dünne Teighaut, von der Mendls ganzes Glück abhing, unter der prallen Last platzte. Das Entscheidende dabei war das richtige Verhältnis zwischen den weichen säuerlichen Früchten und der dünnen knusprigen Hülle. Nur Rosa kannte das Geheimnis.

Wenn die Füllung sorgfältig verteilt war, beugten sie sich

wie zwei Chirurgen über den Tisch und fingen an, den Teig mit aufeinander abgestimmten Bewegungen behutsam um die Früchte zu wickeln. Und obwohl sie dabei kein Wort sagten und sich noch nicht einmal ansahen, waren sie vollkommen eins, als hätten sie nie etwas anderes getan, als an diesem Tisch zu stehen und Strudel zu backen.

Bernie gibt einfach keine Ruhe. Er will den Zahn, aber irgend etwas hält ihn davon ab, ihn sich einfach zu schnappen, und tschüs. Er zerrt mich nach oben in unser Zimmer, was eigentlich eher ein von der guten Stube abgetrenntes Kämmerchen ist.

»Los, hol ihn raus, zeig her.«

»Ich will aber nicht.«

»Na, komm schon, wir holen ihn raus und reden ein bißchen.«

Bernie weiß, daß ich wegen der Informationen über Mädchen und Kußtechniken von ihm abhängig bin. Nächtelang hält er mich mit seinen irren Geschichten wach. Aber die haben ihren Preis. Er schubst mich zum Regal, in dem ich das Portemonnaie meiner Mutter aufbewahre.

»Du kannst ihn haben«, sage ich, »nimm ihn dir. Mach doch damit, was du willst.«

Bernie steht da und sieht mich ein bißchen komisch an.

»Ich wette, deine Ma war eine gute Tänzerin. Ich wette, sie hat sich zum Ausgehen hübsch gemacht und ordentlich Spaß gehabt.«

Ich verstehe Bernie einfach nicht. Wir reden fast nie über meine tote Mutter, und wenn er sich über DIE lustig macht, erwähnt er sie nie. Sogar wenn ich zu meiner monatlichen Tb-Untersuchung ins Krankenhaus gehe, hält Bernie den Mund, als wäre das die natürlichste Sache der Welt.

»Sie war nicht so wie DIE. Jammern, essen, jammern, sich sorgen machen, essen, beten. Sie lachte gern. Die muß bei den Kerlen ganz schön beliebt gewesen sein, als sie jung war.«

Das hört sich nicht nach meiner Mutter an. Aber ich verstehe allmählich, worauf Bernie aus ist. Er möchte sie auf seine Seite kriegen. Sie wird schon dafür sorgen, daß er sich ihren Goldzahn aus dem Portemonnaie nehmen und ihn verkaufen kann, um sich mit einem Mädchen zu amüsieren.

»Zieh sie da ja nicht mit rein. Nimm einfach den Zahn und laß es gut sein.«

Ich greife nach der abgewetzten braunen Geldbörse und mache sie auf. Zwei winzige Bilder von ihr und mir befinden sich darin. Sie sieht verängstigt aus. Ich bin zu einem Bündel geschnürt. Eine Zugfahrkarte. Ein verblichener, jiddischer Brief. Der Zahn. Ich kann ihn einfach nicht anfassen. Er sieht aus wie ein gelbes Glasauge, das aus dem Dunkel zu mir hinaufstarrt und mich anklagt, ein schlechter Sohn zu sein, der das Andenken seiner Mutter nicht bewahrt und es zuläßt, daß Leichenfledderer sie in Stücke reißen. Mir ist schlecht und schwindelig.

»Alles in Ordnung?« fragt Bernie und angelt sich mit einer blitzschnellen Handbewegung den Zahn. Er ist weg, bevor ich antworten kann. Ich hocke auf dem Bett, das ausgekippte Portemonnaie vor mir. Es sieht aus wie ein toter, verwester Vogel.

Ich sitze eine Weile da und lausche den Geräuschen des Hauses. Das Radio geht an und wieder aus. Mendl und Rosa haben die Backzutaten weggeräumt und unterhalten sich leise, während sich der Strudel in der Ofenhitze suhlt und seine Säfte sammelt.

Meine Mutter schlüpft hinter einem Vorhang hervor. Sie ist nicht böse, nur blaß und besorgt. Sie sucht nach etwas, vielleicht nach Bernie oder nach dem Zahn. Sie läßt ihren toten Blick durch das Zimmer wandern und mustert alles ganz genau. Meine Bücher, meine Fußballtrophäen, meine in unsichtbarer Tinte geschriebene Mädchenliste, meine versteckten Kaugummis und die Löcher an den Ellenbogen meines Schulblazers. Sie läßt keinen Gegenstand aus, ohne jedoch Zustimmung oder Mißbilligung zu zeigen. Sie ist zu sehr mit dem Hinsehen selbst beschäftigt, und das verstehe ich, obwohl ich mir wünschte, sie würde auch mich ansehen. Dann ist sie auf einmal weg, und Mendl und Rosa steigen die Treppe zu ihrem kalten Schlafzimmer hinauf.

Bald wird in den vier Zimmern, in denen wir leben, Ruhe einkehren, bis Bernie sich hineinschleicht und mich weckt, um mir seine neueste Geschichte zu erzählen. Es ist still, doch die Stille ist angefüllt mit dem würzigen Geruch des Strudels. Der Duft von Obst, Zimt, gerösteten Nüssen und garem Teig erobert jedes der kalten Zimmer. Er kriecht in die Schränke, unter die Betten, in die zerbeulten Koffer und hinter die heiligen Limonadenflaschen. Er tröstet Mendl und Rosa in ihrem Bett und mischt sich mit seinem Schweiß und dem billigen Geruch ihrer Nachtcreme. Bald wird Mendl hinuntergehen und den Strudel aus dem Ofen nehmen.

Dann wird mich der Duft wie hypnotisiert in das kleine Zimmer mit dem grünen Tisch locken. Dort liegt, einer goldenen Trophäe gleich, Mendls und Rosas wohlgeratenes Kind zum Auskühlen in der Dunkelheit, ein heiliger Schatz, ein Quell des Glücks und des Stolzes: warm, still und bereit, verschlungen zu werden.

6
Sex und Neuhebräisch

Bernie wurde Zionist, als er herausfand, daß über einem Striplokal in Soho Neuhebräischkurse gegeben wurden. Rosa brachte ihn darauf.

»Sieh mal«, sagte sie, das Gesicht tief im *Jewish Chronicle* vergraben, »hier steht, daß dort zweimal wöchentlich Neuhebräisch gratis unterrichtet wird.«

Keiner sagte etwas. Mendl starrte aus dem Fenster in das fahle Abendlicht, das über dem verwilderten Garten lag, und Bernie ließ völlig versunken einen Film über Piloten der Royal Air Force, die aus einem deutschen Stalag geflohen waren, Revue passieren.

»Schau«, sagte sie noch einmal und schob Bernie die Zeitung unter die Nase, »das ist eine großartige Gelegenheit, und du willst nichts davon wissen und siehst noch nicht einmal hin.«

Eigentlich machte sich Rosa nicht besonders viel aus Neuhebräisch, aber der Unterricht kostete nichts und löste ein Problem. Bernie hatte sich geweigert, weiter die Hebräisch-Abendschule zu besuchen, und damit gedroht, statt dessen in einen Jugendklub zu gehen, in dem ab und zu auch nichtjüdische Kinder auftauchten.

»Aus dem Jungen wird noch ein Goj«, sagte Mendl, »ein perfekter Goj und ein Hooligan.«

Sie fürchteten den Klub, denn er lag weit jenseits ihres Horizonts, und sie kannten keinen, der seine Kinder dorthin schickte. Wer weiß, vielleicht wurde er von Konvertiten betrieben, die sich als Juden ausgaben. Womöglich brachten sie die Kinder aufs Land in ein Ferienlager, in dem der Name Jesu genannt wurde, oder gar noch Schlimmeres.

Deshalb nahm Rosa, die normalerweise jede Seite der Zeitung Zeile für Zeile las, um sicherzugehen, daß sie keiner Verschwörung aufsaß, die Anzeige gierig zur Kenntnis.

»Schau mal«, sagte sie wieder, »es ist im West End. Da gehst du doch gern hin.«

Bernie ließ von den Royal-Air-Force-Piloten ab und griff nach der Zeitung.

»Und, was gibt's Neues im Getto-Anzeiger?«

»Du weiß ja gar nich, vat a Getto is, also red nich driber«, sagte Mendl.

Bernies Augen folgten Rosas sorgfältig lackiertem Fingernagel zur Spalte mit den Kleinanzeigen:

Neuhebräischkurse
für Anfänger und Fortgeschrittene
Anglo-Israelischer Klub
12 Great Windmill Street
Dienstags, 18 Uhr
Kommen Sie doch mal vorbei!

Sollte das vielleicht ein Witz sein? Das war vollkommen verrückt: Hebräischkurse für Anfänger im Herzen des Stripperkönigreiches, direkt gegenüber vom Zentrum britischer Entkleidungskunst, dem Windmill Theatre.

Das war wohl die interessanteste Erfahrung, die Bernie bislang mit der Sprache gemacht hatte. Einmal hatten sie ihn zum Hebräischlernen zu Mr. Nirenblatt geschickt, einem Schneider und Hebraisten der alten Schule, der sich streng an die biblische Synthax hielt und ihm die Hausaufgaben auf die Rückseite alter Rechnungen notierte. Mit besonderer Vorliebe ließ Nirenblatt ihn das hebräische Verb KTL deklinieren, was soviel wie »schlachten« hieß und laut Nirenblatt und dem Grammatikbuch eines längst verstorbenen Deutschen namens Gesenius das regelmäßigste Verb der hebräischen

Sprache überhaupt war. Bernie war der Meinung, dies sei antisemitisch und ungerecht. Göbbels selbst hätte sich nichts Gemeineres ausdenken können. Das mußte man sich einmal vorstellen, die gesamte hebräische Grammatik basierte auf Mord. Ich schlachte, du schlachtest, du wirst schlachten, du wirst geschlachtet worden sein, du wärest geschlachtet worden, werden sie geschlachtet werden. Für Mr. Nirenblatt war die wunderbare Konjugationstabelle nicht mehr als ein Beispiel aus einer Sprache, die keiner mehr wirklich beherrschte. Doch Bernie machte es ganz krank.

Das hier verhieß etwas anderes. Hebräisch in Stripland konnte einfach nicht so unerträglich und blutrünstig sein wie Mr. Nirenblatts KTL-Verb.

»Neuhebräisch«, sagte Bernie verschmitzt, »das ist was anderes. Das könnte noch mal nützlich werden, wenn wir nach Tel Aviv ziehen sollten.«

»Das sage ich doch. Ich weiß eben, was für dich gut ist«, sagte Rosa selbstzufrieden.

»Dat's kein gutes Pflaster in de West End«, sagte Mendl, »das ist für Schläger und Verbrecher.«

»Was weißt du denn schon vom West End?« sagte Rosa. »Ich bin dort jeden Tag geschäftlich unterwegs, und es ist völlig ungefährlich. Bernie wird es Spaß machen, sich all die Leuchtreklamen und Schaufenster anzusehen. Da kann man doch was lernen.« Zweifellos dachte sie an die gemeinsamen Ausflüge mit ihrer Freundin Bronia in die Cafés und Einkaufsstraßen von Wien.

»Er nimmt ein Sandwich mit, damit er keinen Hunger kriegt, und wenn er wieder nach Hause kommt, gibt es was Richtiges zu essen.«

Soviel dazu.

Bis dahin hatte Bernie noch ein paar Tage Zeit, um sich vorzubereiten. Eingehend studierte er die Unterhaltungsseiten der Abendzeitungen, doch statt Kleinanzeigen für Stripclubs fand er nur langweiliges Zeug über Tanztees und Ballhäuser. Aber vielleicht verbarg sich hinter der harmlosen Fassade ja etwas ganz anderes. Er fragte Harvey Spack in der Schule danach. Harveys Vater hatte einen Zigarrenladen in der Gegend, in dem ihm sein Sohn abends und an den Wochenenden aushalf.

»Hebräischkurse in der Great Windmill Street? Du machst Witze. Da gibt's nur Nutten, Zuhälter und Zockerhöhlen. Die ganze Straße ist ein einziger Strich. Mein Vater kennt die. Es sind seine Kunden.«

Harvey war ein guter Kricketspieler und hatte eine tolle Frisur mit langem Nackenhaar, das er sich zu einem Entenschwanz kämmte. Bernie mußte ihm einfach glauben.

»Die kommen alle zu meinem Vater in den Laden, Bräute mit fast nichts an. Die wollen nur 'ne Schachtel Players haben oder so was, aber du denkst, du hast 'nen feuchten Traum. Das sind echte Wahnsinnsmiezen, mit geschlitzten Röcken und dem ganzen Kram.«

Soviel hatte Bernie auch schon gesehen, aber nur vom Bus aus, wenn er die Shaftesbury Avenue entlangfuhr. Zu Fuß da durchzulaufen war schon schwieriger. Man konnte von irgendeiner Petze gesehen werden oder sich eine Krankheit holen, wenn man einen Laternenpfahl anfaßte, an dem sich gerade ein Aussätziger festgehalten hatte, und dann war man in Teufels Küche.

»Kann man da abends rumlaufen?«

Harvey lachte. »Als Jungfrau nicht.«

»Warum kämmst du dich denn immerzu?« fragte Mendl. »Willst du an einem Schönheitswettbewerb teilnehmen?«

Mit einem Kamm, einer kleinen Schere und einer Dose Brylcreem bewaffnet, verbrachte Bernie neuerdings viel Zeit vor dem Badezimmerspiegel. Er versuchte, sich das Haar glatt an den Kopf zu kämmen. Das war ungefähr so aussichtslos wie die Zähmung eines bengalischen Tigers. Sobald sich der Kamm, die Bürste oder die Hand einer neuen Problemzone widmete, schnellten die von Bernie gerade mühsam gebändigten Büschel wieder in die Höhe. Es war wie ein verheerendes Buschfeuer, das plötzlich an den unberechenbarsten Stellen aufloderte. Ein Friseur hatte ihn einmal gefragt, ob er afrikanische Vorfahren habe. »Moses«, hätte er sagen können, tat es aber nicht. Was auch immer er ausprobierte, das drahtige Gestrüpp wollte sich einfach nicht fügen und verwandelte sich nur in ein unförmiges, fettiges Filzknäuel. Er sah in den Spiegel, verfluchte seine afrikanischen Vorfahren für ihr leidiges Erbe und suchte sein Gesicht nach Pickeln ab. Glücklicherweise war die Wetterlage gerade günstig und der Strand ziemlich sauber. Bernie wollte um nichts in der Welt auffallen. Er wollte durch diese geheimnisvollen Straßen gehen, ohne daß Leute auf ihn zeigten und sagten: »Seht ihr diesen komischen Vogel mit den zu engen Klamotten und dem Schlangennest auf dem Kopf? Das ist Bernie, mit der letzten Lieferung frisch aus Woggawogga reingekommen.«

Rosa wickelte das Sandwich sorgfältig in ein Stück Cellophan. »Ei und Gurke, ohne Zwiebeln, damit du es vor dem Unterricht essen kannst. Mit einem leeren Magen lernt es sich nicht gut, und denk dran, danach ein Glas Wasser zu trinken.«

Sie betrachtete Bernie mit ihrer üblichen mildtätigen Miene. Sie sah sich selbst in Wien zu einem Stadtbummel mit ihren Freundinnen aufbrechen. Ihre Mutter war zu depressiv gewesen, um ihr Sandwiches zu schmieren. Alles hatte sie selbst machen müssen, und das war nun Bernies Dank dafür, daß sie so gut für ihn sorgte.

Kaum war Bernie aus der Tür getreten, spürte er den leisen Vorwurf der sorgsam eingewickelten Roggenbrotscheiben, die sich eng um die dünn geschnittene Gurke und das krümelige Ei schmiegten. Sei ein braver Junge, sagten sie. Sei deiner Mutter dankbar, die uns geschnitten, mit ihren schwachen Händen aufeinandergepreßt und dann so hübsch ordentlich eingepackt hat, und wofür das alles? Damit ihr undankbarer Sohn uns herunterschlingen und verdrücken kann wie ein wildes Tier, ohne zu kauen und ohne ihr für die selbstlose Mühe zu danken. Schäm dich, Bernhard. Er wußte nicht, wohin mit dem Sandwich. Es war sperrig und beulte jede Tasche aus. In seiner Hose wölbte es sich neben dem Schritt. In seiner Jacke stak es über der Hüfte heraus. Es machte ihn entweder zu einem Sexbesessenen oder zu einem Krüppel. Wutentbrannt schleuderte Bernie es über eine Hecke und rannte die Straße hinunter, um den Bus zu kriegen. Er hatte jetzt schon Hunger und fühlte sich doch um Tonnen leichter.

Die Straßen von Soho rochen nach Benzin, Zigaretten und faulem Obst. Der nahegelegene Markt hatte schon geschlossen, und verdorbene Äpfel und weggeworfene Salatköpfe wurden zu kleinen Haufen zusammengefegt. In gierigen Zügen atmete Bernie die Luft ein. Wenn er könnte, würde er alles in sich einsaugen, die ganze Szenerie, Häuser, Läden, Busse, Menschen und das faulige Obst. Die matschigen Äpfel, die über das Pflaster kullerten, erfüllten ihn mit wildem Übermut. Er zertrat einen und fühlte sich stark und unbesiegbar, Bernie der Hunne, Bernie Stolzfuß.

Das Windmill Theatre gab SEIFENBLASEN in der fünfzehnten Woche. Bernie fing an, die Photos der Mädchen im Aushang zu betrachten, obwohl er eigentlich erst den Hebräischkurs finden mußte. Die Ankündigungen auf den dunklen Türen waren vielversprechend, zweifellos ging es hier richtig zur Sache: TABUKLUB, NUR FÜR MITGLIEDER, CHIRURGISCHE INSTRUMENTE. Männer liefen scheinbar zielstrebig vorbei, blieben stehen, drückten sich einen Moment lang vor einem der Eingänge herum und schossen dann hinein, als hätte eine unsichbare Hand sie am Kragen gepackt. Bernie mußte die Hausnummer 12 finden, und offenbar stand er direkt davor, aber da war nur eine Sandwich Bar, und einen anderen Eingang gab es nicht.

»Möchtest du was bestellen?« Ein griechisch aussehender Mann stand hinter dem Tresen.

»Nein«, sagte Bernie, »ich suche die Nummer 12.«

»Welche Straße?«

»Diese hier, das ist doch Great Windmill Street?«

»So isses.«

»Nummer 12?«

»Jepp.«

Bernie mochte den Griechen nicht nach den Hebräischkursen fragen und ging wieder hinaus, um noch einmal genau nachzusehen. Rechts neben der Bar war ein kleiner, schlecht beleuchteter Durchgang, der mehr als nur dezent nach Pisse roch, doch gab es dort offensichtlich keine Tür, die ins Haus führte. Das mußte ein Scherz sein, dachte Bernie, ein dummer Streich. Aber wer konnte Hebräischkursbesucher nach Stripland locken wollen? Die Arabische Liga? Die Faschisten? Der Mossad? Rosa könnte über eine verschlüsselte Botschaft der Israelis gestolpert sein, einen Hinweis auf echte Gefahr und internationale Konflikte. Die Adresse und der ganze Rest waren geheime Buchstaben und Zahlencodes, die nur israelische Agenten und vielleicht noch ihre schlimmsten Feinde entziffern konnten, und genau die hatten ihn vielleicht geknackt und lagen jetzt auf der Lauer.

»Na, Kleiner, möchtest du ein bißchen Spaß haben?«

Eine glühende Zigarette und ein fahles Gesicht hoben sich im schummerigen Durchgang von der Hauswand ab.

»Mit mir hast du garantiert Spaß, Süßer.«

Bernie zwang sich, auf sie zuzugehen, obwohl er das Gefühl hatte, seine Füße gehorchten ihm nicht mehr. Sie blies Rauch in seine Richtung. Das war alles andere als ein Hebräischkurs. Sag was, Bernie, sag was. Die Stimme in seinem Kopf war höhnisch und penetrant. Na, komm schon, du

Memme, mach den Mund auf. Harvey Speck würde keine Puddingbeine bekommen. Er würde einfach drauflos reden.

»Ich suche den Hebräischkurs.«

Ehe er sich auf die Zunge beißen konnte, waren die Worte schon draußen. Vollkommen dämliche Worte, aber ihm fiel nichts Besseres ein, und nichts zu sagen wäre völlig daneben gewesen.

»Im Stehen für 'nen Fünfer«, sagte sie und ließ sich nicht vom Thema abbringen.

»Ist das hier die Nummer 12?«

Bernie stand jetzt ganz dicht vor ihr, dicht genug, um den Rauch in die Nase zu kriegen.

»Verpiß dich.«

Sie hatte sich schon von ihm abgewandt und sah über seine Schulter hinweg auf die Straße hinaus. Bernie war entlassen.

Reumütig kehrte er zur Sandwich Bar zurück. Da stand er nun in einem Durchgang in Soho vor dieser Nutte, und ihm fiel nichts Besseres ein, als sie nach Hebräischkursen zu fragen. Sie mußte ihn für einen Mormonen oder einen Perversen halten. Unschlüssig blieb er vor der Bar stehen, dann kehrte er wieder um. Diesmal wußte er genau, was er sagen würde, aber sie war nicht mehr da.

Sie hatte vor einem Treppenabsatz gestanden, der zu einem schäbigen Eingang voller Klingeln und Namensschilder hinabführte. *Jackie zweite Etage. Trixie oberste Etage. Anglo-Israelischer Klub. Nur für Mitglieder.* Hier war es.

Er ging die Stufen zum Eingang hinunter, stieg dann die schmale, spärlich beleuchtete Treppe hinauf und spähte auf die Namensschilder. Es gab eine Agentur für Zeitungsausschnitte, eine Reperaturwerkstatt für Elektrorasierer, Türen mit Mädchennamen, eine Firma, die *Romantikleder* hieß, und schließlich eine ziemlich ramponierte Tür mit einem Schild, auf dem *Anglo-Israelischer Klub* stand. Bitte läuten. Die Klingel funktionierte nicht, also klopfte Bernie laut.

Im Türspalt erschien ein Mann mit Glatze.

»Was willst du?«

»Ich komme wegen des Hebräischkurses.«

»Was für ein Hebräischkurs?«

»Ich habe eine Anzeige im *Jewish Chronicle* gelesen.«

Die Tür öffnete sich ein wenig mehr.

»Der Kurs mußte heute ausfallen, weil Mr. Halevy krank ist. Komm nächste Woche wieder.«

Bernie war erleichtert. So konnte er sich noch ein wenig vorbereiten.

Rosa war verärgert über den verschobenen Unterricht.

»Mr. Halevy ist also krank. Auch eine Ausrede. Die sollten sich besser um ihre Kunden kümmern. Wie viele Käufer würden bei mir wohl eine Bestellung aufgeben, wenn ich jeden Montag und Donnerstag krank wäre? Ich hätte keinen einzigen Kunden mehr. Aber was kümmert das schon die vom Anglo-Israelischen Klub? Die kriegen ihr Geld von den Zionisten und machen, was sie wollen. Hast du dein Sandwich ordentlich aufgegessen?«

»Vorzüglich«, sagte Bernie, »ich habe es in einem kleinen Park nicht weit vom Klub gegessen und ein bißchen davon an die Tauben verfüttert.«

»So viele hungrige Kinder, und er verfüttert es an verlauste Vögel«, sagte Mendl.

»Gott hat die Vögel geschaffen.«

»Du weiß nich, was du redest. Über alles machst du dich lustig. Jetzt geh essen.«

In der Schule wollte Bernie von Harvey Spack noch mehr Einzelheiten wissen. »Was nehmen denn die Nutten im Laden deines Vaters so?«

»Möchtest es wohl mal ausprobieren, was?«

»Nö, reine Neugierde.«

»Kommt drauf an, was du willst.«

»Kann man handeln?«

»Klar kann man handeln. Ist ja nicht Selfridge's. Aber man muß aufpassen.«

»Wovor?«

»Die können dich ausrauben, oder du kriegst den Tripper.«

Bernie war ganz schlecht vor Aufregung. Er wußte, daß der Tripper eine schreckliche Krankheit war, vor der man auf öffentlichen Toiletten gewarnt wurde. Die Nase und die Ohren fielen einem ab, und das manchmal erst über zwanzig Jahre, nachdem man es mit einer Prostituierten getrieben hatte.

»Auch wenn ich sie nur berühre?«

»Wenn du sie mit deinem Schniedel berührst, schon.«

Harvey Spack ging weg und ließ Bernie noch ratloser und unvorbereiteter zurück als vor seiner ersten Hebräischstunde.

Auf seinem Nachhauseweg rannte er schnurstracks in die Öffentliche Bibliothek, zog ein dickes Lexikon aus dem Regal, vergewisserte sich, daß keiner guckte, und schlug es unter dem Stichwort »Geschlechtskrankheiten« auf. In die dicht gesetzten Druckspalten waren verschwommene Schwarzweißphotos von Hautausschlägen, offenen Wunden und entstellten Gesichtern eingefügt. Sie glichen Photos von grausigen Verbrechen. Diese Menschen sahen aus, als wären sie von einem blindwütigen Kriminellen mit einem Fleischerhaken bearbeitet worden. Wer würde das nächste Opfer sein? Bernie, vortreten! Sehr geehrter Verleger, kann man die Krankheit auch bekommen, wenn man nur neben einer infizierten Frau steht? Was ist, wenn man ihre Türklinke anfaßt? Das Lexikon gab keine Antworten auf Bernies Fragen. Es war alt und müde und behielt seine schrecklichsten Geheimnisse für sich.

Zu Hause bemerkte Mendl, daß Bernie sich ununterbrochen die Hände wusch.

»Warum wäschst du dich denn immer? Du machst noch den ganzen Wassertank leer.«

»Ich schwitze.«

»Dann tu dir nicht soviel Pfeffer in die Suppe.«

Als er im Bett lag und im Geiste immer wieder durchging, was er in der letzten Stunde alles gelernt hatte, wurde Bernie steif wie ein Brett. In Gedanken ging er lässig auf das Mädchen zu, sah ihr direkt in die Augen und sprach sie an:

»Was macht denn ein hübsches Mädchen wie du so spät noch auf der Straße?«

Sie lachte.

»Ich mache meine Hausaufgaben, Kleiner.«

»Französische Verben?«

»Woher weißt du das, du cleveres Bürschchen?«

»Was nimmst du denn für eine Übungsstunde?«

Er stand so dicht vor ihr, daß er ihr Parfüm riechen konnte, so dicht, daß ihm ganz schwindelig und schwarz vor Augen wurde und ihm auf einmal alles egal war, der Tripper, die Flecken in seinem Schlafanzug und Rosas merkwürdiges Schweigen darüber.

»Vergiß nicht, daß du heute Hebräischunterricht hast«, sagte Rosa, »und sollte sich Mr. Halevy diesmal auch zu träge fühlen, dann kann doch einer von den Israelis einspringen, die dort den ganzen Tag in den Cafés rumhängen. Das kannst du ihnen mit schönen Grüßen von mir ausrichten.«

»Diesmal bitte kein Sandwich«, sage Bernie, »es werden kleine Erfrischungen gereicht.«

Rosa war verblüfft.

»Der Unterricht gratis, und dann gibt es auch noch was zu essen?«

»Das sieht den Zionisten ähnlich«, sagte Mendl, »die kriegen Geld aus Amerika und geben es für Essen aus.«

Bernie hatte eine Fünfpfundnote in der Tasche, Geld, das er über viele Monate gespart und zusammengeklaut und hinter großen dominikanischen Briefmarken in seinem Album versteckt hatte. Zusammengefaltet und in eines von Mendls große, nach Talkum und muffigen Schränken riechende Taschentücher gewickelt, wartete es dort auf den Abend. Er hatte das Geld aus seinem Versteck geholt und dabei gedacht, warum nicht, wer weiß, vielleicht – ohne sich ausmalen zu wollen, was oder was ihn nicht erwartete. Aber mit fünf Pfund, die sich gegen seinen Oberschenkel schmiegten, fühlte er sich überlegen und reich. Das Geld stellte ihn mit den Männern, die abends unterwegs waren und sich amüsierten, auf die gleiche Stufe. Der Bus war erfüllt von ihrem Geruch nach Aftershave und Pomade, und Bernie atmete tief den Rauch ihrer Zigaretten ein. Er erkannte sie an ihrem gestutzten Nackenhaar. Es waren die Väter und älteren Brüder seiner Mitschüler, deren Hälse er täglich in der Morgenandacht sah, wenn sie den Kopf zum Vaterunser senkten. Die rosa Haut zwischen ihren Ohren spannte sich angestrengt, während sie mit zweihundert anderen im Chor zischten: »Vergib uns unsere Schuld, wie auch wir vergeben unseren Schuldigern«, und Bernie, dessen Kopf nicht gesenkt war, weil er nicht zu Jesus betete, mußte unwillkürlich an pfeifenden Dampf denken, als würde eine große Lok für eine lange Reise gefeuert, die er nicht antreten würde.

Die Photos der Mädchen am Windmill Theatre erregten ihn diesmal nicht sonderlich. Abgezehrte Frauen mit spitzen Gesichtern standen auf Kisten und Leitern und trugen Federn und Schmetterlingsflügel. Sie sahen verkrampft und verfroren aus. Ein besonders großes Mädchen hatte außer einem Zylinder und ein paar winzigen Fetzen nichts am Leib. Sie saß auf einem Motorrad. Bernie mußte sich eingestehen, daß ihn das Motorrad mehr interessierte als ihre Beine. Es sah ziemlich echt aus, so, als würde es im nächsten Moment mit ihr im Sattel laut dröhnend von der Bühne fegen und durch die Zuschauerreihen im Parkett und die Glastür hindurch auf die Straße rasen. Er tastete nach der Fünfpfundnote an seinem Schenkel. Er verschwendete seine Zeit. Statt zum Hebräischkurs zu gehen, sah er sich irgendwelche Bilder an. Rosas Stimme, die sich auf Deutsch über Faulpelze lustig machte, klang ihm in den Ohren:

Morgen, morgen, nur nicht heute
Sagen alle faulen Leute.

Mach deine Hausaufgaben, Bernhard. Und ob er das tun würde, französische Verben, Hebräischunterricht, alles. Heute abend würde er ein guter Junge sein.

Vor dem Anglo-Israelischen Klub stand diesmal eine andere. Eine kleine, dralle Frau in Pelzjacke und einer schräg sitzenden Baskenmütze ging vor der Tür auf und ab. Blitzschnell musterte sie ihn von oben bis unten.

»*Tu veux cheri?* Willst du?«

Bernie war gut in Französisch. Er beherrschte den Konjunktiv besser als jeder andere in seiner Klasse, Imperfekt, Konditional, egal was, er konnte näseln, daß es eine wahre Freude war. Doch das hier war seine erste Unterhaltung auf freier Wildbahn. Er sah sich die Frau näher an. Sie hatte ein rundes Gesicht und dicke Lippen, die sich beim Sprechen weich verzerrten.

»*Viens mon petit, c'est pas chèr.* Nicht viel *monnaie.*«

»*Combien*«, fragte Bernie und verspürte bei dem lässigen Klang des Wortes einen Anflug von Stolz. Er hoffte, daß ihm kein Konjunktiv in die Quere käme, denn dafür brauchte man einen kühlen Kopf, und sein Herz raste.

»*Tu veux faire l'amour? On peut monter.*«

Sie machte eine Kopfbewegung in Richtung Treppenhaus und Hebräischkurs. Bernie sah Rosa vor sich, die ihm in ihrem grünen Kleid den Weg versperrte und vorwurfsvoll auf Lichtbilder von Tripperopfern zeigte, die an die dunkle Hauswand geworfen waren. Er verdrängte die Vorstellung und konzentrierte sich auf sein Französisch. Die Frau hatte etwas Mütterliches und schien nicht in Eile zu sein. Sie berührte seinen Ellenbogen und musterte ihn prüfend.

»*Tu es vierge?* Erstes Mal?«

»Oui«, sagte Bernie, *»je ne suis pas marié.«* Das war zwar ein korrekter, aber vollkommen idiotischer Satz.

Sie lachte breit.

»Hast du *monnaie?*«

Bernie drückte Mendls Taschentuch fest gegen seinen Schenkel.

»Nicht viel.« Sein Französisch hatte ihn verlassen. Subjekte, Verben, Präpositionen und alles andere aus dem Lehrbuch hatte die Flucht ergriffen und Bernie seinem Schicksal überlassen. Sie kam näher, und er konnte ihren säuerlichen Schweißgeruch riechen.

»Im Stehen nur fünf, *bien?*«

Sie las ihm die Antwort von den Augen ab und zog ihn durch die Tür ein paar Stufen hinunter in ein mit Kisten und Kartons vollgestopftes Souterrain. Es war darin fast vollkommen finster, doch es duftete angenehm nach Äpfeln und Orangen, die die Marktleute dort lagerten. Bernies Hände waren schweißnaß. Sie drehte sich zu ihm um, lehnte sich behäbig an eine der Kisten und schob ihm eine Hand zwischen die Schenkel. Bernie hatte das Gefühl, als hätte ihm jemand mit einem Vorschlaghammer auf den Kopf gehauen.

»Mon cadeau?« sagte sie.

Ob einfach oder kompliziert, Bernie fiel kein einziges französisches Wort mehr ein, doch er wußte, was sie wollte, denn die Hand hatte aufgehört, ihn zu streicheln und streckte sich ihm abwartend entgegen. Du mußt mit ihr feilschen, dachte Bernie, du mußt mit ihr feilschen und sie auf zwei oder drei runterhandeln. Doch die streichelnde Hand sabotierte die Synapsen in seinem Hirn, und wer hätte ihm hier unten schon Geld wechseln können? Durch den Stoff seiner Hose berührten ihre Finger seine Hand. Mendls um den Fünfer gewickeltes Taschentuch bildete die letzte Mauer des Heiligen Tempels gegen den sanften Einfall des Feindes. »Du wirst krank werden und in einem Irrenhaus sterben.« Rosa hatte sich mit den Verteidigern verbündet und flüsterte ihm ins Ohr. »Wer wird dir etwas zu essen geben, wenn dir die Nase abfällt? Geh Hebräisch lernen.« Doch Bernie konnte nirgendwo hingehen und niemandem zuhören. Er war ein Stift, der gerade bis zum äußersten gespitzt wurde. Schon vollkommen erschöpft, lehnte er gegen sie, das Gesicht in ihrem Haar, und ließ sich behutsam die Hand mit dem Taschentuch und dem Geld aus der Hosentasche ziehen. Ohne ein Wort zu sagen, rieb sie ihren Bauch gegen seinen und zog den Fünfer heraus. Bernie spürte, wie sich ihr Knie zwischen seine Beine schob und ihre Hand den Hosenschlitz öffnete und nach seinem Ständer griff. Er versuchte, irgend etwas oberhalb ihrer Hüften zwischen die Finger zu bekommen, egal was, doch er war ihr Gefangener, und mit einem beschwichtigenden Raunen bedeckte sie seinen Schwengel mit Mendls weicher, weißer Flagge und begann, ihn mit langen, energischen Bewegungen zu melken. Aufhören, dachte Bernie. Aufhören, nicht mit Mendls Taschentuch. Alles andere, bloß das nicht. Doch das energische Streicheln kappte ihm die Stimmbänder, und ein empörtes, lustvolles Röcheln war alles, was er herausbrachte. Mendls Taschentuch wurde vergewaltigt, und er konnte nichts dagegen tun. Es würde auf ewig besudelt sein und gegen ihn zeugen. Rosa kannte jedes einzelne Wäschestück. Sobald etwas fehlte, würde sie eingehende Nachforschungen anstellen, bis er schließlich gezwungen war zu gestehen. Bernie schwitzte. BITTE AUFHÖREN. Als er ihre Hand packen wollte, gab sie ihm mit einem raschen Auf und Ab den Rest und stieß ihn zurück. Das Taschentuch lag wie ein zerbrochenes Ei zwischen ihnen auf dem Boden.

»*C'est ça*«, sagte sie im Gehen und stieg die quietschenden Stufen hinauf. Völlig benommen knöpfte Bernie sich die Hosen zu und beugte sich zu dem Stück Stoff hinab. Es war ekelerregend, wie ein Kadaver mit herausquellenden Eingeweiden, der auf die Geier wartete, und er wußte einfach nicht, wohin damit. Er hatte nicht einmal eine Zeitung bei sich, geschweige denn einen wasserdichten Leichensack. Ihm war heiß und speiübel, doch er riß sich zusammen und ließ den Blick suchend über den Fußboden gleiten. Er war übersät mit Jaffaorangen-Einwickelpapier, zarte Kreise aus rosaweißem Seidenpapier, so vertraut wie alte Bekannte. Rosa kaufte diese Orangen unermüdlich den ganzen Winter lang, um Israel zu unterstützen und den Antisemiten eins auszuwischen. Bernie bückte sich nach den Papieren, als würde er Pilze sammeln, hob ein paar auf, knüllte das klebrige Taschentuch hinein, steckte es in seine Tasche und hoffte das Beste. Doch schon auf dem Weg zum Hebräischkurs drückte der nasse Klumpen schwer gegen seinen Oberschenkel und verhieß nichts Gutes.

Im Anglo-Israelischen Klub saßen in einem großen Raum mit riesigen schmucklosen Fenstern vier Leute um einen wackeligen Tisch herum. Das trübe Licht der nackten Glühbirnen ließ sie wie Schaufensterpuppen aussehen, die man im Lager eines leeren Kaufhauses vergessen hatte. Die Wände waren übersät mit bunten Postern, auf denen weiße Häuser und blaues Meer abgebildet waren. Tel Aviv, Haifa und Ashkelon luden zum Besuch eines Alten Landes mit Jungem Herzen ein, und Bernie wünschte sich, er könnte jetzt dort nackt im weißen Sand in der trockenen Hitze liegen und sich von den heißen, gierigen Sonnenstrahlen den klebrigen Schweiß vom Körper lecken lassen.

»Schalom«, sagte der einzige Mann in der Gruppe. »Herzlich willkommen in unserem kleinen Kreis. Ich bin euer Lehrer, Mr. Halevy.«

»Ich muß mir mal die Hände waschen«, sagte Bernie und sah sich suchend um.

»Da drüben, aber das Licht geht nicht.«

Auf dem Klo suchte Bernie erfolglos seine Hose nach verräterischen Flecken ab, doch das Licht von draußen war zu schwach, und er mußte sich auf seinen Tastsinn verlassen, was jedoch zu keinem Ergebnis führte. Da es weder ein Handtuch noch Seife gab, spülte er sich sorgfältig die Hände ab und rieb sie an seinen Wollsocken trocken. Irgend etwas an diesem improvisierten Handtuch ließ ihn wieder zuversichtlich werden und die Sorge über Mendls blödes Taschentuch und dessen klebriges Geheimnis vergessen. Er fühlte sich wie ein Läufer, der gerade die erste Hürde genommen hatte und nun unbeirrt und immer schneller dem Ziel entgegenlief. Er würde mit den Besten mithalten und die Schlappschwänze abhängen.

Als er wieder zurückkam, war Mr. Halevy gerade dabei, den Damen zu erzählen, wie beschwerlich der Weg von seiner Arbeit im Dulwicher Krankenhaus bis hierher zum Klub war.

»Sieht so aus, als hätten wir einen neuen Mitschüler«, sagte er, als Bernie Platz nahm. »Vielleicht stellst du dich einfach vor, wir duzen uns hier.«

Bernie sah zu den Frauen hinüber, und drei erwartungsvolle Gesichter lächelten ihn an. Womöglich war er der bisher einzige männliche Schüler in der Gruppe. Er riß sich zusammen und genoß die Aufmerksamkeit.

»Ich bin Harvey.«

»Vera«, »Sheila«, »Linda«.

Sie waren nicht mehr ganz jung, aber uralt nun auch wieder nicht, und Bernie sonnte sich in ihren interessierten, neugierigen Blicken. Warum besuchte ein junger Mann wie Harvey, zweifellos ein großartiger Kricketspieler und erfolgreich bei den Frauen, einen Hebräischkurs? Seine Mutter konnte ihn nicht dazu verdonnert haben. Sie war Modell für eine

Modefirma, und die ganze hebräische Sprache, ob nun alt oder neu, kratzte sie weniger als eine Stecknadel. Das Ganze war rätselhaft. Harvey hatte ein Geheimnis.

»Ich bin Motti«, sagte Mr. Halevy. »Und, Harvey, wie steht's mit deinem Hebräisch?«

Das mörderisch regelmäßige Verb KTL dröhnte Bernie in den Ohren, doch er brachte es zum Schweigen. Harvey konnte unmöglich wissen, wie man KTL konjugierte.

»Nicht besonders gut, aber ich möchte es lernen, um in die israelische Armee eintreten zu können.«

Vollends gebannt, starrten die drei Ladies zu ihm herüber. Einen Moment lang hielten sie den Atem an, um sich ihrer Bewunderung für Harvey, den Helden, hinzugeben.

Lachend brach Mr. Halevy den Zauber.

»Da hast du noch ein bißchen Zeit, Harvey, zuerst mußt du die Schule beenden und Hebräisch lernen.«

»Es gibt wichtigere Dinge als Schule«, sagte Bernie grimmig und warf den Damen einen verwegenen, heldenmütigen Blick zu.

Doch Mr. Halevy ließ sich nicht beirren und zwang die Gruppe, sich Rina und Dan, dem Helden und der Heldin ihres Neuhebräischbuches, zuzuwenden. Bernie mußte in Lindas Buch mit hineinsehen, und einen Moment lang wurde ihm vom schwachen Duft ihres Parfüms und ihrer warmen Schulter dicht neben seiner ganz schwummerig. Doch Rina und Dan holten ihn wieder auf den Teppich zurück. Die beiden waren Pioniere in einem Kibbuz und verbrachten ihre Zeit mit Feldarbeit. Sie würden heiraten und in der Wüste einen neuen Kibbuz aufbauen. Beim Anblick der winzigen verschwommenen Photographien von Männern und Frauen mit langen und kurzen Gerätschaften in den Händen wurde Bernie bald klar, daß Harvey von diesen Typen in kürzester Zeit die Nase voll haben würde. Ihr Leben erschien öde und hitzegeplagt, und sie mußten überallhin zu Fuß gehen.

»Heute begleiten wir Rina und Dan zur Ernte in den Orangenhain.« Diese Aussicht schien Mr. Halevy in freudige Aufregung zu versetzen, doch Bernie war darüber alles andere als begeistert. Wenn Orangen ins Spiel kämen, würde ihm Mendls schmutziges Taschentuch in seiner Hosentasche auf jeden Fall das Genick brechen. Wie sollte er es fertigbringen, selbst den primitivsten hebräischen Satz über Rina und Dan, die Jaffas pflückten, herauszubringen, wenn seine Hand auf dem in Orangenpapier eingewickelten Beweisstück Nummer eins ruhte? Er würde sich auf jeden Fall verraten.

»Harvey, mein Freund, wie sagt man in Hebräisch ›Guten Morgen, Rina, möchtest du eine Orange mit mir essen?‹«

Bernie wurde rot und biß sich fast auf die Zunge. Sein Mund war trocken, und seine Hand krampfte sich um die Orangenpapiere. Sie waren vollkommen durchnäßt.

»Oder versuch es mal mit: ›Ja, Dan, diese Orange ist sehr saftig.‹« Mr. Halevy sah ihn an, als wüßte er über Mendl und das schreckliche Schicksal seines Taschentuchs genauestens Bescheid. Bernie wünschte sich sehnlichst, wieder in Mr. Nirenblatts Kellerzimmer zu sitzen und unschuldige Spiele ums Schlachten in der Gegenwart, Vergangenheit und Zukunft zu spielen.

Linda rettete ihn.

»Orange ist TAPOOZ, oder?«

Während die Damen sich mit Mr. Halevy darüber unterhielten, auf wieviel verschiedene Arten man »saftig« sagen konnte, lugte Bernie verstohlen zu seiner Hosentasche hinunter. Es war mehr als peinlich: Auf seinem Oberschenkel hatte sich ein großer feuchter Fleck gebildet. Er war dunkel und schien auf dem grauen Flannel zu pulsieren wie ein Heer tödlicher Bakterien. Rosa würde ihn entdecken, noch ehe er überhaupt zu Hause angekommen war. Alle Alarmglocken würden losgehen, und ihre Suchscheinwerfer würden den Fleck ins Visier genommen haben, bevor er einen Fuß über die Schwelle gesetzt hatte. ERGIB DICH, BERNHARD. DU BIST UMZINGELT. HER MIT DEM TASCHENTUCH.

Linda stupste ihn mit der Schulter.

»Harvey, Harvey, du bist dran.«

Ihr Finger zeigte auf einen hebräischen Satz, und ein Wirrwarr unlesbarer Buchstaben und Wörter sprang ihm entgegen. Noch nie hatte er völlig kopflos und mit einer durchnäßten Hosentasche Hebräisch vorlesen müssen. Eigentlich war dies doch eine durch ewige Wiederholungen abgedroschene Sprache der Langeweile und des Gebets. Doch plötzlich war alles neu und anders, und es war nicht Mendls behaarter Finger, der dort auf die Seite tippte, sondern Lindas rotlackierter Nagel.

»Was würdest du Rina sagen, Harvey, wenn sie dich bitten würde, ihr eine Orange zu schälen?«

Mr. Halevy starrte ihn erbarmungslos an. Es war ein feindseliger, argwöhnischer Blick, der ihn eindringlich davor warnte, Rina nicht ernst zu nehmen oder ihr diese Bitte abzuschlagen.

»EKTOLEIHOO – ich werde ihn schlachten«, sagte Bernie mit fester Stimme. Da war es, Nirenblatts dämliches hebräisches Verb, auf wundersame Weise und genau für diese Gelegenheit in seinem Hirn gespeichert. Wie ein wilder Kriegsruf prallte es von der schäbigen Tischplatte ab, hüpfte auf die Schenkel der Damen und von dort direkt in Mr. Halevys verblüfftes Gesicht.

»Harvey, was ist los mit dir. Weißt du überhaupt, was das heißt?«

»Es ist ein vollkommen regelmäßiges hebräisches Verb.«

»Aber es ist völlig veraltet, und was hat es mit Orangen zu tun?«

»Ich dachte, man könnte es immer verwenden, wenn man was mit dem Messer schneidet.«

Mr. Halevy gab es auf und ließ ihn für den Rest der Stunde in Ruhe.

Gedämpft drangen hebräische Satzfetzen unterschiedlicher Stimmlagen an sein Ohr, während er versuchte, durch Übereinanderschlagen und festes Zusammenpressen der Oberschenkel den schrecklichen Fleck auszubügeln. Sein Gesicht mußte vor Anstrengung glühen, denn er bemerkte, wie die anderen ihn ansahen und vielsagende Blicke tauschten. Das ist Harveys Ende, dachte er. Kein Anwärter der israelischen Armee würde verbissen die Beine unterm Tisch übereinanderschlagen und dabei rot anlaufen. Harvey war erledigt.

Mit der Entschuldigung, er müsse den Bus kriegen, verließ er den Unterricht früher und wand sich in einer einzigen Bewegung aus dem Stuhl und zur Tür hinaus. Er stolperte die Treppe hinunter und überlegte, ob er das Taschentuch den Treppenschacht hinab in den Keller werfen sollte, wo all seine Probleme angefangen hatten, doch inzwischen war es ein Teil von ihm geworden, ein neues Körperteil, das in seiner Tasche wuchs und das er nicht einfach herausreißen und wegwerfen konnte. Während er zum Bus rannte, ertappte er sich dabei, wie er Nirenblatts mörderisches hebräisches Verb vor sich hin konjugierte: EKTOL TIKTOL YIKTOL. Das klang wie Namen von Desinfektionsmitteln oder Ameisengift, doch es feuerte ihn an und verlieh seinem Lauf einen Rhythmus, während er zwischen den Passanten hindurch die laute Straße entlangrannte.

Als er zur Tür hineinkam, saßen sie bereits im kleinen Hinterzimmer am grünen Tisch, die Stapel Notizbücher zur Seite geschoben, und warteten auf ihn. Sie hatten ihre Listen gemacht, und Mendl war von den vielen Ziffern und Zahlenkolonnen ganz erschöpft.

Rosa traf direkt ins Schwarze: »Was hast du dir denn über die Hose gekleckert?«

Mein Stichwort, das ist mein Stichwort, dachte Bernie.

»Tee, es gab Tee beim Hebräischkurs, und ich hab was danebengegossen.«

»Kein Mensch kann gleichzeitig Tee trinken und Hebräisch lernen, und Menschen mit zwei linken Händen schon gar nicht«, sagte Mendl.

»Mit oder ohne Milch?« fragte Rosa und beäugte den häßlichen Fleck durch ihre dicken Brillengläser.

»Milch und Zucker«, kombinierte Bernie mit wissenschaftlichem Scharfsinn.

»Zieh dir deinen Schlafanzug an. Ich sehe zu, wie ich das rausbekomme. Und was habt ihr sonst noch gemacht, außer Tee verschütten? Ist Mr. Halevy gekommen?«

»Ja, und wir haben über einen Mann und eine Frau und Orangen gesprochen.«

Mendl machte ein skeptisches Gesicht.

»Über so einen Unsinn redet ihr im Hebräischunterricht? Gibt es nichts Wichtigeres, worüber ihr euch unterhalten könnt?«

»Orangen sind sehr wichtig«, sagte Rosa, »die wären da unten schon verhungert, wenn sie nicht ihre Orangen in die ganze Welt verkaufen würden. Und wer war sonst noch da?«

»Drei Frauen.«

»Jüdinnen?«

»Wer sollte denn sonst zu einem Hebräischkurs gehen, Japaner?«

»Und nächste Woche gehst du wieder hin, nicht wahr?«

»Mal sehen.«

Bernie ging nach oben, um sich den Schlafanzug anzuziehen. Er war müde und niedergeschlagen. Das Ding in seiner Tasche sah aus wie ein toter Fisch, auch der Gestank war fischig. Er verschanzte sich im Bad, spülte die Orangenpapiere das Klo hinunter und fing an, den Fischkadaver unter kaltem Wasser zu waschen. Allmählich wurden seine Hände rot, doch der Fisch wollte sich einfach nicht in ein Taschentuch zurückverwandeln. Er nahm Rosas Badeseife, schrubbte es längs und quer, doch egal, wie fest er rieb, es wollte nicht richtig schäumen. Es war schwer zu sagen, ob der Fleck verschwunden war oder sich nur unter der Nässe verbarg, um nach dem Trocknen wieder gelb und gehässig durchzuschlagen. Er hätte zu gern gebadet, doch es gab kein warmes Wasser, und den Spießrutenlauf in die Küche hinunter, um welches zu holen, zog er gar nicht erst in Erwägung. Er saß in der Falle.

Mendl klopfte an die Badezimmertür.

»Haste von dem Tee Magenschmerzen bekommen?«

»Nein.«

»Kommste runter zum Essen?«

»Ja.«

Mit all seiner schwindenden Kraft wrang Bernie Mendls Taschentuch aus. Er mußte ein Rosa-sicheres Versteck finden, bis es trocken war, vielleicht auf einer der Heizungen in der Schule. Dann mußte er es ordentlich zusammenfalten, bügeln und zurück in den Schrank legen. Doch das war nur ein Teil des Problems. Jetzt galt es, auf mögliche Symptome zu achten. Womöglich fing es mit einem kleinen Pickel auf der Nase völlig harmlos an, und zwanzig Jahre später konnte plötzlich die ganze Nase abfallen. Er betrachtete sich im Spiegel und sah ein bleiches Gesicht und blutunterlaufene Augen, die Augen eines Sterbenden. Moment, sagte er sich, jetzt mach dich nicht verrückt! Er hatte in Mendls Taschentuch gesteckt, ein sehr sauberes und festes Stück Stoff, dick genug, um die tödlichsten Erreger aufzuhalten. Er war die ganze Zeit über darin eingewickelt gewesen, und keine menschliche Hand hat ihn berührt. Es war so gut wie sicher, daß der kalte, nasse Klumpen in seiner Hand ihn vor dem Tripper bewahrt hatte.

»Komm jetzt essen, Bernhard.«

Sie würden Verdacht schöpfen, wenn er noch länger im Bad blieb. Behutsam faltete Bernie das Taschentuch so flach wie möglich zusammen, steckte es in seinen Pantoffel und ging nach unten. Während er seine Suppe löffelte, streichelte seine rechte Fußsohle vorsichtig das nasse Stück Stoff. Schweigend sahen Rosa und Mendl ihm beim Essen zu, als ob er mit jedem Löffel belastendes Beweismaterial zutage förderte. Bernie schluckte rhythmisch und sagte im Geiste die regelmäßigen Formen von KTL auf, dem vollkommensten und ältesten hebräischen Verb, das soviel wie schlachten bedeutete.

7
Quasten

Wolfy ließ seine Quasten nach Mr. Wilberforces Unterricht im Schwimmbad liegen. Es wäre schon peinlich genug gewesen, die jüdischen Unter-dem-Hemd-Quasten überhaupt irgendwo liegenzulassen, beim Arzt zum Beispiel oder in der Notaufnahme eines Krankenhauses oder im Bett einer Frühstückspension, aber sie in Willy the Rippers Schwimmunterricht liegenzulassen war eine echte Katastrophe.

Willy Wilberforce war ein Sadist, der seine reine Freude daran hatte, zuzusehen, wie die Jungs in dem eisigen, trüben Wasser des Schulschwimmbads des Holloway-Gymnasiums blau anliefen vor Kälte. Mit Ausnahme von ein paar guten Sportlern, die er »meine britischen Prachtbullen« nannte und mit Eintrittskarten für Spiele von Arsenal London belohnte, haßte er sie alle. Vor allem haßte er die jüdischen Jungs, und noch mehr haßte er Wolfy, der aus religiösen Gründen während der Schwimmsaison in den Wintermonaten jeden Freitagabend früher gehen mußte.

Will the Ripper konnte sich furchtbar schlecht an Wolfys wöchentliches Anliegen erinnern. Er kannte jede Mannschaftsaufstellung von Arsenal seit 1935, behielt das leiseste Wimmern oder Stöhnen der erschöpften Jungen im Gedächtnis und quälte sie noch Monate später mit dieser Schmach. Aber er konnte sich beim besten Willen nicht an Wolfys religiöse Gründe erinnern, wegen derer er an Freitagabenden im Winter früher gehen mußte. Daß dies ausgerechnet den Schwimmunterricht betraf, war für Wolfy besonders hart. Angenommen, er hätte Freitag nachmittags Geschichte gehabt. Zum fraglichen Zeitpunkt, während alle mitschrieben, was der alte Henty ihnen über die drei Hauptgründe für den Bürgerkrieg erzählte, hätte Wolfy sich gemeldet. Die Tage waren kurz, der Sabbat stand vor der Tür, und er mußte nach Hause. Henty hätte über seinen Brillenrand hinweg einen Blick auf die gesenkten Köpfe geworfen und die erhobene Hand gesehen. Er wußte, was das bedeutete, doch das rituelle Fragespiel mußte eingehalten werden.

»Was gibt's, Helfgott?«

»Ich habe die Erlaubnis, früher zu gehen, Sir.«

»Und warum?«

»Aus religiösen Gründen.«

»Ach, das. Na, dann aber flott. Und vergiß nicht, dir alles, was wir heute durchgenommen haben, bei jemandem abzuschreiben.«

Und dann wäre Wolfy unter den neidischen Blicken der Schreibsklaven gegangen, die für einen kurzen Moment einen gewissen Vorteil darin gesehen hätten, ein Jud zu sein.

Doch in Willy the Rippers Unterricht war ein derart harmloses Szenario völlig undenkbar. Man kann im Wasser nicht die Hand heben und erwarten, daß der Lehrer einen sieht. Außer den eigenen gab es da drin noch achtundfünfzig andere Hände, die sich dauernd hoben und senkten, kraulten, spritzten und herumwirbelten, während Willy die Trillerpfeife blies und brüllte: »Jetzt aber mal 'n bißchen Dampf, ihr schmalbrüstigen Milchbubis«, wobei seine Stimme im ganzen Schwimmbad widerhallte. Wie soll man da die Hand heben? Vor allem, wenn er einen absichtlich nicht sehen will.

Freitag nachmittags im Schwimmbecken erging es Wolfy wie Daniel in der Löwengrube oder Joseph im Brunnen. Allein Gott, für den er das alles in erster Linie tat, konnte ihn retten. Allein Gott konnte Willys steinernes Herz erweichen und ihn Wolfys qualvolle Schreie erhören lassen. Doch Gott dachte gar nicht daran. Wolfy mußte sich selbst helfen. Er mußte OHNE ERLAUBNIS aus dem Wasser steigen, was ungefähr so war, wie nackt über den Centre Court von Wimbledon zu rennen, und sich naß, zitternd und Auge in Auge mit der signalroten Trillerpfeife vor Rippers massigen rosa Brustkorb stellen.

Willy: Sofort wieder rein da mit dir, aber ein bißchen dalli.

Wolfy: Ich habe eine Erlaubnis, bitte.

Willy: Mach, daß du ins Wasser kommst, du Memme.

Wolfy blieb nichts anderes übrig, als sich wieder in den kalten Sumpf plumpsen zu lassen und es von da aus noch einmal zu versuchen, denn schließlich wollte The Ripper ihn nur leiden sehen. Also reihte er sich wieder in den Trupp zu Wasser gelassener Kettensträflinge ein und versuchte, beim Kraulen seine Hand zu heben. Er sah aus wie ein Ertrinkender, eine Hand in der Luft, die andere hilflos rudernd im Wasser. Hin und wieder versuchte er zu plärren »Bitte, Sir« oder »Hallo, Sir«, doch The Ripper war taub. Wolfy fühlte sich schrecklich. Er hatte eine schriftliche Erlaubnis vom Schuldirektor, »aus religiösen Gründen«, aber was nützt einem das, wenn man unter Willy the Rippers erbarmungslosen Blicken nackt und durchgefroren in einem Becken voller magerer Heringe herumstrampelt?

Doch Wolfy, der einem höheren Willen gehorchte als dem Willys, blieb keine Wahl. Er war der junge Moses vor dem mächtigen Pharao, der ihm die »Laß mein Volk früher nach Hause gehen«-Botschaft überbrachte. So schnell er konnte, kletterte er noch einmal aus dem Wasser und lief schnurstracks zu dem mit Bändern und Abzeichen behängten menschlichen Berg in schneidigen Badehosen und blendend weißen Socken. Kein »Bitte, Sir« diesmal. Willy mußte durch die unmißverständliche Botschaft des brennenden Busches zu Fall gebracht werden, und dann hätte sich die Sache erledigt.

Moses: Ich habe religiöse Gründe. Ich muß gehen, Sir.

Pharao: (Er weiß, daß religiöse Gründe vom Direktor

höchstpersönlich kommen und nicht einfach ignoriert werden können.) Na los, zieh Leine, du Krabbe, aber glaub ja nicht, daß es meine Schuld ist, wenn du das nächste Mal ersäufst.

Ein paar Minuten später rennt Wolfy mit wirren, klatschnassen Haaren, Chlorschleim in den Ohren, roten Augen und hastig übergeworfenen Sachen über den leeren Schulhof zum religiösen Bus, der ihn nach Hause bringen wird, noch bevor das weiße Sabbattischtuch auf dem grünen Tisch landet.

Doch als er in aller Eile in seine Kleider gesprungen ist, hat er seine biblischen Quasten vergessen. Einsam hängen sie nun zwischen den Hemden, Socken und Unterhosen in der schweißigen, stickigen Umkleidekabine wie ein heiliges Banner, das in einem der vielen blutigen Religionskriege von heidnischen Stämmen erobert wurde und nun in irgendeiner Höhle neben ihren Götzen prangt.

Ihren Verlust bemerkte Wolfy erst, als er sich am Freitagabend auszog. Bernie schlief schon oder tat zumindest so, und da sie aus religiösen Gründen kein Licht anmachen durften, war es stockfinster. Als Wolfy sich schläfrig das Hemd auszog, griff er automatisch nach seinen Quasten, um sie über den Kopf zu ziehen. Sie waren nicht da. Zwischen Hemd und Unterhemd, dort, wo sie sich normalerweise immer befanden, gähnte eine merkwürdige Leere. Wolfy konnte es einfach nicht glauben. Wie ein Blinder, der nach einem Muttermal sucht, tastete er sich von oben bis unten ab. Keine Quasten. Es gab nur einen Ort, an dem sie sein konnten, gefangen in Willy the Rippers Umkleidekabine.

»Bernie, wach auf.«

Er gab kein Lebenszeichen von sich.

»Bernie, Herrgott noch mal, es ist ein Notfall.«

Bernie wühlte den Kopf ins Kissen und murmelte etwas Unverständliches.

»Bernie, bitte, meine *Zizijot*, ich habe sie im Schwimmbad gelassen.«

Bernies Kopf schnellte hoch. Er grinste bei der Vorstellung von Wolfys Quasten, die zusammen mit Kämmen, Gürteln, Busfahrkarten und Kondomen in Willys Kiste für verlorene Gegenstände lagen.

»Du Pfeife, jetzt mußt du The Ripper fragen, ob er sie dir herausgibt.«

Bernie trug nie Quasten, obwohl in der Bibel ausdrücklich stand: »Rede zu den Israeliten und befiehl ihnen: Sie sollen sich Quasten an die Zipfel ihrer Kleider nähen.« Er war der Meinung, nur Weicheier trugen winters wie sommers eine lächerliche Rettungsweste mit komischen Fäden daran unter dem Hemd, um Gott und den Eltern einen Gefallen zu tun. So drückte er sich auch jedesmal um die sonntägliche *Zizijot*-Untersuchung in der Hebräischschule.

»Hat doch keinen Zweck, wegen so eines dämlichen Stoffstücks zu heulen. Du mußt es dem Ripper am Montag nur aus der Nase leiern, also geh schlafen.«

Wolfys Schwarzer Montag kam viel zu schnell. Das ganze Wochenende über malte er sich die furchtbare Szene aus. In einer der Pausen würde er zur Turnhalle gehen und versuchen, sich Willy zu nähern, der normalerweise immer von seinen Lieblingssportlern umringt war. Sie standen zusammen und schrieben Aufstellungslisten für die Schulmannschaften. Schon sah er sich auf den magischen Kreis zugehen, den er zu durchdringen hatte, um The Ripper nach den Quasten zu fragen. Doch er schaffte es nie. Im entscheidenden Moment, wenn er den Mund aufmachen wollte, verdüsterte sich das Bild.

Bernie dagegen foppte ihn mit seiner Version der Szene.

»Genauso wird's laufen«, sagte er, »also mach dich schon mal darauf gefaßt. Willy steht da wie ein Grizzlybär mit der Trillerpfeife um den Hals und 'nem Kater. Er hat Kopfschmerzen von der Sauforgie im Grizzlybär-Fußballklub. Er sieht überall rote Streifen und hört Alarmglocken. Da biegt mit spitzen Ohren und roten Wangen Wolfy Helfgott um die Ecke, er hat Ringe unter den Augen, weil er zuwenig geschlafen hat und sich weigert, Sport zu treiben.

Wolfy macht den Mund auf und sagt: ›Bitte, Sir, ich glaube, ich habe am Freitagnachmittag etwas in der Umkleidekabine vergessen.‹

So weit, so gut, doch Willy wittert, daß er den Sportskanonen um sich herum was Lustiges bieten kann.

Er sagt: ›Was denn, Kleiner?‹

Du sagst: ›Einen Bekleidungsgegenstand.‹

Er sagt: ›Einen Socken oder einen Schuh?‹

Du: ›Nein, Sir.‹

Er: ›Was war es denn, Jungchen, eine Windel oder ein Suspensorium?‹

Die Sportskanonen lachen und genießen das Schauspiel. Du schwitzt, und die Brille rutscht dir von der Nase. Sie wissen, wer du bist: Du bist der, der beim Geländelauf Letzter war und mit einem Schuh im Matsch steckengeblieben ist. Du versuchst es noch einmal.

›Es war eine Art Schal, Sir.‹

›Aber nicht von Arsenal oder den Spurs, oder?‹

›Nein, Sir, es war einer, den man drunter trägt.‹

›Wo drunter?‹

›Unter dem Hemd, Sir.‹

Jetzt ist Willy richtig neugierig geworden. Ein Schal, den man unter dem Hemd trägt, klingt nach irgendeiner perversen Schweinerei, und er liebt perverse Schweinereien.

›Und wieso trägst du einen Schal unter dem Hemd, juckt das nicht?‹

›Nein, Sir, es juckt nicht, ich trage ihn aus religiösen Gründen.‹«

Hier brach Bernie ab, und Wolfy vergrub den Kopf in den

Händen. Er würde das niemals schaffen. Es blieb ihm nichts anderes übrig, als seine Quasten der Sklaverei zu überlassen. Das Maß an Schmähungen und Qualen, die man aus religiösen Gründen über sich ergehen lassen mußte, war irgendwann voll. Es war schon schlimm genug, im Religionsunterricht zu sitzen und fein säuberlich seitenweise Psalmen abzuschreiben, während die anderen bei Reverend Taylor etwas über Jesus und seine Wunder lernten. In Wolfys Kopf spielten sich seltsame Dinge ab, während er sich Zeile um Zeile durch Davids Psalmen kämpfte. Stufenpsalmen vermischten sich mit Geschichten von Jesus, der auf den Berg stieg, und »*Wohl dem, der nicht sitzt*« landete zusammen mit dem Samen der Weinberge zwischen Dornen. Er wußte, daß er aus religiösen Gründen bis ans Ende aller Tage einen Vers nach dem anderen abschreiben mußte, während der Rest der Klasse mit Unserem Heiland und seinen Jüngern um den See Genezareth spazierte. Diese Aufteilung war einfach ungerecht, sein Handgelenk tat höllisch weh, und alle anderen konnten sich seelenruhig Geschichten anhören und mußten nicht ein Wort schreiben. Die übrigen jüdischen Jungs in seiner Klasse scherten sich einen Dreck darum; ihre Eltern hatten sich einverstanden erklärt, daß ihre Sprößlinge am neutestamentlichen Religionsunterricht teilnähmen. Wolfys Vater würde das niemals erlauben. Und so hockte er da, der einzige Psalmenkopist Englands, seit Heinrich der Achte die Mönche aus den Klöstern geschmissen hatte, und tat sich leid.

Doch Wolfy ahnte auch, daß Reverend Taylor ihn verstand. Er war ein dunkler, untersetzter Pfarrer aus Somerset, der die Jungen ins Sommerlager begleitete und ihnen das Gefühl gab, daß Jesus einer war, den man einfach gut finden konnte, ein Engländer, fair, energisch, ein guter Läufer und nett zu Krüppeln und Alten. Manchmal, wenn er aus dem Alten Testament erzählte, fragte er Wolfy, wie man einen hebräischen

Namen aussprach, und schien erfreut darüber, derart wertvolles Wissen in seiner Klasse zu haben.

Eines Montags beschloß Wolfy, zu Mr. Taylor zu gehen und ihn um Hilfe zu bitten, die Quasten wiederzubekommen. Anders als die meisten Lehrer, die sich ein unordentliches, verrauchtes Lehrerzimmer teilten, hatte Taylor ein Zimmer für sich. Eigentlich sollte es ein Ort sein, an dem die Jungen über ihre Probleme und Sinnkrisen sprechen konnten, doch das taten nur wenige. Als Wolfy am Montagmorgen in der ersten Pause zu Mr. Taylors Büro kam, stand die Tür weit offen. Taylor saß am liebsten, umringt von Bücherstapeln und Papierbergen, in einem tiefen Armsessel. An den Wänden hingen seine gesammelten Kricketschläger und erinnerten an Totems eines polynesischen Stammes.

»Komm herein, Helfgott, was kann ich für dich tun?«

Wolfy fühlte sich zu Taylor und seinem behaglichen Glauben voller Wunder und Güte hingezogen. Was machte es da schon, wenn er die Bibelgeschichte von David und Salomon in einen Abenteuercomic verwandelte, in dem sich die beiden wie Räuberbarone über Kriegsbeute stritten und Frauen entführten. Wolfy spürte, daß er eigentlich gerecht und verständnisvoll war.

»Ich habe Ärger mit Mr. Wilberforce, Sir, es geht um Religion.«

Mr. Taylor kauerte sich so tief wie möglich in den Armsessel. Es sah aus, als würde er sich gleich in eine Kugel verwandeln und durch ein Schlupfloch im Lederpolster davonkullern. Dies war seine bevorzugte Denkerpose, ein Rückzug, um den großen Vorstoß vorzubereiten. Er schwieg und sah Wolfy mit wachen, grüblerischen Augen an.

»Es geht darum, daß ich Freitag nachmittags wegen des Sabbat früher gehen muß.«

»Wenn du eine Erlaubnis hast, kann er doch nichts dagegen haben.«

»Nein, Sir, er hat auch nichts dagegen, aber er macht es mir wirklich schwer, ihn aus dem Schwimmbecken heraus zu bitten, daß ich gehen darf, und dann bin ich so aufgeregt, daß ich letzten Freitag meine Quasten liegengelassen habe …, und jetzt kann ich ihn nicht danach fragen, weil er mich dann bestimmt auslacht.«

Wolfy war alles andere als niedergeschlagen. Niemand würde ihn in dieser geweihten Stätte voller geheiligter Krikketschläger und Photos von Priestern und Rugbyspielern auslachen. Sie waren in einem sakralen Raum, in dem heilige Totems und religiöse Gründe respektiert wurden.

Mr. Taylor hatte buschige Augenbrauen, die er jetzt so weit hochzog, daß sie fast an seinen Haaransatz stießen.

»Quasten?«

Haltlos hing das Wort in der Luft, und er schien angestrengt darüber nachzudenken.

Wolfy kam ihm zur Hilfe, denn soweit er wußte, war im Neuen Testament nicht die Rede davon, und Jesus hatte dazu keine Geschichten parat. Keine Quasten der Fünftausend, keine Heilung der Frau in Quasten. Woher sollte Taylor also davon wissen?

»Es ist aus der Bibel, Sir.« Er hatte es nachgeschlagen, um sich vorzubereiten. »Buch fünfzehn, Vers siebenunddreißig.«

Mr. Taylor griff nach der Bibel und schlug die Stelle auf. Er balancierte seine Brille auf der Nasenspitze und begann, in seinem angenehmen Bariton vorzulesen: *»Der Herr sprach zu Moses: Rede zu den Israeliten und befiehl ihnen: Sie sollen sich Quasten an die Zipfel ihrer Kleider nähen, sie und ihre Nachkommen, und an jeder Zipfelquaste eine Schnur von violettem Purpur anbringen.«*

»Das ist hübsch«, sagte Taylor, »gilt das auch für Frauen?«

»Nein, nur für Männer und Jungs.«

»Und wo genau trägt man das?«

»Unter dem Hemd und über dem Unterhemd«, sagte

Wolfy und war ziemlich stolz darauf, einem Religionslehrer etwas aus dem Alten Testament erklären zu können.

Mr. Taylor schien sich mit dieser Auskunft ein wenig schwer zu tun. Er machte ein verdutztes Gesicht.

»Willst du damit sagen, daß diese biblischen Quasten noch immer getragen werden?«

»Jeden Tag, Sir«, sagte Wolfy und war zum ersten Mal im Leben stolz auf seine Quasten.

»Und wie sehen die aus?«

Wolfy nahm einen Stift aus der Tasche, denselben, den er zum seitenlangen Abschreiben von *Kommt, laßt uns dem Herrn zujubeln* benutzte, und malte eine Art Fahne mit einem Loch für den Kopf und vier fadenähnlichen Anhängseln an jeder Ecke auf. Er versuchte, dem Ganzen einen heroischen Strich zu geben, als wäre es Josuas Banner beim Fall von Jericho, aber es ähnelte eher einer Schildkröte mit Tentakeln.

»Ich kann nicht besonders gut zeichnen«, sagte er.

»Ganz im Gegenteil, Helfgott, ganz im Gegenteil. Das ist sehr aufschlußreich. Jetzt wartest du hier, und ich will sehen, was ich tun kann.« Er faltete die Zeichnung sorgfältig zusammen, steckte sie in die Tasche und trudelte zur Tür hinaus wie ein Matrose bei Seegang.

Wolfy setzte sich in den Sessel und atmete den angenehmen Geruch von Leder, Tabak und alten Kricketschlägern ein. Es war ein christlicher Geruch, herb und alt, wie der Duft nach Holz und Blumen in dunklen Kirchen. Er stellte sich Taylor als christlichen Ritter vor, der durch Wälder und Stürme galoppierte, um Menschen in Not zu helfen. Jetzt ritt er gerade durch die hallenden Flure der Schule, um auf Sir Willy the Ripper zu treffen und ihm die alte Trophäe zu entreißen, die er einem hilflosen Jungen gestohlen hatte. Dies war die gefahrvolle Suche nach den Heiligen Quasten, und Sir Taylor der Gute würde sie für Wolfy zurückerobern.

Er wurde aus seinen Träumen gerissen, als Taylor erhitzt und schnaufend die Tür aufstieß und ihm vergnügt die Quasten entgegenstreckte. Sie sahen aus wie alte, zerschlissene Unterwäsche.

»Sind sie das?«

»Ja, Sir, haben sie vielen Dank.«

»Und diese biblischen Quasten werden wirklich noch von Menschen jüdischen Glaubens getragen?«

»Von den Männern, und nur von den wirklich gläubigen, Sir.«

»Interessant, sehr interessant. Und ist es dir unangenehm, sie vor den anderen auszuziehen, wenn du schwimmen gehst oder Sport machst?«

Wolfy zögerte. Er mußte diesem gütigen Ritter die Wahrheit sagen.

»Ja, Sir. Ich versuche, sie zusammen mit dem Hemd und dem Unterhemd auszuziehen, wie ein Sandwich, damit keiner sie sieht.«

Wolfy war so glücklich, daß er es Mr. Taylor am liebsten vorgemacht hätte, doch er hielt sich zurück.

Auf dem Weg nach draußen stellte Mr. Taylor ihm eine Frage.

»Helfgott, glaubst du, Jesus trug Quasten?«

»Ja, Sir, damals trug sie jeder.« Er überlegte einen Moment. »Aber zum Schwimmen im See Genezareth hat er sie wahrscheinlich nicht ausgezogen. Wahrscheinlich konnte er sich damit besser über Wasser halten.«

Aus religiösen Gründen, über die sie ausnahmsweise völlig einer Meinung waren, mußten beide lachen.

8
Ottos Lauf

Otto Kroll war für seinen Lauf berühmt. Unter Flüchtlingen kam man immer wieder gern auf seine Geschichte zu sprechen, erzählte sie den Kindern wie eine heilige Legende und versuchte sogar, wenngleich auch recht erfolglos, sie den englischen Bekannten und Nachbarn nahezubringen.

An einem Novemberabend war Otto so, wie die Scheidl-Jungs ihn nach Erhalt des Lösegeldes von seiner Frau Gisl hatten laufen lassen, in Socken, langer Unterwäsche und einem zerrissenen, blutbefleckten Hemd quer durch Wien gerannt. Seit der Kristallnacht konnten sich Menschen wie Otto in Wien auf kein Gesetz mehr berufen, und so fingen ihn die Söhne des Hausmeisters, als er sich gerade auf den Heimweg machen wollte, auf der Treppe seines Büros ab, zerrten ihn in ein Auto, schlugen ihn blutig, zogen ihm die Schuhe und die Hosen aus und statteten Gisl einen Besuch ab. Als sie ihr Geld hatten, schubsten sie ihn in irgendeiner Straße am anderen Ende der Stadt aus dem Auto. Also fing Otto an, nach Hause zu laufen. Glatzköpfig, ohne Kragen und nur mit einem weißen, flatternden Hemd und einer langen Unterhose bekleidet, die ihm von den Hüften rutschte, rannte er durch die kalte Nacht. Er rannte durch dunkle, einsame Straßen und hell erleuchtete, vornehme Alleen, die Brille glitt ihm von der Nase, seine Fäuste durchstießen die Luft, und seine Füße trommelten auf den Boden. Auf der Siebenbrunnengasse, die er gut kannte, rappelte er sich wieder hoch und trabte wie ein gutmütiges Droschkenpferd die Große Neugasse, die Mayerhofgasse, die Gußhausstraße und dann den Schwarzenbergplatz entlang. Er wußte nicht, ob er von den Menschen, denen er begegnete, ausgelacht oder bemitleidet wurde, und es war ihm auch egal. Sie hatten Gesichter und waren angezogen. Sie hatten Pakete unter dem Arm und Hüte auf dem Kopf. Sie standen in Schlangen vor Kinokassen und gruppenweise an Tramhaltestellen. Er dachte nur ans Laufen. Selbstverständlich lief er nicht bei Rot über die Straße. Er war ein gesetzestreuer Bürger und Buchhalter in einer großen Druckerei. Unzählige Male war er meist allein diese Straßen entlangspaziert und hatte über den Ursprung der Sprachen philosophiert. Jetzt lief er in dieser Stadt um sein Leben, versuchte, nicht außer Atem zu geraten, verlangsamte, drosselte das Tempo für die Strecke bergauf und teilte seine Kraft ein, damit er es bis zu Gisl nach Hause in die Reichsbrückengasse schaffte, wo ihr gemeinsames Wiener Leben bald in Kisten gepackt und fortgeschickt werden würde. Je mehr er sich seinem Stadtviertel jenseits der großen Plätze und Grünanlagen am anderen Ufer des Donaukanals näherte, um so dicker wurde die Schicht aus Glassplittern auf dem Pflaster und machte das Laufen unmöglich. Die in der Kristallnacht zerborstenen Fensterscheiben waren, wie verharschter Schnee, zu glitzernden Haufen zusammengekehrt worden, und dennoch lagen genug scharfe Splitter herum, um einem Läufer die Füße zu zerschneiden. Er hatte die Siebenbrunnengasse hinter sich gelassen, und seine Beine wirbelten wie Radspeichen über den Asphalt. Mit blutgetränkten Strümpfen kämpfte er sich durch das Glas nach Hause, bis schließlich Herzka, der Gemüsehändler, ihn sah und ihm eine Stoffplane über die schweißnassen Schultern legte. Zu Hause saß Gisl zwischen zerfledderten Büchern und heruntergerissenen Vorhängen in der geplünderten Wohnung. Er sank über ihr zusammen wie ein vom Sturm umgeblasenes Zelt.

Otto war eigentlich gar kein richtiger Onkel, aber Wolfy nannte ihn trotzdem so, weil seine Frau Gisl Rosas beste Freundin war, wodurch sie zum Tantchen und Otto folglich zum Onkel wurde. Eines Sommers, als Rosa sich operieren lassen mußte und Bernie durch nichts von zu Hause fortzubewegen war, auch wenn das bedeutete, wochenlang Kartoffeln und sauren Hüttenkäse mit seinem Vater zu essen, verbrachte Wolfy seine Ferien bei ihnen.

Selbst an kalten Tagen saß Onkel Otto gern mit nackter Brust am Hoffenster und nahm sein sogenanntes Windbad. Seine mit schwarzem Fell bewachsene Brust hob und senkte sich, während er die Londoner Luft in tiefen Zügen einatmete, und sein vollkommen kahler Schädel wiegte sich auf seinem Hals wie ein riesiger Pilz. In Wien war Otto so etwas wie ein Sportler gewesen, und jetzt war er Vegetarier und sammelte Wörter. Sein Hobby bestand darin, altenglische Wörter hebräischen Ursprungs aufzuspüren und zusammenzutragen. Inzwischen war daraus eine recht beeindruckende Sammlung geworden, und Sonntag morgens saß er in seinem Arbeitszimmer, um sie zu ordnen und um in großen Wörterbüchern und riesigen Bibelkonkordanzen zu blättern.

Gisl und Otto Kroll hatten keine Kinder, und niemand konnte sich so recht erklären, warum. Rosa glaubte, daß Otto daran schuld sei, weil er *egoistisch* war und seine Zeit lieber mit Nachdenken und Karottenknabbern als mit Kinderzeugen verbrachte. Doch Bernie war der Meinung, daß Otto derartig kurzsichtig wäre, daß er einen Blindenhund bräuchte, um zu wissen, wo er ihn hineinstecken mußte. Schon darin unterschieden Otto und Gisl sich von den übrigen Flüchtlingsfamilien, die normalerweise alle ein Kind hatten, das trotz Hitler ihren Fortbestand sichern sollte, aber nie mehr als eines, denn schließlich war es seit Kriegsausbruch und all den schlechten Nachrichten mit der Ruhe vorbei. Otto und

Gisl wußten obendrein Dinge, die man nicht aus der Zeitung, sondern nur aus Büchern erfuhr.

Auch ihr Zuhause sah anders aus. Gisl war derart aus dem Ei gepellt, daß man meinen konnte, sie käme geradewegs aus der Salzburger Puppenfabrik. Sie war rund, klein und rosa, mit roten Flecken auf den Wangen und einem winzigen Mündchen, das sich, wenn sie verwirrt war, zu einem spitzen Schnütchen zusammenzog. Sie war geschockt und erstaunt darüber, daß die Weltordnung derart aus den Fugen geraten war, aber kein bißchen wütend. Sie gab der Welt eine Chance, sich zu bessern und wieder zu sich zu kommen. Was ihre Wohnung betraf, so war es dort stets blitzsauber, ruhig, und voller Dinge, die sie nach der Kristallnacht aus Wien hatten retten können. In Wolfys Augen sah dort nichts nach einer Übergangslösung aus, am wenigsten Ottos Arbeitszimmer mit den gläsernen Bücherschränken und dem schweren, ausladenden Schreibtisch, auf dessen polierter Glasplatte die schwarze Büste des ratlos dreinblickenden Theodor Herzl auf einem riesigen Tintenlöscher thronte. Nichts an der Wohnung erinnerte an den katastrophalen Zustand anderer Flüchtlingsbehausungen, in denen Koffer und sperrige Taschen wie Lava aus Schränken und unter Betten hervorquollen und drohten, sich immer mehr Platz einzuverleiben.

Gisl spielte Klavier, aber nur, wenn Otto nicht daheim war, denn obwohl er immer schlechter hörte, störte ihn die Musik bei der Arbeit. Sie spielte morgens, wenn er bei einer Reederei in der City als Buchhalter arbeitete. Wolfy liebte es, auf dem Sofa zu sitzen und sich die Bilder eines großen deutschen Lexikons anzusehen, während Gisl langsam und bedächtig vor sich hin spielte, dazu im Takt schunkelte, sich mit der einen Hand dann und wann eine Haarsträhne aus der Stirn strich und die anderen fünf dicklichen Finger unverdrossen über die Tasten gleiten ließ.

Schlafengehen war bei Otto und Gisl auch ganz anders als

bei Mendl. Wolfy hatte ein eigenes Zimmer, das nach Lavendel und Talkum roch, und es war herrlich, das Licht der Nachttischlampe für sich allein zu haben und einmal nicht das Gesumme und Getrappele von Bernie anhören zu müssen, der vor dem Spiegel stand und sich Foxtrott beibrachte. Bei Gisl und Otto konnte Wolfy frei von jenem dräuenden Argwohn ins Bett gehen, der jedweden Rückzug aus Mendls Wohnzimmer überschattete. Hast du dies getan und jenes gemacht? Hausaufgaben, Glaube und Hygiene waren wie enge Pässe, die den Pfad gen Nachtruhe gefahrvoll, rutschig und mühselig machten.

Den Krolls hingegen war es völlig egal, wann Wolfy ins Bett ging, Hauptsache, er war leise. Sie selbst taten die merkwürdigsten Sachen. Otto löschte das Licht, öffnete die Fenster des Hinterzimmers so weit er konnte, stellte sich mit nacktem Oberkörper davor, drehte den Kopf im Uhrzeigersinn, zählte dabei laut bis Hundert, drehte den Kopf in die andere Richtung und fing wieder von vorne an. Sein rundes, weißes Gesicht mit der großen, rosa Nase und der dicken Brille bewegte sich vor Wolfys Augen wie ein Planet mit seinen Monden. Es schien ein von Hals, Schultern und Brust vollkommen unabhängiges Eigenleben zu führen. Gisl stand derweil hinter ihm und balancierte erst auf dem einen, dann auf dem anderen Bein, machte eine kurze Pause, stemmte die Hände in die Hüften und atmete so tief ein, daß ihre Bluse anschwoll wie ein windgeblähtes Doppelsegel. Es fiel Wolfy nicht schwer, sich vorzustellen, wie sie aus dem Fenster hinaus und über die grauen Dächer, die Gärten, Bahnschienen und Teiche flog, über die Parks und den Fluß, bis sie sich viel zu weit entfernt hatte, um jemals zurückzukehren.

Otto hatte seine eigenen Theorien über Kleidung und Freiheit und auch über das langsame Kauen von Nahrung. Es war wichtig, daß alle Kleidungsstücke locker saßen wie bei Ghandi und daß man so oft wie möglich zu Hause barfuß herumlief und seine Zehen in das Linoleum krallte. Was das Kauen betraf, so war es ein Verbrechen gegen die Eingeweide, es zu unterlassen.

»Wir dürfen keine Gefangenen unserer Kleidung werden«, erklärte er Wolfy beim Frühstück, während er auf seinem Honigmüsli herumknabberte. »Wir müssen jede Gelegenheit nutzen, um der Beengung zu entfliehen und dem Körper seine Natürlichkeit zurückzugeben.« Zur Arbeit ging er jedoch in einem dunkelblauen Dreiteiler mit glänzenden Knopfreihen, zu dem er sich, sobald er das Haus verließ, einen steifen Hut aufsetzte.

Es verging kein einziger Tag, an dem Otto die Namen Gandhi, Jesus, Albert Einstein und Spinoza nicht erwähnte. Gandhi war für Gesundheit, einfaches Leben und den Sieg des Geistes über die Materie zuständig. Einstein wurde im Zusammenhang mit der Bedeutung des Universums und den Plänen für den Weltfrieden genannt, und Jesus kam immer dann ins Spiel, wenn Christen nicht nach seinen Idealen lebten. Was Spinoza betraf, so zeigte Otto jedesmal auf eine lange Reihe von Buchrücken und sah Wolfy dabei mitleidig an.

»Ein Geist so rein wie das Licht, und dennoch wirst du nie einen Lehrer seinen Namen sagen hören.«

Spinoza klang in Wolfys Ohren ein wenig abstoßend, wie der Name eines Abführmittels oder eines pflanzlichen Brotaufstriches, doch es gelang ihm, geknickt dreinzublicken bei der traurigen Vorstellung, im Holloway-Gymnasium niemals etwas über ihn zu erfahren. Das wirklich Verwirrende aber war, daß Otto Jesus erwähnte, und zwar einfach so, in einer normalen Unterhaltung. Das hatte es bei den anderen Flüchtlingen noch nie gegeben. Wolfys Vater hatte ihm von den Zauberformeln erzählt, die er als Kind in Polen aufgesagt hatte, sobald er an einer Kirchentür vorbeikam: SHAKETZ-TISCHAKTZENU SHAKETZ-TISCHAK. In der weihraucherfüllten Dunkelheit hinter der Tür lauerte der Feind in schwarzem Gewand und konnte dich jederzeit schnappen und taufen. Deshalb war es nicht möglich, den Namen Jesu in den Mund zu nehmen, ohne daß man sofort eine trockene Kehle bekam und einem kalte Schauer über den Rücken liefen.

Doch Otto sagte diesen Namen genauso selbstverständlich, wie er von Eiern oder Butter sprach; seine Stimme verfiel dabei nicht in einen gedämpften Flüsterton, und es war ihm egal, ob ihn jemand hörte.

Wolfy wußte, daß er morgens betete, denn pünktlich um Viertel vor sieben konnte er die harten hebräischen Laute hören, doch im Gegensatz zu Mendls klagendem Singsang klangen sie kurz und sachlich. Vielleicht brauchte Otto Gott nicht, weil Gandhi und Spinoza, Jesus und Einstein ihm zeigten, wo es lang ging; gut möglich, daß er ihn auch einfach nicht – anders als Mendl – zur Erfüllung bestimmter Aufgaben benötigte und Geldangelegenheiten oder die eigene Gesundheit nicht als seine Sache betrachtete.

Einmal gab Otto sein Geheimnis preis. Er erzählte Wolfy, daß kein Glaube der einzig wahre sei und die Welt ein wunderbarer Ort wäre, wenn die Menschheit die Lehren aller Religionen beherzigen würde.

»Müßte dann jeder an Yom Kippur fasten, Onkel Otto?«

»Nein, aber wenn es genügend Menschen tun würden, gäbe es vielleicht mehr Vegetarier, und wenn die Vegetarier in der Überzahl wären, gäbe es keine Kriege mehr.«

An manchen Abenden spielte Otto Schach mit Doktor Frei, der ebenfalls ein Flüchtling, aber dazu noch ein richtiger Arzt und Forscher am Middlesex-Krankenhaus war. Emil Frei lebte allein und ganz in der Nähe, und der gesamte Flüchtlingsstamm war darum bemüht, eine Frau für ihn zu finden. Sie mußte intelligent sein, weil er Wissenschaftler war, gläubig, weil er religiös war, und reich, weil er arm war.

Wenn die beiden Männer Schach spielten, saß Gisl daneben und hörte ihnen zu. Sie servierte etwas zu essen und zu trinken, und gelegentlich nahm sie an ihren Unterhaltungen teil. Wie sie so unter der Lampe um den Tisch herum saßen und die Köpfe zusammensteckten, sahen sie aus wie Seefahrer, die ihren Kurs auf unbekannter See festlegten.

Wolfy beobachtete sie über einen großen illustrierten Atlas hinweg und stellte sich Gisl als Schiffbrüchige vor. Doktor Frei müßte natürlich auf jeden Fall dabeisein, denn ein Leben mit Otto allein irgendwo am Ende der Welt wäre komplett langweilig. Gisl würde bestimmt hübsch aussehen in einem Rock aus großen Blättern und Seetang, ihr Busen wäre weich und rund, ihre weiße Haut würde sonnenbraun und ihr Haar wild und struppig werden. Sie würde ihr Englisch verlernen und nur noch flöten und schnurren, und ihr ergebener Diener Doktor Frei läse ihr jeden Wunsch von den Augen ab.

Gisl war anders als alle Frauen, die Wolfy kannte. Da sie keine Mutter war, glich sie eher einem kleinen Mädchen. Sie war weicher, hatte zierliche Hände und sprach leiser als andere Frauen. Sie lächelte und lachte oft, besonders wenn Doktor Frei etwas Lustiges sagte und Otto sich sogleich bemühte, es ihm mit einer von seinen Geschichten gleichzutun. Doch Ottos Geschichten waren alt, sogar Wolfy kannte sie schon. Doktor Frei hingegen konnte mit all den wilden Geschichten und schmutzigen Tricks der Medizinstudenten auftrumpfen, während Ottos Anekdoten meist von Wien, oder noch schlimmer, von polnischen Orten mit unaussprechlichen Namen wie Przysnysz handelten und zu lang waren. Doch Gisl betete Otto an. Man konnte es daran sehen, wie stolz sie ihn musterte, wenn er von der Entdeckung hebräischer Ursprünge bei altenglischen Begriffen erzählte. Er hatte bereits achtundfünfzig solcher Wörter zusammen und wollte sie einem Professor an der Universität von Edinburgh zukommen lassen und ihn um ein fachliches Urteil bitten.

Manchmal, wenn Wolfy im Bett lag und las, kam Gisl herein und setzte sich zu ihm. Sie schlug sogar vor, ihm etwas vorzulesen, was Wolfy zwar ein wenig albern fand, doch eigentlich genoß er es, dem sanften Singsang ihrer Stimme zu lauschen, in dem Englisch plötzlich wie eine fremde Sprache klang, vertraut, aber längst vergessen, fast so, als wäre es die Sprache, in der seine Mutter immer mit ihm geredet hatte.

Wolfy hätte gern gewußt, wieso Gisl und Otto geheiratet hatten. Bei diesem häufig diskutierten Thema wollte Bernie immer das letzte Wort haben.

»Das haben die Familien unter sich ausgemacht. Der Vater vom holden Schneewittchen und der Vater vom Wunderknaben mit dem schütteren Haar sind miteinander ins Geschäft gekommen. Und weißt du, warum der Knabe auf jeden Fall älter ist als die süße Maid? Weil er schon ordentlich mit Schicksen rumgeknutscht hat, als sie noch brav Tischdecken bestickte.«

Obwohl es Wolfy nicht schwerfiel, in Gisl damals wie heute ein holdes Schneewittchen zu sehen, konnte er sich Otto beim besten Willen nicht beim Herumfummeln mit Schicksen im Prater vorstellen. Seine Neugier, das Zusammenkommen von Gisl und Otto betreffend, war also noch nicht gestillt.

»Wie hast du Onkel Otto eigentlich kennengelernt?«

Er hatte geglaubt, die Frage in irgendeinem Winkel seines Hirns gut angekettet zu haben, aber sie war ihm einfach entwischt. Er machte sich auf einen Rüffel gefaßt. Doch Gisl war kein bißchen empört. Sie ließ das Buch sinken und spitzte die Lippen. Sie konzentrierte sich.

»Warum möchtest du das wissen?«

»Weil mein Vater mir nie erzählt hat, wie er sich in meine Mutter verliebt hat.«

Wolfy wußte, daß sie das umhauen würde. Gisl gegenüber seine Mutter zu erwähnen war wie Trompeten unter den Mauern von Jericho zu blasen.

»Damals *verliebte* man sich bei uns nicht, wie es Menschen in Filmen tun. So etwas ging altmodischer vonstatten. Wir arrangierten eine Verabredung.«

»Auf der Straße?«

»Nein, in einem Klub oder bei einem Vortrag. Er kam mit seinen Freunden, ich mit meinen, und wir alle wußten, worum es ging.«

Für Wolfy klang das eher nach einem Duell, aber er konnte sich lebhaft das Getuschel und Gemauschel bei den Bemühungen vorstellen, Otto und Gisl nebeneinander sitzen zu lassen.

»Onkel Otto war sehr klug. Er stellte derart intelligente Fragen, daß der Herr, der den Vortrag hielt, sagte, er könne sie nicht ohne weiteres beantworten.«

»Hast du dich deshalb in ihn verliebt?«

Wolfy war erbarmungslos und unnachgiebig, doch solange er die Augen geschlossen hielt, mußte er sich unter Gisls gekränkten Blicken nicht schämen. Es herrschte ein langes Schweigen, und die Haut über seiner Nasenwurzel spannte sich und kitzelte bei der Vorstellung, daß Gisl ihm im nächsten Moment die Augen auskratzen würde.

Als er sie aufmachte, saß sie vornüber gebeugt da, den Blick starr auf die auf ihren Knien ruhenden Hände gerichtet, als würde sie eingehend ihre Fingernägel betrachten. Sie ist traurig, dachte er. Sie ist geknickt, weil sie nicht dem Ruf ihres Herzens gefolgt ist und auf Doktor Frei gewartet hat.

»Die Punischen Kriege«, sagte sie, »Otto fragte ihn etwas über die Punischen Kriege.«

Sie hob den Kopf und lächelte glücklich, weil es ihr wieder eingefallen war. Wolfys Frage wurde ignoriert.

»Und wo habt ihr gewohnt, als ihr verheiratet wart?«

»In einer hübschen Wohnung mit einem Klavier. Doch sie haben alles vollkommen verwüstet.«

Wolfy wußte, daß er keine weiteren Fragen stellen durfte, wenn die Glassplittergeschichten zur Sprache kamen. Dann regten sich alle fürchterlich auf und bekamen rote Köpfe. Sein Vater hatte gesagt, daß man in der Kristallnacht dachte, die ganze Welt habe sich in ein auf Glassplittern gebautes Irrenhaus verwandelt, und auch von Ottos unglaublichem Lauf hatte er ihm erzählt.

»Schlaf jetzt, mein Liebling, morgen gehen wir rudern, und wir sollten nicht zu spät loskommen.«

Sie beugte sich über ihn und küßte ihn leicht auf die Stirn. Er konnte ihren dezenten Duft nach Parfüm und Gras riechen und die pochenden Adern an ihrem weichen Hals sehen.

Sie ging, und er kuschelte sich in die Decken. Beim Einschlafen hörte er, wie die drei im Nebenzimmer redeten, lachten und dann ein deutsches Lied sangen. Es klang wie eine Schulhymne, wie eine Ballade oder ein Marschlied aus dem Punischen Krieg.

An manchen Sonntagen gingen sie picknicken oder verbanden ein Picknick mit einer Ruderpartie auf dem River Lea. Gisl mochte den River Lea, denn der Fluß hatte etwas Melancholisches, er floß träge dahin und roch manchmal modrig, war aber friedlich und abgeschieden. Er war nicht so beliebt wie die Serpentine oder die Themse in Richmond, und statt langer Menschenschlangen, lärmender Pubs und Eiskremwagen gab es nur ein schäbiges Bootshaus mit klobigen, schweren Ruderbooten und Riemen, die so groß waren, daß zwei Ruderer nebeneinander sitzen mußten, um mit ihnen fertigzuwerden. An alten Lagerhäusern, Schrottplätzen und sumpfigen Pferdekoppeln vorbei wand sich der Fluß dahin. Gisl sagte, er sei ein richtiger Stadtfluß, zurückhaltend, altmodisch und voller Geheimnisse.

An jenem Sonntagmorgen hatte Otto sich vorgenommen, seine Aufzeichnungen über die hebräischen Ursprünge in altenglischen Wörtern noch einmal umzuschreiben und zu Hause zu bleiben, und so bestand die Picknickgesellschaft nur aus Gisl, Doktor Frei und Wolfy. Die langsame Busfahrt verlief ziemlich lustig, denn der Doktor dachte sich Verse zu Orten entlang der Wegstrecke aus:

Clissold Park
Grün bei Tag
Die Jungs von Arsenal sind gesund und stark.

oder

Abney Friedhof
was für ein Brimborium
ohne Krematorium
kaum liegst du friedlich
in der Gruft
setzen sie dich wieder
an die Luft.

und

Stamford Hill
kalt und still
Arsenal – Tottenham sechs zu nüll.

Doch als sie durch die verwilderten kleinen Straßen der nach dem Luftangriff verwaisten Fertighaussiedlung liefen und zum Feldweg kamen, der zum Wasser hinunter führte, redeten sie kaum. Schon aus der Ferne konnte Wolfy den Fluß spüren. Die Luft schien auf einmal milder zu werden, und auch das Licht war plötzlich milchiger und irgendwie anders. Obwohl er sich gut hinter den Sträßchen und Mülltonnen versteckte, gab er einem zu verstehen, daß er immer noch da war. Der Himmel war bewölkt, und bis auf einen Mann, der mit seinen Whippets trainierte, und ein paar Jungs auf Fahrrädern war kaum jemand dort. Doktor Frei trug die Schultertasche mit dem Picknick und half Gisl über die schlammigen Pfützen. Wolfy war sicher, daß sie dazu eigentlich keine Hilfe brauchte, denn schließlich machte sie jeden Tag Gymnastik und war behende genug, um allein hinüberzuspringen, doch Frei behandelte sie, als sei sie aus Zucker.

Als sie im Kahn saßen, griffen die beiden nach den Riemen, und Wolfy mußte sich ans Bug setzen und sie vor herabhängenden Ästen, leeren Kanistern und anderen Booten warnen. Doch Wolfy hatte seine Augen woanders. Statt auf das Wasser zu sehen, beobachtete er die dahinziehenden Wolken oder die beiden Ruderer, die sich vorbeugten, an den riesigen Riemen rissen, sich zurücklehnten und versuchten, dabei nicht aus dem Takt zu kommen. Anfangs bewegten sie sich viel mehr als das Boot, und Freis blasses Gesicht wurde von einem Moment auf den anderen rot und glänzend, doch er rief noch immer klar und kräftig EINS ZWEI HOPP EINS ZWEI HOPP. Nach einer Weile kam das Boot in Fahrt, und die Ruder bewegten sich im Takt. Stoßweise glitt der Kahn voran, und alle drei lauschten schweigend dem Knarren des Holzes, dem Quietschen der Dollen und dem rhythmischen Klatschen des Wassers. Frei und Gisl sahen aus, als wären sie zu einem Wesen mit zwei Köpfen und vier Beinen verschmolzen, das an die Sprossen eines Wasserrads gekettet worden war und es, mühsam tretend, in Gang halten mußte. Wolfy fand, daß die beiden trotz Gisls Blumenkleid und Freis ausgebeultem Anzug fast nackt aussahen. Freis Brust wölbte sich unter seinem schweißfleckigen Hemd, und aus dem geöffneten Kragen lugte das schwarze Brusthaar hervor. Gisls Kleid war ärmellos, und wenn sie sich mit ihrem Ruder weit nach vorn beugte, konnte er ihre weichen, weißen Schultern und den dunklen, schattigen Flaum unter den Achseln sehen. Er wäre gern zwischen die beiden auf die Ruderbank geschlüpft, um zu spüren, wie ihre warmen, schweren Körper sich gegen seine Rippen preßten und ihn hin und her, vor und zurück wiegten, bis er eingeschlafen war.

In einem schönen, klaren Tenor fing Frei zu singen an. Ganz leise, damit die sumpfigen Felder ihn nicht hören konnten. Er sang ein hebräisches Lied, das Gisl schon einmal auf dem Klavier gespielt hatte. Sie hatte Wolfy erzählt, das Lied handle von einem Träumer, der sich nicht vom Träumen abbringen ließ, wie sehr die Leute ihn auch auslachen und ihm sagen mochten, daß er aufhören solle, sich etwas zu wünschen, was er nie bekommen würde. Frei sang, als kennte er den Träumer persönlich und als wollte er ihn ermutigen, so lange wie möglich weiter zu träumen, so lange, wie Frei Luft in den Lungen hätte. Sie ruderten kaum noch, und der Fluß war spiegelglatt und still. Neben Freis Gesang war nur das entfernte Läuten eines Eiskremwagens zu hören. In einer Blase aus Licht, Wolken, Wasser und Musik trieben sie dahin.

Plötzlich brach Frei ab und sagte:

»Hat denn keiner von euch Hunger? Will sich denn niemand um das Wohlergehen der Galeerensklaven kümmern?«

Er erhob sich, hielt in dem schwankenden Boot mühelos das Gleichgewicht und begann, an die Bäume, die vorbeitreibenden Autoreifen, die leeren Flaschen und die Schaumbänke am Ufer gewandt, eine Rede zu halten.

»River Lea, du demütiger Strom und bescheidener Bruder der prächtigen Themse, gastliche Zuflucht der Kinder Israels, die bei der Erinnerung an Wien an deinen Gestaden weinen, nimm dich deiner Diener Gisl, Wolfy und Emil an. Lenk ihr Boot in einen sicheren Hafen, bewahr sie vor den hungrigen Rachen der Ungeheuer aus der Tiefe, damit sie dich mit Sardinen-Gurke-Sandwiches, Apfelmost und reifen Birnen preisen können. Laßt uns Amen sagen.«

Als er geendet hatte, griff er nach einem herabhängenden Zweig und zog den Kahn mit einer geschickten Bewegung ans Ufer. Dann setzte er sich, zufrieden mit seiner Darbietung, wieder hin und ließ sich von Gisl und Wolfy applaudieren.

Gerade half Frei Gisl galant aus dem Boot, da wurde Wolfy auf einmal klar, daß er nur ein Alibi war. Er erlaubte es den beiden, stundenlang zusammenzusein, gemeinsam zu singen, zu lachen und schwitzend und erhitzt nebeneinander zu rudern, ohne sich über Otto den Kopf zu zerbrechen. Wolfys Anwesenheit bewahrte sie vor jeder Verlegenheit, sie waren nur Freunde, sonst nichts. Doch Wolfy war klar, daß das nicht stimmte. Gisl war ganz aufgekratzt. Noch bevor der Doktor den Mund aufmachte, schien sie zu wissen, was er als nächstes sagen würde. Sie belauerte ihn wie eine Katze. Derweil tat Frei so, als wäre nichts. Er witzelte herum und schnitt Grimassen, erfand Rätsel und schien fieberhaft damit beschäftigt, zu reden und herumzugestikulieren. Er hatte die Backen voller Gurkensandwich und redete. Er trank Apfelmost und wedelte dabei mit einer Hand herum. Er streckte sich auf dem feuchten Gras aus, um sich die Sonne ins Gesicht scheinen zu lassen, und redete. Je mehr er redete, desto schweigsamer wurde Gisl. Sie saß da, stützte sich mit einer Hand auf und zupfte mit der anderen Grashalme aus. Sie hätte eine gestrandete Meerjungfrau sein können, die darauf wartete, daß die Flut einsetzte und sie mit sich forttrug.

Mitten im Satz hielt der Doktor plötzlich inne und lag einfach nur da, die Arme über der Brust verschränkt und das Hemd mit Krümeln übersät. Er hatte so abrupt abgebrochen, daß Wolfy einen Moment lang Sorge hatte, er atmete nicht mehr. Er hielt die Augen geschlossen, und aus seinem Gesicht war jede Mimik gewichen. Es war einfach in sich zusammengefallen und hing jetzt schlaff wie zum Trocknen aufgehängte Wäsche an den hohen Wangenknochen und den feinen Augenbrauen. Dank dieser Wangenknochen und der spitzen, geraden Nase war es Frei gelungen, 1939 aus Deutschland zu fliehen, als er an der deutsch-belgischen

Grenze in einen Zug auf der anderen Seite hatte umsteigen müssen. Ein Soldat stellte sich ihm in den Weg und fing an, ihn zurückzudrängen, doch ein vorbeikommender Offizier warf einen Blick in Emils Paß, dann auf sein Gesicht, sagte: »Arische Knochen, verdorbenes Blut«, und ließ ihn passieren. Der Doktor erzählte diese Geschichte oft, das fachmännische Urteil hatte es ihm angetan.

Gisl sah zu Wolfy herüber und lächelte. Über Freis reglosen Körper hinweg teilten sie ein Geheimnis, und dieses Geheimnis bestand in seiner Wehrlosigkeit und Verletzlichkeit. Sie riß einen Grashalm aus, beugte sich über Frei und kitzelte ihn in der Nase. Wie an einem straff gespannten Gummiseil schnellte er hoch und packte sie beim Handgelenk. Gisl quiekte in gespielter Angst und setzte sich zur Wehr. Wolfy saß da und sah zu, wie zwei Erwachsene sich wie Kinder benahmen und so taten, als wären sie wütend oder verletzt; sie rangen einander kleine Siege ab und zischten sich Dummheiten zu.

Er wäre gern der Sohn einer rotweißen Puppenmutter wie Gisl und einem lustigen, zerzausten Vater wie Frei gewesen. Sie hätten eine prima Familie abgegeben und schöne Dinge unternommen, wie an Feiertagen zu den Spielen von Arsenal gehen. Bei ihnen zu Hause hätte es niemals Trübsal und düstere Erinnerungen gegeben, und auch keine Koffer, die darauf warteten, gepackt zu werden, sondern nur Musik, Hunde und Sonnenschein. Otto würde ganz in der Nähe wohnen und sich weiterhin um hebräisch verwurzelte englische Wörter kümmern. Er könnte zu ihnen zum Essen kommen, so oft er wollte, nur seine Windbäder am Fenster könnte er nicht mehr nehmen, weil man bei anderen Leuten nicht einfach sein Hemd auszog. Jedenfalls nicht mitten in der Nacht. Die Vorstellung von Otto, der allein in einer dunklen Wohnung saß und vor dem Schlafengehen einsam seinen Kopf von rechts nach links drehte, beunruhigte Wolfy so sehr, daß er seinen Plan wieder verwarf und Frei einem hochgewachsenen Mädchen mit langem, dunklem Haar überließ, das im Clissold Park Fahrrad fuhr und wortlos durch Wolfys Träume glitt.

Inzwischen hatten Gisl und Frei sich über das Kreuzworträtsel im *Observer* gebeugt, wetteiferten miteinander um die Lösungen und machten sich über die Fehler des anderen lustig. Sie schienen vergessen zu haben, daß Wolfy da war. Er ging zum Ufer hinunter, legte sich bäuchlings auf die Erde und starrte in das schaumige Wasser. Es war wärmer geworden, und während er dalag und die undeutlichen Schatten der Fische beobachtete, die unter der Wasseroberfläche dahinschossen, schien ihm die Sonne angenehm in den Nacken. Ein vertrauter, durchdringender Geruch von Farbe, Laub und rostigem Metall lag in der Luft und erinnerte ihn an George Ireson, der in der Schule neben ihm saß und an den Wochenenden in einer Autowerkstatt arbeitete. Gern wäre Wolfy einmal richtig angeln gegangen, mit einer langen Rute, die sich über das Wasser spannte, und einer Büchse mit Ködern. Aber Rosa, Mendl und sein Vater lachten ihn dafür jedesmal aus. Bei einem Familienfest hatte er sich einmal eine Angel gewünscht, und das hatte zu einem riesigen Streit zwischen Bernie und seinen Eltern geführt, in dem es um Fischquälerei und Heuchler ging, die zwar die ganze Zeit Fisch aßen, aber Wolfy keine Angel kaufen wollten. Am Ende wurde ihm ein Paar Rollschuhe versprochen, die seinem Vater ein fairer Kompromiß zwischen Jagdsport, gojischem Freizeitvergnügen und Geschwindigkeit erschienen, doch er bekam sie nie, und wenn er sie bekommen hätte, wären sie bestimmt gebraucht oder kaputt gewesen und sowieso nur im Schneckentempo gefahren.

Er stand auf und sah zu Frei und Gisl hinüber, die Kopf an Kopf im sonnigen Gras lagen. Das Kreuzworträtsel lauerte wachsam zwischen ihnen, hielt schwarzes und braunes Haar hübsch auseinander und vereitelte jede Berührung, die sie einander nähergebracht hätte, als es sich für gute Freunde gehörte. Es sah aus, als redeten sie miteinander, ohne sich anzusehen. Vielleicht erinnerten sie sich an gute alte Zeiten, die sie vor der Kristallnacht zusammen in Wien verbracht hatten, und bedauerten es heimlich, daß sie es damals versäumt hatten, sich ihre Liebe zu gestehen. Wolfy legte sich flach ins Gras und drückte das Gesicht gegen die feuchte Erde wie ein Heckenschütze, der den Feind erwartet. Wenn er die Augen zusammenkniff, konnte er ihre Hände sehen, die ganz dicht nebeneinander ruhten, und vielleicht würde es ihm durch Willensanstrengung gelingen, daß sie sich berührten. Es fehlten nur ein paar Millimeter; eine winzige Bewegung, ein Schaudern, ein leichtes Zittern würde genügen. Er preßte die Lider so fest zusammen, daß das Gras plötzlich rot erschien und seine Augäpfel kribbelten. Gisl setzte sich auf und sah sich suchend nach ihm um. Er tat so, als würde er im Gras liegen und schlafen. Sie stand auf, und er spürte, wie sich ihr Schatten über seinen Rücken schob.

»Was ist denn so spannend an uns?«

»Ich hatte halt keine Lust mehr auf Kaulquappen.«

Sie zog ihn hoch und wechselte das Thema.

»Es ist Zeit, zusammenzupacken und nach Hause zu gehen.«

»Ich will aber nicht nach Hause«, schrie er.

Sie beugte sich hinunter und flüsterte dem Doktor etwas ins Ohr.

Frei erhob sich ganz langsam. Hemdsärmelig stand er da wie vor einem unsichtbaren Fenster, wölbte die Brust, reckte den Hals wie eine Schildkröte, atmete tief durch und drehte den Kopf, laut bis zwanzig zählend, nach rechts und wieder nach links.

Gisl lachte nicht.

Wann hatte Frei Otto bei seiner abendlichen Übung gesehen? Wenn sie sich alle schon in Wien gekannt hatten, waren sie vielleicht in einen der Parks gegangen, die Rosa als »wunderhübsch, voller Beete und Blumen« beschrieb, und hatten gemeinsam Gymnastik gemacht. Wolfy hatte Bilder von jungen Männern und Frauen gesehen, die weiß gekleidet in Reih und Glied in einem Stadion standen und Turnübungen machten, aber womöglich waren das Nazis, die sich für Hitler in Form hielten. Otto und Frei mußten irgendwo geübt haben, wo niemand sie sehen konnte, damit sie nicht von Rowdys oder Schlägerbanden angegriffen wurden.

»Komm mal her«, sagte Frei, nahm Wolfy bei den Händen und zog ihn mit einem Ringergriff zu sich. Wolfys Kopf lehnte gegen seine Brust, und er konnte den Geruch von warmer Haut und Äpfeln riechen, den der gleichmäßig pumpende Herzschlag freizusetzen schien. Er wußte nicht, ob er sich wehren oder zulassen sollte, daß der Doktor irgendeinen akrobatischen Trick mit ihm machte.

»Halt dich gut fest.« Frei atmete tief ein, packte Wolfy bei den Fußknöcheln und stemmte ihn in die Höhe.

»Jetzt richte dich auf und drück die Knie durch«, rief er.

Wolfy schwebte über Freis Kopf und versuchte, nicht einzuknicken. Er sah Gisls nach oben gewandtes Gesicht, ihre Lippen und Augenbrauen wie energische Pinselstriche. Es glich einer tragischen Maske. Er ruderte mit den Armen, verlor den Halt und fiel in Freis starke Arme.

Gisl sammelte die vom Picknick übriggebliebenen Tüten und Einwickelpapiere auf und schien verärgert zu sein. Mit gerunzelten Brauen inspizierte sie das struppige Gras, als wäre es der Boden ihres Wohnzimmers. Frei und Wolfy sahen zu, wie sie sich resolut nach Apfelkitschen bückte, als sollten auf diesem Schlachtfeld keine Spuren zurückbleiben. Wenn Frauen saubermachen, dachte Wolfy, dann werden sie wütend, weil das eine Drecksarbeit ist und man sie dazu verdonnert hat. Und wenn man ihnen helfen will, macht das alles nur noch schlimmer, weil sie einem nichts zutrauen.

Als hätte Frei Wolfys Gedanken gelesen, bückte er sich und suchte nach Indizien für das Picknick, nach irgend etwas, das Gisl entgangen war. Er hob ein Bonbonpapier auf und streckte es ihr entgegen, als wäre es ein Blumenstrauß.

Die Rückfahrt im Kahn war traurig. Wolfy schmollte, und Frei und Gisl waren ganz darin vertieft, nicht aus dem Takt zu kommen; sie grunzten vor Anstrengung und ruderten wortlos vor sich hin. Inzwischen waren auch andere Boote mit ausgelassenen Ausflüglern auf dem Wasser, die laut feierten, das Bier kreisen ließen und sich gegenseitig naß spritzten. Es waren Wikinger, die in Kriegsschiffen die Flüsse hinunterfuhren, um die friedlichen Höfe am Ufer zu plündern und niederzubrennen. Erik und Olaf hatten sich die Hemden ausgezogen und zeigten ihre Muskeln und ihre tätowierte Haut. Frigga und Gudrun ließen ihre nackten Arme und Beine über den Bootsrand baumeln und kreischten, wenn die Ruder aufklatschten und das schmutzige Wasser in alle Richtungen spritzte. Ein grüne Blitze speiender blauer Drachen schlängelte sich über Olfas Schulter, der mit seinem Boot so dicht herankam, daß Frei und Gisl die Ruder klarmachen mußten, um einen Zusammenstoß zu verhindern.

»Eh, Schlomo, mach gefälligst die Augen auf, hier wollen auch noch andere Leute rudern.«

Olaf beugte sich vor und versetzte ihrem Kahn einen Stoß, der sie geradewegs zwischen die herabhängenden Äste eines über das Wasser geneigten Baumes beförderte. Gisl konnte den Kopf nicht schnell genug einziehen, und ein Zweig zerkratzte ihr die Stirn. Frei wurde rot und drehte sich unbeholfen nach den Wikingern um.

Eric und Olaf grinsten.

»Zu Schlomos Fischladen geht's in die andere Richtung, Süßer.«

Frei starrte sie durch die Blätter und wirren Äste hindurch

an. Er sah aus wie ein stämmiger Bär, der seinen Jägern zum letzten Mal in die Augen sieht.

»FUCK YOU«, sagte er mit hochrotem Kopf und zeigte ihnen den Mittelfinger, während ihm seine Augen hinter den Brillengläsern fast aus dem Kopf sprangen.

Olaf und Eric brachen fast zusammen vor Lachen und schlugen sich gegenseitig auf die Schultern. Sogar Wolfy fand es merkwürdig, diese Worte aus Freis Mund zu hören. Es klang eher wie »Parkju« oder »Darkju« als nach »Ihr könnt uns mal, ihr Schweine«. Ein harmloses, nettes Schimpfwörtchen.

Olaf war dennoch beeindruckt.

»Wo hast du denn so fluchen gelernt, du Wichser, im Wichsladen?«

Gisl wurde noch nicht einmal rot, sie griff einfach nur nach Freis Hand, damit er sich wieder beruhigte und hinsetzte, doch Frei dachte gar nicht daran. Ohne sich weiter um die Wikinger zu kümmern, bat sie Wolfy, ihr zu helfen, und stieß das Boot mit Wucht vom Ufer ab.

Sie sagte Frei etwas auf Deutsch, zog ihn behutsam neben sich auf die Ruderbank, und gemeinsam lenkten sie den knarrenden, alten Kahn mit schwerfälligen Ruderschlägen zu der Stelle zurück, an der ihr Tag begonnen hatte.

Abends, als Wolfy schon das Licht ausgemacht hatte und schlafen wollte, kam Gisl herein und setzte sich zu ihm ans Bett.

»Wolfy«, flüsterte sie.

Er drehte sich zu ihr um, doch sie ließ das Licht aus.

»Wolfy, hast du uns heute nachmittag beobachtet?«

Er vergrub den Kopf wieder im Kissen und gab einen unverständlichen Laut von sich.

»Haben wir uns denn so komisch benommen, daß du uns beobachten mußtest?«

Wolfy fühlte sich in die Enge getrieben und schämte sich

für seine schmutzigen Gedanken, wußte aber nicht, wie er sich verteidigen sollte.

»Ich habe ein Spiel gespielt.«

»Ein Spiel?«

»Du und Emil wart meine Eltern, und deshalb habe ich euch beobachtet.«

Er spürte, daß sie nicht so recht wußte, was sie davon halten sollte. Der Stuhl knarrte, während sie über seine Antwort nachdachte.

»Aber selbst im Spiel solltest du den Leuten nicht so nachspionieren. Das ist nicht nett.«

»Warum heiratet Emil nicht?«

Wolfy kam aus der Defensive und startete nun seinerseits eine Attacke. Daß Gisl keine von diesen Übermüttern mit lauter Stimme und klobigen Händen war, machte sie fast zu jemandem, mit dem man ein Geheimnis teilen konnte, und immerhin war er ihr Alibi fürs Picknick gewesen.

»Er wartet auf die Richtige.«

Du bist die Richtige, dachte Wolfy, nur du, die Königin seines Herzens und Frau seiner Träume.

»Und außerdem muß ja nicht jeder heiraten. Man kann gut befreundet und trotzdem nicht verheiratet sein. Wie Bruder und Schwester.«

»Aber es ist doch einsam, nicht verheiratet zu sein.«

Er konnte Gisls Gesicht schwach im Dunkel leuchten sehen und ihren Atem hören. Er stellte sich vor, wie sie in Ottos Arbeitszimmer saß und auf dessen kahlen Hinterkopf starrte, während er in einem großen Buch blätterte und unermüdlich nach hebräischen Ursprüngen in altenglischen Wörtern suchte. Es war, als würde er die beiden durch ein Fenster hindurch beobachten. Bis auf das Rascheln des Papiers war kein Laut zu hören, und ihr rosaweißes Gesicht spiegelte sich in den gläsernen Bücherschränken.

»Kennst du jemanden für Doktor Frei, Wolfy?«

Sie wisperte wie eine Verschwörerin.

Wo war Otto? Vielleicht stand er halbnackt am offenen Fenster, ließ den Blick über die Zäune und Gärten in der Milday Lane schweifen und dachte an seinen Lauf. Damals war er der Ritter des Zerbrochenen Glases gewesen, der blutend um sein Leben gerannt war, um seine Lady Gisl aus den Trümmern ihrer geplünderten Burg zu retten. Sie aber liebte Prinz Emil von Freiland, ohne sich ihm je offenbaren zu können. Es würde ihr Geheimnis bleiben, das sie nur mit ihrem getreuen Knappen Wolfgang teilte.

»Schon möglich.«

Ihre kühlen Finger strichen ihm über die Stirn und legten sich bedeutsam auf seine Lippen. Flüchtig sagte sie ihm gute Nacht und verschwand.

Wo war Otto? Wartete er im Schlafzimmer auf sie, unter den alten Photographien der Eltern, die sich von Wand zu Wand anstarrten? Wartete er darauf, ihr von dem durchtriebenen kleinen hebräischen Wortstamm zu erzählen, der sich klammheimlich in eine seiner altenglischen Begriffe eingenistet hatte? Würde er sie nach dem Picknick und dem River Lea fragen, und was würde sie ihm erzählen? Wolfy konnte sich beim besten Willen nicht vorstellen, wie Gisl unter den gestrengen Blicken der Eltern zwischen den gemangelten weißen Laken im Ehebett lag und Emils FUCK YOU wiederholte. Auch von Emils Lied über den Träumer und dessen wahrer Bedeutung konnte sie ihm ebensowenig erzählen wie von ihrer kindischen Rangelei im Gras. Aber sie konnte Otto an seine Sternstunde erinnern, als ganz Wien in Scherben lag und er um sein Leben lief. Das konnte sie tun und ihm insgeheim vergeben, daß er nicht Emil war. Es aus ihrem Mund zu hören würde die Erinnerung klarer und deutlicher denn je in ihm aufsteigen lassen, und seine Arme und Beine würden sich wieder genauso stark anfühlen wie damals. Vielleicht würde er sie küssen, und in der ganzen

Aufregung über seinen Lauf würden sie ein Kind zeugen.

Eine Tür knallte. Das war ungewöhnlich, denn wenn Frei nicht gerade zu Besuch war, herrschte in der Wohnung fast immer vollkommene Stille.

Doch dann war alles wieder ruhig, und Wolfy wollte gerade einschlafen, als die Tür aufging und Ottos kahler, glänzender Schädel sich durch den hellerleuchteten Spalt in das dunkle Zimmer schob. Otto räusperte sich und trat ans Bett. Wolfy war verblüfft. So etwas hatte es noch nie gegeben. Otto war kein Mensch, der sich auf Bettkannten setzte, und in der wohlig warmen Dunkelheit dieses Raums, der ein Kinderzimmer hätte sein können, waren Jesus, Ghandi, Spinoza und Einstein einfach fehl am Platz. Er lag ganz still. Vielleicht hatte Otto ja einen Pantoffel oder ein Buch verlegt. Aber Otto sagte seinen Namen: »Wolfy, Wolfy.«

»Ja.«

»Wolfy, findest du mich langweilig?«

Wolfy wollte seinen Ohren nicht trauen. War das wieder einer von Ottos polnischen Witzen? Er wartete auf die Pointe, doch es kam keine. Er mußte etwas sagen.

»Nein, Onkel Otto, warum sollte ich?«

»Na ja, du kannst dir ja vielleicht denken, daß die meisten Leute mein Interesse für hebräische Ursprünge in altenglischen Wörtern nicht besonders spannend finden. Und Vegetarier sind für die fad wie Kuhfutter.«

Wer sind DIE, dachte Wolfy. Wer waren diese Leute, über die Otto sich Gedanken machte?

Otto setzte sich auf die Bettkante. Er trug einen Bademantel, in dem er aussah wie eine glatzköpfige alte Dame.

»Die Leute interessieren sich für alles mögliche«, sagte Wolfy und hörte Rosas sarkastische Stimme, die sich darüber ereiferte, daß Otto altenglische Wortstämme neuhebräischen Kindern vorzog.

»Tante Gisl ist noch einmal weggegangen.«

Wolfy hielt den Atem an.

»Sie ist zum Mitsommernachtskarneval der Medizinstudenten gegangen.«

Mit Frei, dachte Wolfy.

»Mit Emil«, sagte Otto. »Aber man mußte sich verkleiden, und zu so einer Albernheit konnte ich mich einfach nicht hinreißen lassen. Vielleicht war das ein Fehler.«

»Was hat Tante Gisl denn angezogen?«

»Nichts, nur ein paar Riemchen, ein bißchen Flitter und einen Schleier.«

Rudolf Valentino, dachte Wolfy. Frei ging als Rudolf Valentino.

»Emil hat sich eine Charlie-Chaplin-Maske aufgesetzt«, sagte Otto. »Sie wollten, daß ich mich als Sherlock Holmes verkleide.«

Er griff in die Tasche seines Bademantels und zog eine verknitterte Tweedmütze mit Ohrenklappen heraus.

»Bist du denn auf Karnevalsfeste gegangen, als du jung warst, Onkel Otto?« fragte Wolfy freundlich.

»Hältst du mich für so alt?«

Wolfy wußte nicht, was er sagen sollte. Außer über kauen und Verdauung hatte Otto noch nie mit ihm über irgend etwas Intimes gesprochen. Doch jetzt schien es ihn auf einmal brennend zu interessieren, was Wolfy von ihm hielt.

»Was glaubst du, wie alt ich bin?«

Otto war wohl der älteste Mensch, den Wolfy kannte. In keiner der Flüchtlingsfamilien gab es irgendwelche Großeltern. Sie waren zurückgeblieben oder nach Tel Aviv gegangen. Und deshalb kam ihm Otto, der so viel wußte, in alten Büchern herumstöberte und immer ein bißchen wie Hustensaft roch, sehr alt vor, und das um so mehr, als Gisl neben ihm wie ein Küken wirkte.

Wolfy schwitzte vor Anspannung. Er mußte etwas sagen,

denn es schien Otto wichtig zu sein. Doch er durfte keinen Fehler machen; schätzte er ihn zu jung, klänge das nach einer echten Lüge, und zu alt würde ihn kränken. Zahlen flimmerten vor seinen Augen wie bei einem Spielautomaten. Er drückte den Knopf.

»Zweiundfünfzig.«

»Als ich so alt war wie du, dachte ich auch immer, daß meine Eltern und deren Freunde uralt wären, doch damals trug man Bärte und war von Kopf bis Fuß in Schwarz gekleidet. Ich hätte niemals so vertraulich mit meinem Vater oder meiner Mutter reden können. Es war, als wären wir rein zufällig in einer Familie gelandet. Hattest du einen schönen Tag am Fluß?«

»Wir haben dich vermißt«, sagte Wolfy und durchwühlte sein Gedächtnis fieberhaft nach einem weniger brenzligen Gesprächsthema.

»Wir hatten Ärger mit ein paar Wikingern.«

»Mit wem?«

»Wikingern.« Gisl hatte ihm nichts erzählt. »Üble Schlägertypen mit Tätowierungen.«

Wolfy brachte das Wort »Antisemit« einfach nicht über die Lippen, ohne sich wehrlos, nackt und elend zu fühlen.

»Ich nehme an, Frei hat sie in die Flucht geschlagen«, sagte Otto spitz.

Wolfy schluckte heftig.

»Er hat ›fuck you‹ gesagt.«

Otto fuhr hoch, und das Bett knarrte. Sein Gesicht schwebte über Wolfys Kissen wie eine blaßgelbe Scheibe.

»Das hat Frei gesagt?«

»Ja, hat er, und dann sind wir weggerudert.«

Wolfy wünschte sich verzweifelt, daß diese inzwischen äußerst heikle Bettkantenunterhaltung endlich vorüber wäre. Er wollte sich nicht mit Frei verbünden und Otto schwach und alt aussehen lassen. Er schämte sich für seine dummen

Gedanken über Gisl und Emil. Das ging ihn alles überhaupt nichts an. Es konnte ihm doch egal sein, wer in welcher Verkleidung auf was für Karnevalsfeste ging. Wie idiotisch von ihm, sich vorzustellen, wie Emil als Rudolf Valentino Gisl küßte und ihr im Middlesex-Hospital den Schleier vom Gesicht riß.

»Du bist durch Wien gerannt, Onkel Otto«, hauchte er.

Otto antwortete nicht.

»Als du durch Wien gerannt bist, hattest du da keine Angst?«

»Ich habe nichts gefühlt und nur ans Laufen gedacht.«

»Aber sie haben dich doch verprügelt.«

»Das waren Kinder, nicht viel älter als du.«

»Und sie haben dir die Hosen ausgezogen?«

»Ja, sie wollten mich demütigen und lächerlich machen. Das ist schon lange her, Wolfy. Warum fängst du jetzt damit an?«

Wolfy wollte seine schlechten Gedanken und albernen Pläne, die er sich für Gisl und Frei ausgedacht hatte, wiedergutmachen. Er wollte Jesse Owens an die Stelle von Jesus, Ghandi, Spinoza und Einstein setzen und sich vorstellen, wie Otto mit der olympischen Fackel furchtlos durch die Scherben lief und den Nazigemeinheiten trotzte. Doch es klappte nicht. Die fehlenden Hosen ließen sich einfach nicht wegdenken und machten alles kaputt, weil sie Ottos langweilige Seiten hervorkehrten und aus ihm statt einem Athleten einen Buchhalter machten, der in langer Unterwäsche und schwarzen Socken dahergerannt kam.

Wolfy tastete nach Ottos Hand. Er stieß auf Knöchel. Die Hand war zu einer festen Faust zusammengeballt, die kein Geheimnis preisgab. Er wäre gern eingeschlafen, doch er blieb wach und konnte sich nicht überwinden, seine Hand wegzunehmen und Otto mutterseelenallein auf dem Bett sitzen zu lassen. Ottos Beine unter dem Bademantel waren unablässig in Bewegung, er atmete pfeifend und murmelte leise vor sich hin.

Nach einer Weile fingen Wolfys Hand und Schulter zu schmerzen an, doch er brachte es einfach nicht fertig, sich umzudrehen und in die dunklen Decken zu kuscheln. Wolfy kämpfte gegen den Schlaf. Als er aufwachte, war Otto nicht mehr da. Die Tür war angelehnt. Irgendwo brannte noch Licht, und von nebenan drang unnatürlich hoch und schrill die Stimme von Gisl herüber, die entweder lachte oder weinte.

9
Die Narbe

Chaims Narbe gab Wolfy und Bernie Rätsel auf. Es war keine englische Narbe, sondern eine, die er unterm Hemd versteckt aus Wien mitgebracht hatte, soviel war sicher. Bernie behauptete, wenn irgend jemand sonst solch eine Narbe aus Wien mitbrachte, dann war klar, daß er sich die in einem Duell zugezogen hatte. Die Menschen da drüben duellierten sich wegen der dämlichsten Sachen, zum Beispiel darum, welchen Opernsänger sie gut fanden oder welche Familie den Selbstmordrekord hielt. Aber keiner der beiden konnte sich Chaim in einem Duell mit weißen Capes und Degen oder Pistolen und dreißig Schritten Abstand vorstellen. Er hatte nicht studiert, weil seine Familie arm war, und Buchhalter duellierten sich nicht. Trotzdem hatte er eine richtig üble Wiener Narbe. Rosafarben und ausgefranst zog sie sich über seine rechte Brust, und wenn er die Jungs an schönen Sommersonntagen mit zum Schwimmen an den Lido nahm, war sie nicht zu übersehen. Das machte er manchmal, wenn Rosa und Mendl gerade zu sehr damit beschäftigt waren, Miete einzutreiben oder in einer der von ihnen verwalteten Wohnungen mit Fußbodenverlegern verhandelten.

Chaim wollte ihnen damit vor allem die Kinder vom Hals halten, aber er tat es auch, um zu zeigen, daß er sich kümmerte und Wolfys Erziehung nicht einfach Mendl und Rosa in die Schuhe schob. Nicht daß sie das umsonst getan hätten. Rosa führte Buch darüber, wieviel sie für Wolfy ausgab: Sein Anteil an Milch und Eiern, Schulessen, Fahrtkosten, Fotos und der ganze übliche Kram wurde vermerkt. Doch bei der Monatsabrechnung gab es oft Streit. Wenn Chaim bei Flora

Fashions mal wieder Ärger gehabt hatte, weil sein Kollege Dennis ihn schikanierte, ging er sofort in die Luft und beschuldigte Rosa, das Geld zum Fenster rauszuschmeißen. »Wofür hältst du mich eigentlich, für Graf Potocki?« Dann zog sie ihm mit ihrem Sarkasmus bei lebendigem Leibe das Fell über die Ohren und behauptete, daß er zu nichts nütze sei und nicht die geringste Ahnung habe, was es bedeutete, Kinder großzuziehen. »Setz du dich lieber wieder an deine Kreuzworträtsel, anstatt dich in Dinge einzumischen, von denen du nichts verstehst.« Es wollte ihr einfach nicht in den Kopf, daß Chaim nur ein bißchen Respekt forderte. Er brauchte jemanden, der ihn zu Wort kommen ließ. Bei Flora Fashions machte Dennis ihn bei seinem Chef schlecht und erzählte herum, er habe zwei linke Hände und sei in der Poststelle zu nichts zu gebrauchen.

Wenn Wolfy und Bernie am Lido herumtobten, ging Chaim so gut wie nie baden, sondern saß im Liegestuhl und las die Sonntagszeitungen. Tat er es aber doch einmal, um sich den Oberkörper und unter den Achseln ein wenig abzuspritzen oder ein paar Züge durch das seichte Wasser zu machen, kam er sogleich wieder prustend heraus, und die lila Narbe prangte wie ein Orden auf seiner Brust.

»Vielleicht ist er in eine Orgie mit ungarischen Zigeunermädchen geraten«, überlegte Bernie, »und die nackte Tänzerin, die er betrunken herumgewirbelt hat, hat ihn mit ihrem kaputten Champagnerglas ganz nah am Herzen erwischt.«

Wolfy konnte sich beim besten Willen nicht vorstellen, wie sein Vater haltlos betrunken mit einem nackten Zigeunermädchen im Wienerwald herumschlenkerte. Während der Evakuierung hatten sich sein Vater und seine Mutter am Weihnachtsabend einmal eingeschlossen, so sehr hatten sie sich vor den betrunkenen Nachbarn gefürchtet. Es war nur Mr. Motherway gewesen, der da singend und wimmernd auf dem Treppenabsatz lag und nach seiner Frau Grace rief, und eigentlich kamen sie mit ihm sehr gut aus, dennoch zitterten sie vor Angst. Wenn er betrunken war, ließ sie ihn nicht hinein, und Wolfys Eltern befürchteten, er finge womöglich an, wie bei einem Pogrom die Türen einzutreten. Doch statt dessen schlief er auf den Stufen einfach ein, und am nächsten Morgen mußte Wolfy beim Hinausgehen über ihn steigen wie über einen schlafenden Hund.

Wolfy traute sich nicht, seinen Vater nach der Narbe zu fragen. Sie sprachen nie über ihre Körper, außer wenn Chaim Wolfy sagte, er solle gerade sitzen, weil er sonst einen Buckel bekäme. Es war völlig undenkbar, mit seinem Vater einfach so über dessen Bauch, Brust und Schenkel zu reden und zu fragen: »Warum hast du eigentlich so knubbelige Brustwarzen?« Manchmal, wenn sie zusammen in einem Bett schliefen und Chaim sich auszog, paßte Wolfy ganz genau auf und blinzelte verstohlen zu ihm hinüber, doch sein Vater war immer so schnell, als würde er einen Wundverband wechseln, und alles was Wolfy zu Gesicht bekam, waren Unterwäsche und Nachthemden.

Bernie war sich eigentlich sicher, daß hinter Chaims Narbe nichts Aufregendes steckte. »Jetzt mal ernst, vielleicht ist er von einem herunterfallenden Aktenordner getroffen worden.« Doch Wolfy beschloß, der Sache nachzugehen, und fragte Mendl. Mendl war sehr viel unbefangener, was das Körperliche betraf, denn immerhin war er beim Militär gewesen und hatte mit dem ganzen Regiment des Pionierkorps unter der Dusche gestanden. An heißen Tagen schlurfte er mit nacktem, behaarten Oberkörper durch die Wohnung und sah aus wie ein stummer Affe auf Futtersuche. Bestimmt war er heimlich stolz auf seine Muskeln, seine breiten Schultern und seine haselnußbraune Haut.

Als Wolfy die Narbe zur Sprache brachte, reagierte Mendl merkwürdig. Er tat so, als hätte er nichts gehört.

»Was für 'ne Narbe? Woher soll ich denn wissen, was dein Vader auf der Brust hat? Vielleicht ist er hingefallen.«

»Wann denn?«

»Irgendwann. Als er ein kleiner Junge war vielleicht, wie du.«

»Hat er dir nie davon erzählt?«

»'ne Narbe is 'ne Narbe, was soll man darüber noch reden?«

»Aber man kann sehen, daß er genäht worden ist. Möglicherweise war es was Ernstes.«

»Dann frag ihn halt.«

Wolfy hatte keine andere Wahl, als Rosa zu fragen, was allerdings ziemlich peinlich war, denn woher sollte sie wissen, was Chaim auf der Brust hatte? Daß Männer sich die Brüste von Frauen ansahen war selbstverständlich, aber umgekehrt war es irgendwie komisch, vor allem unter Verwandten. Doch Wolfy wartete auf den richtigen Augenblick. Eines Abends, als sie allein in der Wohnung waren, sah er Rosa im kleinen Zimmer am Gartenfenster sitzen. Im ganzen Haus war es vollkommen still, nur aus den Gärten schallte Hundegebell, Hühnergegacker und Kindergeschrei herauf. Sie hatte die Lampen angeknipst, und im Dämmerlicht, das durch das Fenster sickerte, wirkte das Zimmer wie eine gläserne Kapsel auf dem Meeresgrund. Rosa, die normalerweise immer Listen schrieb oder Dinge zusammenrechnete, saß einfach nur da, die Ellenbogen auf den grünen Tisch gestützt, und starrte reglos aus dem Fenster. Wolfy war die Ruhe verdächtig, und er wollte sich gerade auf Zehenspitzen wieder hinausschleichen, als sie ihn bemerkte und die Stille brach.

»Was gibt's denn?«

»Nichts.«

»Hörst du, was die in den Gärten für einen Krach machen? Die glauben wohl, das ist hier ein Vergnügungspark.«

Sie wandte sich zu ihm um, wobei ihre Nase wie eine Wetterfahne in seine Richtung schwenkte. Wie sollte er bloß von der Narbe anfangen? Das war beinahe ebenso schlimm, wie über Geschlechtsverkehr zu reden.

»Ich hab heute einen ganz schwierigen Aufsatz aufbekommen.«

»Für dich ist doch nichts schwierig; für Bernhard ist alles schwierig, und deshalb fängt er gar nicht erst mit etwas an.«

Irgendwie schaffte sie es immer wieder, jede Unterhaltung auf Bernies Schandtaten zu lenken, doch Wolfy ließ sich nicht beirren.

»Ich muß etwas über *Geheimnisse* schreiben.«

»Na, so ein dummes Thema. Wie kannst du etwas über Geheimnisse schreiben? Was wissen Jungs denn schon davon?«

»Da hast du recht, Tantie Rosa, und deshalb hab ich mir gedacht, etwas über die Geheimnisse meines Vaters zu schreiben.«

Sie sah ihn argwöhnisch an und fuhr mit den Fingern hektisch über den Tisch, als wollte sie unsichtbare Brotkrumen in Gefechtsstellung bringen.

»Ich meine keins von heute«, sagte Wolfy, »sondern eher eins von früher.«

»Wer soll sich daran denn noch erinnern?« sagte Rosa ausdruckslos, als wollte sie das Thema beenden.

»Die sollten euch irgend etwas Vernünftiges aufgeben, wie: *Was will ich werden, wenn ich groß bin.* Da kann man etwas lernen. Von den Geheimnissen deines Vaters kannst du nur lernen, wie man Spion wird.«

Sie lächelte.

»Willst du Spion werden, wenn du einmal groß bist, Wolfy?«

»Woher hat er die Narbe auf der Brust?« Wolfy stürzte sich einfach kopfüber und mit geschlossenen Augen hinein, wie ins Wasser des Lido; wenn er auf einem Mädchen landete –

Pech. Rosa schlug mit der flachen Hand auf den Tisch, und ihre Augenbrauen schnellten über den Brillenrand.

»Haben sie dir in der Schule beigebracht, deine Nase in anderer Leute Angelegenheiten zu stecken? Was deinen Vater anbelangt, solltest du nicht so neugierig sein. Wenn er es dir erzählen möchte, wird er das schon tun.«

Eine dunkle Macht drängte ihn auf verbotenes Terrain.

»Ist er wegen einer Frau in eine Prügelei geraten?«

Rosa wurde rot. Er konnte sehen, wie ihr das Blut in die Schläfen und Wangen schoß, doch sie drängte es zurück, und es verschwand genauso schnell, wie es gekommen war.

»Red keinen Blödsinn. Wir hatten nun wirklich ganz andere Sorgen, und es hätte sowieso keinen Zweck, es dir zu erzählen, weil du es eh nicht verstehen würdest. Vielleicht, wenn du groß bist.«

In jenem Sommer dachte er oft über die Narbe nach. Am Lido musterte er die Brüste der Männer ganz genau, vor allem in der Umkleidekabine, wenn sie sich nicht so viel bewegten. Er entdeckte Pusteln und Pickel, Tätowierungen und Warzen, Flecken und Male in allen Farben, doch nichts, was auch nur im entferntesten der Narbe glich. Sein Vater ertappte ihn dabei, wie er einen alten Mann mit Kropf anstarrte.

»Glotz nicht so, Wolfy, das gehört sich nicht.«

»Ich glotze doch gar nicht, ich gucke bloß.«

»Und wozu?«

Die fragliche Narbe räkelte sich schläfrig unter der spärlichen Brustbehaarung seines Vaters. In der schwach beleuchteten Umkleidekabine war sie weniger auffällig als draußen, wenn er gerade aus dem Wasser kam, doch die Form war zweifellos anders als alles, was Wolfy bislang auf sonstigen Brüsten gesehen hatte. Von nahem sah sie aus wie eine kleine Schippe mit Griff und Schaufelblatt, die jemand hastig und nachlässig dort auf die Brust gestempelt hatte. Wolfy streckte die Hand aus und berührte sie. Sein Vater sah ihn erschreckt an, als sei diese Geste in der Öffentlichkeit zu intim. Sein Finger hatte die Narbe nur eine Sekunde lang berührt, doch er konnte fühlen, wie sie in der Haut eine Kuhle bildete, wie eine Ackerfurche in einem Feld.

»Na, komm«, sagte sein Vater, »wir sollten im Wasser sein, bevor es zu voll wird.« Beim Hinausgehen nahm er Wolfy an der Hand, gerade so, als könnte er seine Neugier verstehen, sie aber nicht befriedigen. Noch nicht.

»Also, es war bestimmt Hitler.« Bernie war in jenem Sommer vollauf damit beschäftigt, mit Sheila Barwick herumzuflirten, und wenn sie auf den Tennisplatz gingen, trottete Wolfy hinterher. Sie nahm Tennisunterricht, und jedesmal, wenn sie den Schläger hob, geriet Bernie ins Schwärmen, als wäre sie Angela Buxton. Er hatte sich vorgenommen, sie zu einer Bootsfahrt nach Greenwich zu überreden und dort mit ihr im Park herumzuknutschen. Doch zwischen »schön gespielt, Sheila« und »toller Aufschlag« hatte er auch noch ein paar Worte für Wolfy übrig.

»Es waren bestimmt die Nazis. Sie haben auf ihn geschossen, und er hatte Schwein. Ich wette, die Kugel ist an seiner Uhr abgeprallt.«

An etwas Ähnliches hatte Wolfy auch schon gedacht, aber nur ganz entfernt. Er vermochte sich keine Szene auszumalen, in der irgend jemand eine Pistole auf seinen Vater richtete, und Bernies unverblümte Feststellung ließ ihm den Atem stocken.

»Glaubst du, sie haben ihn gegen die Wand gestellt und auf ihn geschossen?«

Bernie antwortete nicht, weil er Sheilas Handtuch und ihre Tennistasche suchte. Als er damit fertig war, setzte er sich neben Wolfy.

»Nicht unbedingt, womöglich haben sie einfach blind herumgeballert. Vielleicht saß er gerade irgendwo im Park, wie wir jetzt, oder hat auf den Bus gewartet. Plop.« Er machte ein Geräusch, als würde er eine Flasche entkorken, und griff sich an die Brust. »Ich bin getroffen, ich bin getroffen.«

Sheila sah kurz zu ihnen hinüber und spielte weiter.

Wolfy fühlte sich elend und war wütend auf Bernie, weil er sich über einen Verwundeten lustig machte, der, umringt von lachenden Scheusalen, am Boden lag und verblutete, ohne daß einer den Mut hatte, ihm zu helfen. Vielleicht war er selbst sogar dabeigewesen, hatte gut zugedeckt und wohlbehütet im Kinderwagen oder in seinem Ställchen gelegen und gar nicht mitbekommen, was um ihn herum geschah. Sheilas Locken wippten, als sie nach dem Ball schlug. Wie sie so an der weißen Linie entlangtänzelte und sich mit kleinen, spitzen Schreien anfeuerte, sah sie frisch und knackig aus. Wolfy sah ihr zu, doch hatte er nur seine Mutter vor Augen, die durch die Nacht lief. Sie hielt ihn fest in den Armen, und auf einmal erreichten sie eine Treppe, die zu einem Wasser hinunterführte. Es war ein Fluß oder Kanal, und zusammen kauerten sie sich auf die Stufen und warteten. Er sah diese Szene häufig vor sich, wie eine wackelige, alte Filmsequenz. Sie paßte in keine Geschichte, die er kannte, und war kaum mehr als eine entfernte Erinnerung, nach der er seine Mutter nie gefragt hatte. Als er diesmal daran dachte, konnte er die Angst seiner Mutter spüren, er aber fürchtete sich nicht. Das Kind in ihren Armen lag warm und sicher an ihrer Brust. Er stellte sie sich in einem dunklen, weichen Wollmantel vor, der nach Regen und Eau de Cologne roch.

Als Sheila fertig war, ließ sie Bernie ihre Sachen durch den Park tragen, und Wolfy lief hinterher. Bernie gab sich alle Mühe, sie mit einer wüsten Geschichte über seine Fahrt per Anhalter durch den Park District zu beeindrucken. Seine Stimme hob und senkte sich, während er sich in seine Ezählung hineinsteigerte und mit der freien Hand wild herumgestikulierte. Natürlich war jedes Wort erfunden. Die einzige

Fahrt, die er je per Anhalter gemacht hatte, war nach Hampstead Heath zur Kirmes gegangen, und eigentlich war es auch nicht wirklich per Anhalter gewesen, weil der Fahrer von Mr. Glicks Lieferwagen ihn am Straßenrand gesehen und mitgenommen hatte.

Nachdem sie Sheila nach Hause gebracht hatten, war Bernie sehr schweigsam. Wolfy durfte sie nicht den ganzen Weg begleiten, sondern mußte ziemlich lange an einer Straßenecke warten, während sich die beiden voneinander verabschiedeten. Sheila wohnte in einer großen Siedlung, nicht weit vom Wasserspeicher entfernt, wo Spitzengardinchen in den Fenstern hingen und die Väter Schrebergärten hatten und Gemüse züchteten. Sie und Bernie hatten sich beim Quizwettbewerb der Londoner Schulen kennengelernt und waren zusammen in die letzte Runde gekommen.

Als sie zu Hause ankamen, wartete Wolfys Vater bereits. Das war ungewöhnlich, denn wochentags kam er eigentlich nie zu Besuch. Er sah bleich und angespannt aus, und Wolfy fragte sich, ob sie sich vielleicht wieder über Eier, Milch und Essensgeld gestritten hatten. Er saß im kleinen Zimmer auf einer Stuhlkante, und Rosa war mit Mendl in der Küche. So verkrampft, wie er dahockte, war es offensichtlich, daß dies nicht sein Zuhause war. Hier konnte er sich nicht einfach hinlümmeln, Zeitungen auf den Boden werfen, in den Becher mit gesammeltem Kleingeld aschen oder gar seine Schuhe ausziehen. Er mußte ruhig auf seinem Stuhl sitzen und sich gut benehmen.

»Wolfy, ich muß mit dir reden, laß uns nach oben gehen.«

Oben war das Vorzeigezimmer mit der Anrichte und dem Glastisch, der für eventuellen Besuch stets blitzblank geputzt war. Es roch nach Linoleumreiniger und Kuchen, und in den Schubladen hinter den Zierdeckchen und Schmuckservietten verbargen sich kleine Knabbervorräte, ein paar Flaschen

Kirschbrand und Pralinenschachteln, die nie geöffnet wurden, weil sie jemand mitgebracht hatte und nun wiederum Rosa und Mendl als Mitbringsel dienten, wenn sie irgendwo eingeladen waren. Kein Mensch kam je in den Genuß dieser Pralinen, aber alle sparten eine Menge Geld für Geschenke.

Sie setzten sich an den Glastisch, und Wolfy wartete ab, was sein Vater ihm zu sagen hatte. Der meinte manchmal, ihm ein paar ernste Ratschläge geben zu müssen, beispielsweise, er solle in Mathematik immer schön fleißig sein; dann gingen sie gemeinsam Wolfys Zeugnisse durch. Doch dazu war nicht die richtige Jahreszeit, also mußte es etwas anderes sein.

»Wolfy, ich habe Ärger bei der Arbeit.«

Sein Vater trommelte mit den Fingern auf den Tisch.

»Es ist so schlimm, daß ich morgens Angst habe, die U-Bahn zu nehmen. Es ist, als würde ich keine Luft mehr bekommen. Manchmal muß ich sogar aussteigen und wieder nach Hause gehen.«

Wolfy wußte nicht, was er sagen sollte. Das waren Dinge, die Eltern unter vier Augen besprachen, aber bestimmt nicht vor den Kindern. Doch sein Vater hatte niemanden, mit dem er darüber reden konnte. Rosa hatte ihm gesagt, er solle sich nicht so anstellen, und Mendl hatte geseufzt, daß man schließlich von irgend etwas leben müsse.

»Ist es Dennis?« fragte Wolfy. Er hatte seinen Vater von diesem Monster erzählen hören, von diesem Fettsack, der meinte, bei Flora Fashions herumkommandieren zu können, nur weil er entfernt mit dem Chef verwandt war und Chaim haßte.

»Er bringt Bestellungen durcheinander, die ich geordnet habe, und gibt mir dann die Schuld, wenn sich die Kunden beschweren. Er haßt mich, und er flucht, daß einem Hören und Sehen vergehen. Ich habe Angst, an den Kleiderstangen vorbeizugehen, weil er mir dahinter auflauern könnte.«

»Hat er dich schon mal geschlagen?«

»Nein, aber das könnte jederzeit passieren. Er ist ein Verbrecher.«

Die blauen Augen seines Vaters waren vor Angst ganz klein geworden. Allein der Gedanke an Dennis, der in einem dichten Wald aus Sommerkleidern auf sein Opfer wartete, schien ihm den Schweiß auf die Stirn zu treiben.

Wolfy schämte sich für seinen Vater. Es war, als hätte er sich vor seinem Sohn splitternackt ausgezogen, um zu sagen, schau her, daß ist alles, mehr gibt's nicht.

»Hast du denn da keinen, der dir helfen kann?«

»Komm mit mir mit, Wolfy, begleite mich zur Arbeit, und du wirst sehen, daß hilft, ich weiß es.«

Er nahm Wolfys Hand und preßte sie hart auf die gläserne Tischplatte. Wolfy war verblüfft, er wußte nicht, was er sagen sollte. Wie konnte er bei Flora Fashions für seinen Vater die Leibgarde spielen, wo er doch selbst jemanden brauchte, der ihn in der Schule beschützte?

»Du hast doch gerade keine Schule, also verpaßt du auch nichts. Du brauchst mich nur zu begleiten. Du schläfst bei mir, und morgen früh gehen wir gemeinsam hin.«

Rosa machte ein äußerst skeptisches Gesicht, als Chaim ihr verkündete, Wolfy würde bei ihm übernachten, weil sie am nächsten Tag einen Ausflug machen wollten. Sie war der Meinung, seine Wohnung sei nicht sauber genug, um für Wolfys Gesundheit zu garantieren, und wer hätte sich dann um den Jungen gekümmert, wenn er sich mit der sauer gewordenen Milch aus Chaims Kühlschrank den Magen verdarb? Sie war überzeugt davon, daß Chaim im Grunde ein schlechtes Beispiel für den Jungen sei, denn wie sollte man sich auf einen Mann verlassen, der in einem Haufen alter Zeitungen lebte und rauchte.

Auch Wolfy mochte die Wohnung seines Vaters nicht. Er konnte sich nicht besonders gut erinnern, wie sie früher ausgesehen hatte, aber jetzt, wo seine Mutter nicht mehr da war, ähnelte sie einem halb ausgeräumten Gebrauchtmöbellager. Es war nie hell genug, und die Straße war so still, daß man jede Diele quietschen hörte. Auf dem Bett seiner Eltern stapelten sich Kissen und Decken und spiegelten sich als düstere Schatten in der Tür des mächtigen Kleiderschranks. Das Bett war nie gemacht, und die Seite seiner Mutter war weder abgezogen noch gewechselt, sondern lag da wie eine Brache. Selbst der Garten bot keine Zuflucht. Der Bunker darin war früher immer besonders spannend gewesen, doch inzwischen war daraus eine traurige, mit kaputten Flaschen übersäte Gestrüpplandschaft geworden, in der niemand mehr spielen mochte.

Immerhin schien sein Vater sich zu freuen, daß er da war, und zur Feier des Tages gab es Eiskrem. Offensichtlich spürte er, daß es zu still in der Wohnung war, denn er machte das Radio an, klapperte mit den Tellern und redete über den Küchentisch hinweg hastig auf Wolfy ein. Er erzählte gern von seinen ersten Abenteuern in England, vor allem über das Internierungslager, in dem die Vorlesungen der Flüchtlingsprofessoren ihn so sehr beeindruckt hatten, daß er sich schwor, Philosophie zu studieren, wenn der Krieg erst einmal vorbei war.

»Möchtest du baden, Wolfy?«

Er war erstaunt. Wieso fragte sein Vater ihn so etwas? Fragen über Zähneputzen und Haareschneiden war er gewohnt, aber noch nie hatte er ihm ein Bad vorgeschlagen. Das war Rosas Territorium. Es war Teil jenes Universums, in dem man mit Nachbarn zusammenlebte und sich mit ihnen das Badezimmer teilte, Pennies in den Zähler steckte, im Bademantel die Treppen hinauf- und hinunterhuschte und hoffte, daß man keinem Fremden begegnete. Aber wie das in diesem Haus war, hatte er vergessen. Trotzdem sagte er ja, denn er spürte, daß sein Vater es ihm so heimelig wie möglich machen wollte. Es fiel Wolfy schwer, sich in der ungewohnten

Wanne zu entspannen, ganz abgesehen von der Erinnerung an seine früheren Bäder darin, und er stellte sich vor, wie er mit einem Mädchen wie Sheila Barwick Tennis spielte und sie nach Hause begleitete. Plötzlich klopfte es an der Tür.

»Darf ich reinkommen?«

Mit einem großen Badehandtuch und seinem Rasierzeug in der Hand kam sein Vater herein. Wie er so hemdsärmelig dastand, das dicke Haar straff zurückgekämmt, die Haut blass und glatt, sah er sehr jung aus. Er setzte sich auf den Badewannenrand und sah Wolfy an. Wolfy war das irgendwie peinlich, dabei stand er in der Umkleidekabine des Lido immer splitternackt neben seinem Vater und fand das völlig normal. Aber hier war das etwas anderes. Er lag rücklings in der Wanne wie ein Frosch in Formalin, und sein Penis dümpelte lauernd an der Wasseroberfläche.

Sein Vater betrachtete ihn mit einem leisen Lächeln.

»Aus dir wird ja mal ein richtiger Hüne. Du bist vielleicht gewachsen in letzter Zeit, und das einfach so, ohne mich zu fragen.«

»Tut mir leid.«

»Bald wirst du überall Haare haben.«

Er wurde rot, oder vielleicht war es nur der Dampf. Und dann kam es verquer und stotternd heraus. »Vielleicht solltest du dir mal, na ja, du weißt schon, mal ... ein Buch besorgen, in dem so Sachen drinstehen, oder in deiner ... Klasse mit eurem Biolehrer, habt ihr da ... Sexualkunde? Habt ihr so was?«

Wolfy war so vom Donner gerührt, daß er beinahe untergegangen wäre. Nur ein paar Zentimeter von seinem schwimmenden Glied entfernt, saß sein Vater und fragte ihn nach Sexualkunde. So etwas hatte es noch nie gegeben. Sein Vater, der eher im Erdboden versunken wäre, als vor Wolfy zuzugeben, daß er überhaupt einen Penis hatte, interessierte sich plötzlich für das Wohlergehen seines Hodens und dessen zukünftigen Werdegang. Wolfy durfte sich nichts anmerken lassen, doch das war gar nicht so einfach, denn schon konnte er Bernie kichern hören und spürte ein Kitzeln zwischen den Beinen, als ihm unversehens Bernies Postkartensammlung einfiel. Er setzte sich auf und zog die Knie unters Kinn.

»Wir haben Biologieunterricht und nehmen menschliche Fortpflanzung durch.«

Die trostlosen Querschnitte von Vulven und Hodensäkken waren so langweilig, daß sie den schlimmsten Sexbesessenen einschläfern konnten. Doch Wolfy vermutete, daß es das war, was sein Vater hören wollte. Offensichtlich wußte der nicht recht, was er darauf sagen sollte, und so kam Wolfy ihm zur Hilfe.

»Hattet ihr in Wien auch Unterricht über menschliche Fortpflanzung?«

Jetzt wurde sein Vater tiefrot, sogar seine Ohren brannten. Er räusperte sich.

»Nicht wirklich, sie haben uns nur mit Geschlechtskrankheiten eingeschüchtert und auf das vertraut, was Jungs sich so erzählen. Mädchen haben wir nur getroffen, um mit ihnen was trinken zu gehen.«

Wolfy stürzte sich auf seine Beute.

»Hast du deine Narbe von einer Schlägerei?«

Sein Vater sah ihn irritiert an, als wüßte er nicht, worum es ging, doch Wolfy spürte, daß er ihm jetzt, nachdem er mit dem Gerede über Schambehaarung angefangen hatte, eine klare Antwort schuldete.

»Hast du sie in einer Prügelei um ein Mädchen gekriegt, oder waren's die Nazis?«

Es entstand eine lange Pause, und beide lauschten dem tropfenden Wasserhahn und dem Gurgeln der Rohre.

»Zeig sie mir«, sagte Wolfy, »zeig mir die Narbe.«

Er zog sich am Wannenrand hoch und kniete ganz dicht vor seinem Vater. Dann knöpfte er ihm behutsam das Hemd auf und schob das Unterhemd hoch. Sein Vater wehrte sich nicht und saß reglos da, als Wolfy ihm die nasse Hand auf die Brust legte und die Narbe mit den Fingern nachzeichnete. Er saß einfach nur da und sah auf Wolfys Hand hinab.

»Es war eine Kugel«, sagte er, »sie hätte beinahe deinen Opa getötet.«

»Und wie ist sie in deiner Brust gelandet?«

»Die sind in die Wohnung gekommen und haben nach Geld und Schmuck gesucht. Sie haben Gläser zerbrochen und Bücher aus den Regalen gerissen. Ich weiß noch, daß mein Herz so laut schlug, daß ich fast keine Luft mehr bekam. Oma und Opa waren auch im Zimmer, und auf einmal zielte einer von denen mit seiner Pistole auf Opas Brust und sagte, daß er schießen würde, wenn Opa ihm nicht sagte, wo er den Schmuck versteckt hätte. Deine Mutter rief um Hilfe, und da bin ich gesprungen, und er hat abgedrückt. Es war der Elektriker.«

»Wo bist du hingesprungen?«

»Vor Opa.«

Wolfy gab seinem Vater einen dicken, nassen Kuß dafür, daß er so ein Held war und Opa das Leben gerettet hatte, aber niemals ein Sterbenswort darüber verlieren würde, obwohl Rosa ihn dauernd herunterputzte und Dennis ihn bei Flora Fashions schikanierte. Mendl wäre bestimmt nicht wie eine Katze dazwischengesprungen, um den alten Mann zu beschützen, dabei war es doch eigentlich sein Vater. Dazu war er viel zu träge, und bis er begriffen hätte, was los war, wäre es schon zu spät gewesen. Deshalb wollte er auch nicht darüber sprechen. Er schämte sich dafür, daß die Narbe nicht auf seiner Brust prangte.

»Hat die Kugel dich schlimm verletzt?«

»Wie du siehst, lebe ich noch. Sie haben sofort einen Krankenwagen gerufen. Ich möchte nicht darüber reden, Wolfy, ich fange sonst an zu zittern und kann nicht schlafen.«

Wolfy sah, wie die Lippen seines Vaters bebten und spürte, daß er schauderte. Obwohl die Narbe gut zugedeckt unter dem Hemd und der Unterwäsche verborgen lag, war sie wie eine vergrabene Tretmine, die jederzeit in die Luft gehen konnte. Ob seine Mutter sie wohl berührt hatte, als sie miteinander schliefen? Hatte sie die Delle in seiner Brust gefühlt, sich an seinen Hechtsprung erinnert und ihn ganz fest an sich gedrückt, um die Narbe auf ihrer Haut zu spüren? Wolfy griff nach dem Handtuch und fing an, sich reumütig abzutrocknen. Eltern waren Leute, die sich am Eßtisch gegenübersaßen, und man sollte sich nicht ausmalen, wie sie einer auf dem anderen im Bett lagen. Inzwischen war die Matratze neben seinem Vater leer, und er konnte sich nicht mehr an das Gesicht der Frau erinnern, die einmal dort gelegen hatte. Er sah stets nur einen Kopf auf den weißen Kissen, niemals zwei, nur einen Körper, nie ein Paar, denn es war ein Krankenbett gewesen.

»Komm, ich rubbel dich ab«, sagte sein Vater. Er stimmte den Toreromarsch aus Carmen an und fing an, ihn mit dem großen, roten Handtuch energisch abzureiben. Als Wolfy klein war, hatte er ihn nach dem Baden immer abgetrocknet und ins Handtuch gepackt. Jetzt war das Ganze eine etwas unbeholfene und an den sonnenverbrannten Stellen sogar ziemlich schmerzhafte Angelegenheit, doch es half Chaim, über die Narbe und das Zittern hinwegzukommen. Kräftig schrubbend, sang er laut vor sich hin und klemmte Wolfys Beine fest zwischen die Knie. Er drehte das Handtuch zu einem Strick und klatschte Wolfy damit auf Schultern, Arme und Po, als müßte sich auf diesem rosa Hinterteil all das entladen, was er Tag für Tag hinunterschlucken mußte. Wolfy jaulte auf und wand sich, um den übermütigen Klapsen zu entgehen. Sein Vater warf das Handtuch auf den Halter und begann sich zu rasieren. Er hielt sein schaumbedecktes Gesicht ganz dicht vor den Spiegel, zog Grimassen und ahmte

Al Jolsons näselnde Stimme nach. Zu sehen, daß sein Vater ein noch junger Mann mit glatter Haut und kraftvollen Bewegungen war, traf Wolfy wie ein Schock. Für ihn war er immer ein von den Toten Zurückgelassener gewesen, eine Art Relikt, das durch die Wohnung schlich, in der seine Frau gestorben war, und das Leben wie im Halbschlaf an sich vorbeiziehen ließ. Doch dieser Mann, der fröhlich zu Al Jolson und der kratzenden Rasierklinge im Takt wippte, hatte nichts Schläfriges an sich. Sein Kopf war der Kopf eines Boxers, der durch den Ring tänzelte, um den Fäusten seines Gegners ein Schnippchen zu schlagen. Es war der Kopf einer Katze, die mit ausgefahrenen Krallen zum Sprung ansetzte. Es war der Kopf eines Mannes mit der Verdienstnarbe an der Brust, die ihm vom großen Niemand der Familie für außergewöhnlichen Mut in der Donauschlacht verliehen worden war.

Wolfy war der Sohn des Unbekannten Soldaten.

Um dem Gedränge der Stoßzeit zu entgehen, brachen sie am nächsten Morgen besonders früh zur U-Bahn auf. Sein Vater trug einen ordentlichen schwarzen Anzug und einen grauen Hut und sah aus, als arbeite er in einer Bank statt in einem mit Kleiderständern vollgestopften Lagerraum. Doch die ganze Zugfahrt über war er nervös, sein Auge zuckte heftig, er rutschte auf seinem Sitz hin und her und klammerte sich so fest er konnte an die Armlehne. Zum Reden war es viel zu laut, und so preßte Wolfy sein Knie gegen das seines Vaters, um ihn zu beruhigen. Keiner bemerkte irgend etwas. Man hätte in dem Zug durchdrehen können, ohne daß es jemandem aufgefallen wäre. Wolfy ließ den Blick durch den Wagen wandern und stellte fest, daß er wie immer der einzige in zu großen Kleidern war. Sein Hemd stammte aus Mendls Royal-Navy-Reserven und hätte einem Gorilla gepaßt, und seine Schuhe sahen aus, als kämen sie geradewegs aus dem Schützengraben, doch er war froh, neben seinem Vater zu sitzen und den Geruch von Rauch und Druckerschwärze einzuatmen. Weil sie in einer Bar in der Nähe von Floras Fashions frühstücken wollten, hatten sie sich einfach über eines von Rosas Grundprinzipien hinweggesetzt: GEH NIE MIT LEEREM MAGEN AUS DEM HAUS. Es war ein gutes Gefühl, an einem Sommermorgen zusammen mit seinem Vater in der U-Bahn zu sitzen und zu wissen, daß man gerade gemeinsam gegen ein Gesetz verstieß.

Beim Frühstück bemerkte Wolfy, wie sich die Stimmung seines Vaters zusehends verdüsterte. Er hörte auf zu reden, aß kaum etwas, rauchte in einem fort und hielt sich mit zitternder Hand an seiner Kaffeetasse fest, die er sich immer wieder vollgießen ließ. Von Zeit zu Zeit faßte er sich ans Handgelenk, als wollte er seinen Puls fühlen. Nichts war ihm recht, er zündete sich eine Zigarette nach der anderen an und drückte sie nach ein paar Zügen wieder aus. Selbst vom Kreuzworträtsel ließ er nach ungefähr fünf Sekunden wieder ab und trommelte ungeduldig mit dem Stift auf die Zeitung. Auf einmal sprang er auf und sagte, sie müßten gehen, es sei schon spät. Wolfy hätte gerne gewußt, auf was er sich gefaßt machen sollte, doch sein Vater schien ihn kaum zu bemerken, lief, sich ununterbrochen räuspernd, mit riesigen Schritten vor ihm her, und Wolfy, der ihn in der Menschenmenge fast aus den Augen verlor, folgte ihm wie einem Nebelhorn. Vor einer großen Ladenfront mit einer Topfpalme davor und nackten Schaufensterpuppen in den Fenstern blieb er stehen.

»Wolfy, ich verlaß mich auf dich.«

Wolfy fand das ungerecht, denn er wußte ja gar nicht, was überhaupt von ihm erwartet wurde. Sollte er vor seinem Vater hergehen wie ein menschliches Schutzschild in einer wilden Schießerei? Und woher sollte er wissen, ob Dennis sich nicht vielleicht einen feuchten Dreck um minderjährige, menschliche Schutzschilde scherte? Außerdem mußte er dringend pinkeln und hatte keine Ahnung, wo er das tun könne.

»Ich muß mal pinkeln«, sagte er und hoffte, daß er seinen Vater damit nicht sofort enttäuschte. Sein Vater atmete tief durch und stieß die Glastür auf. Neben einem mit Seidenpapier überhäuften Empfangstresen stand eine hochgewachsene Frau, die gerade ein Kleid an einer Schaufensterpuppe absteckte.

»Hallo Harry, wer ist denn der Pfadfinder?«

»Mein Sohn. Monica, das ist Wolfy.«

Seine Stimme klang ganz enspannt. Wolfy blinzelte zu ihm hinauf, um zu sehen, ob seine Miene sich verändert hatte. Das Zucken war noch immer da, und er war blaß.

Monica lächelte ihm flüchtig zu. Außer im Kino hatte er noch nie eine so stark geschminkte Frau gesehen, und ihre Augenbrauen sahen aus, als wären sie aufgeklebt. Er versuchte, nicht ans Pinkeln zu denken.

»Wolfy? Das ist aber ein ungewöhnlicher Name.«

Er wußte nie, was er darauf antworten sollte. Es gab schlimmere Namen, wie Ziggy oder Heinzy, die klangen wie Eisenspäne in Säure, aber Wolfy hörte sich nach Walt Disney an und brachte die Leute zum Lachen.

»Wo ist das Klo?« flüsterte er seinem Vater zu, der auf eine Tür am Ende des Raumes zeigte. Er drückte sich hastig an großen, mit *Flora für Sie* beschrifteten Kartons vorbei und schlüpfte in einen dunklen Flur voller Kleiderständer. Ein großer Mann veschwand in einer Tür, die zur Toilette zu führen schien; Wolfy folgte ihm und hoffte, daß es nicht Dennis war. Als sie nebeneinander vor den Pissoirs standen, musterte Wolfy ihn verstohlen aus dem Augenwinkel. Alles, was er erkennen konnte, war ein kräftiger behaarter Arm, ein Hemd mit Zebramuster und breite Hüften in einer blauen Hose. Der Mann sah ihn nicht an und pinkelte noch immer, als Wolfy sich bereits die Hände gewaschen hatte. Als er zurück in den Verkaufsraum kam, redete sein Vater mit Monica. Sie hatte ihre Hand auf seinen Arm gelegt, den Kopf in den Nacken geworfen und lachte aus voller Kehle. Sein Vater wirkte gelöster und gestikulierte mit einem jungenhaften, frechen Grinsen in der Luft herum, um das gerade Erzählte zu unterstreichen. Er sah kein bißchen verstört aus und genoß Monicas Aufmerksamkeit so sehr, daß er Wolfy gar nicht beachtete. Er bemerkte jedoch sehr wohl, wie die Tür mit einem Schlag aufflog und der Mann im Zebrahemd auf der Schwelle erschien.

»Beweg deinen Hintern, Harry, hier sind drei große Bestellungen, und du stehst hier rum und quatschst. Es gibt Arbeit. Laß die Mädchen in Ruhe, Freundchen.«

Sein Vater wurde rot und verstummte. Wolfy folgte ihm zur Tür, in der Dennis stand wie ein Gefängnisaufseher, der die Gefangenen vom Hof pfiff.

»Und was ist das?« fragte Dennis und sah zu Wolfy hinunter.

»Mein Sohn, er hat Ferien und leistet mir Gesellschaft.«

»Hast du auch einen Namen, Kleiner?«

Offensichtlich fand er Wolfys Namen kein bißchen lustig, denn er sagte nichts dazu, und das machte es noch schwerer, ihn zu hassen. Er marschierte vor ihnen den dunklen Flur entlang zum Lagerraum, in dem sich Kleider in bunten Haufen auf Ständern und Tischen, in Kisten und Tonnen türmten. Es sah darin aus wie in einer Zoohandlung voller stummer Papageien. Wortlos streifte Wolfys Vater sich einen weißen Kittel über und fing an, wie ein Stationsarzt zwischen den Garderobenstangen hin- und herzulaufen. Mit einem Arm voller Kleider kam Dennis auf Wolfy zu. Er blieb stehen und grinste.

»Na, hat dein Alter dich stehen lassen?«

Wolfy versuchte, in dem runden rosa Gesicht den Henker und Folterknecht seines Vaters zu erkennen, doch alles, was er sah, war ein schwabbeliger Ballon auf einem Bierbauch. Vielleicht konnte er die beiden miteinander versöhnen.

»Kann ich helfen?« fragte Wolfy.

»Was kannst du denn?«

»Listen machen.« Endlich kam sein Training bei Mendl zum Einsatz.

»Okay, stapel die Modelle hier aufeinander und liste sie der Größe nach auf. Ich bring dir noch mehr, und pro hundert Stück bekommst du von mir einen Shilling.«

Hilflos stand Wolfy vor dem Kleiderberg. Das Geld konnte er gut gebrauchen, doch er hatte weder Stift noch Papier und keine Ahnung von Damengrößen. Richteten die sich nach Körbchen und Hüftumfang oder nach Kragen und Ärmeln wie bei den Männern? Er griff sich ein Kleid und hielt es hoch. Es hatte weder Kragen noch Ärmel, nur ein paar von Stoff und Knöpfen zusammengehaltene Löcher. Daß Frauen in so einem verknitterten Stoffetzen gut aussehen konnten, war ein Wunder.

Vom Ende des Lagerraumes schallte Geschrei herüber. Die Stimme seines Vaters klang hoch und schrill: »Nein, nein, und nochmals nein.« Dennis bellte zurück: »Hast du denn keine Augen im Kopf, verdammt noch mal … was soll der Mist?« Wolfys erster Gedanke war, sich unter einem Kleiderhaufen zu verkriechen, doch er konnte seinen Vater nicht im Stich lassen, und so schlug er sich wie Tarzan im Dschungel eine Schneise durch das Gewirr aus Stoffen und Ständern. Die Arme voller Kleider, standen sich die beiden Männer in einem engen Korridor zwischen Garderoben gegenüber. Sie sahen aus wie ein Elefant und eine Antilope kurz vor dem Nahkampf.

»Ich kann keinen Stift finden«, sagte Wolfy und versuchte, die Bombe damit zu entschärfen.

Sie starrten ihn an, als hätten sie ganz vergessen, daß er da war.

»Was für einen Stift?« fragte sein Vater.

»Um eine Liste zu schreiben.«

»Sag deinem alten Herrn«, schnaufte Dennis, »er soll mir nicht auf die Nerven gehen.«

»Sag Mr. Dennis«, sagte sein Vater, »er soll aufpassen, was er sagt.«

Wolfy war Spezialist für solcherlei Wortgefechte. Wenn Mendl und Rosa sich in die Haare kriegten, konnten sie gar nicht mehr damit aufhören und kommunizierten nur noch durch ihn oder Bernie miteinander. Man mußte nichts erwidern und noch nicht einmal hinsehen, sondern die Worte einfach von sich abprallen lassen wie Bälle von einer Tischtennisplatte. Doch diesmal war es etwas anderes. Er konnte nicht einfach dastehen und zugucken, wie Dennis seinen Vater herunterputzte, also stellte er sich neben ihn und sah Dennis fest in die Augen, um ihm zu verstehen zu geben: Du mußt schon mit uns beiden fertigwerden.

»Ist das etwa zu hoch für dich? Ich hab dir doch gesagt, die California Girls und die Country Roses auf zwei verschiedene Stapel zu legen, oder etwa nicht? Bist du denn zu gar nichts zu gebrauchen?«

Dennis sah Wolfy an und versuchte, ihn für sich zu gewinnen, erntete jedoch nur einen bösen Blick. Jetzt hatte Wolfy begriffen, was seinen Vater so aufbrachte. Er saß in der Klemme. Auf der Arbeit und zu Hause wurde er von Dennis wie Rosa attackiert; sie redeten ihm ein, daß er weder als Lagerarbeiter noch als Vater zu etwas nütze sei. Er wußte nicht, wieviel Eier kosteten und konnte das Modell California Girl nicht vom Modell Country Rose unterscheiden. Wen wunderte es da, daß er sich morgens am liebsten vor die U-Bahn gestürzt hätte und sich nur schwer auf seinem Sitz halten konnte. Der Zug brachte ihn geradewegs zum Schafott in die Great Tichfield Street.

Das Gesicht seines Vaters war aschfahl. Er sah aus wie ein

Gespenst mit einem großen Blumenstrauß im Arm. Wolfy befürchtete, er könnte im nächsten Moment in Ohnmacht fallen, und so drängte er sich zwischen die beiden, um ihm den Kleiderhaufen abzunehmen. Eine Weile standen die drei schweigend beieinander. Dann nahm sein Vater die Kleider wieder an sich.

»Ist schon in Ordnung, Wolfy. Geh zu Monica und laß dir einen Stift und Papier geben.«

Dennis verschwand in die andere Richtung, und Wolfy verließ erleichtert den Lagerraum, um Monica zu suchen.

»Was ist denn da drinnen los?« fragte sie.

»Streiten sich Dennis und mein Vater immer?«

»Sind sie schon wieder dabei? Es ist nichts Ernstes, Dennis hackt halt gern auf anderen herum.«

»Aber wieso gerade auf meinem Vater?«

»Weil er's sich gefallen läßt. Dennis weiß, daß er nie zurückschlagen würde.«

Wolfy sah das Schwein mit dem Revolver vor sich und seinen Vater, der quer durch den Raum hechtete, um Opa das Leben zu retten.

»Mein Vater hat einen Orden gekriegt.«

Sie machte ein skeptisches Gesicht. »Und wofür?«

»Er hat einen Orden gekriegt, weil er die Nazis bekämpft hat.«

Sie sah nicht sonderlich interessiert aus. »Aber bei der Armee war er nicht, oder?«

»Nein, er hat ihn in Wien bekommen, weil er sie davon abhalten wollte, Leute umzubringen.«

»Ach, tatsächlich.«

Wolfy wußte nicht, ob sie ihm überhaupt zugehört hatte. Am liebsten wäre er ins Lager zurückgelaufen, hätte seinen Vater herausgezerrt, ihm das Hemd ausgezogen und Monica, Dennis und all den nackten Schaufensterpuppen bei Flora Fashions die Narbe gezeigt. Sie sollten ruhig von seinem

Sprung erfahren. Und sie sollten sich dafür schämen, daß sie ihn für einen Feigling hielten, ihn schikanierten und nichts von seiner Heldentat wußten. Doch es war hoffnungslos. Sein Vater würde diesen Leuten nie von seiner Verletzung erzählen, geschweige denn irgend jemandem seine Narbe zeigen. Es war sein Geheimnis, und nie im Leben würde er versuchen, sich damit Respekt zu verschaffen, weder bei Rosa noch bei Monica und erst recht nicht bei Dennis.

Wolfy griff sich Stift und Papier und lief in den Lagerraum zurück. Sein Vater stand am Posttisch vor einem riesigen Kleiderberg und sortierte. Von Dennis war nichts zu sehen. Eine Weile standen sie nebeneinander und unterteilten den Haufen in California Girls und Country Roses, was gar nicht so einfach war, denn es gab nur wenig Platz, und die Stapel rutschten immer wieder ineinander. Sein Vater runzelte konzentriert die Augenbrauen, glich Etiketten ab, füllte die Spalten auf seinem Listenblock aus, glättete Falten, schnippte Fädchen weg und sang dabei leise die polnische Nationalhymne *Mieczke Polska Nazionala Pukieme* vor sich hin. Es war eines der Lieder, die er immer sang, wenn er sich aufheitern wollte oder eine langweilige Arbeit tat. Wolfy konnte den holprigen polnischen Text einfach nicht mitsingen, doch die Melodie war ganz hübsch, und er pfiff sie vor sich hin, um seinen Vater zu begleiten. Es war wirklich dumm, zu glauben, daß sein Vater California Girls nicht von Country Roses unterscheiden könnte. Er arbeitete schnell und systematisch und notierte die Nummern mit der gleichen flinken Handbewegung, mit der er die Kästchen seiner Kreuzworträtsel ausfüllte. Er wußte auch, wieviel Eier kosteten und wie sich Wolfys monatlicher Anteil an Milch und Butter errechnete. Egal, was er machte, er machte es perfekt, auch wenn er mit den Gedanken ganz woanders zu sein schien. Leute wie Dennis und Rosa hatten es auf ihn abgesehen, weil sie seine Abwesenheit irritierte. Sie glaubten, er hätte an ihnen etwas auszusetzen, und wenn er komplizierte Wörter benutzte oder Fragen zu ihren Rechnungen stellte, gingen sie in die Luft und versuchten, ihn fertigzumachen, und dann war niemand da, um für ihn Partei zu ergreifen.

»Möchtest du nicht wieder heiraten?« Die Worte waren ihm einfach so herausgerutscht.

Sein Vater hielt inne, und das California Girl über seinem Arm sah aus, als wäre es gerade bei einem wilden Tango in Ohnmacht gefallen. Er schien überrascht zu sein, als hätte er noch nie darüber nachgedacht.

»Doch, Wolfy, und ob ich wieder heiraten möchte, sonst stehe ich das nicht länger durch. Ich hole auch schon Erkundungen ein.«

Das klang nicht besonders aufregend, eher nach einer Verlustanzeige als nach Liebe. Doch Wolfy nahm an, daß das wohl so üblich war, wenn man keine Kneipen, Partys oder Ferienlager besuchen konnte. Er hoffte nur, daß sie nett sein würde und sich nicht zu doll schminkte.

»Wirst du ihr von deiner Narbe erzählen?«

Sein Vater antwortete nicht, doch Wolfy hatte einen Plan. Er würde die Geschichte seines Vaters auf schönes Briefpapier schreiben und in einen versiegelten Umschlag stecken. Den würde er ihr zur Hochzeit geben. Und wenn sie dann nachts die Narbe berührte, wüßte sie Bescheid.

11
Sophies Geschichte

Sophie musterte ihn, als sei er eine Wassermelone, die sie morgens auf dem Markt mit spitzen Fingern befühlt und gekauft hatte. Draußen tauchte die südliche Sommersonne die Stadt in gleißendes Licht, doch dank der schweren Fensterläden war es im Zimmer dämmerig und angenehm kühl. Im Wind eines Ventilators, der auf einem Tisch neben dem Sofa stand, umflatterte das spärliche graue Haar in flaumigen Büscheln ihren runden Kopf. Sie sah aus wie eine Puppe aus Luftballons, von denen ihr Kopf der kleinste und rundeste war, und ihr Gesicht mit den bebrillten Knopfaugen, dem kleinen Mündchen und der Stupsnase glich dem einer zierlichen Porzellanfigur. Der mächtige Körper darunter nahm sich dagegen wie ein Gebirge aus. Ihre ballonartigen Brüste ragten wie zwei runde Bergkuppen über den vulkanischen Ausläufern der Hüften und des Hinterteils auf, und die wuchtigen Säulen ihrer fleckigen Beine mündeten in weiße Socken und orthopädische Schuhe. Sie war die mächtige Sophie, die Erdgöttin, Tel-Aviv-Sophie mit den geschwollenen Fesseln und den weiten Klamotten, Sophie aus Wolfys Nachtgebeten, wenn die Londoner Sirenen losheulten, Sophie, deren ausgebombter Neffe ihr ein *Gute Nacht* schickte, während in einem Dorf in Shropshire der englische Schnee gegen die Fenster peitschte und die deutsche Luftwaffe versuchte, Liverpool, Conventry und Birmingham dem Erdboden gleichzumachen.

Das erste Mal hatte er sie gesehen, als er auf einem Emigrantenschiff voller Marokkaner und Rumänen in Haifa eintraf. Er stand gerade zwischen der drängelnden, aufgeregten

Menschenmenge an Deck, als jemand am Kai seinen Namen rief. Eine Frau mit einem großen Strohhut winkte hektisch zum Schiff herüber und versuchte, sich ihren Weg durch die Dockarbeiter und Zollbeamten zu bahnen.

»Wolfy, Wolfy, Wolfy«, ausgesprochen Woll-fie, Woll-fie, Woll-fie. Sein erster Impuls war, nicht zu reagieren. Vielleicht gab es auf der S. S. Kedma ja noch andere Wolfys – Wolfy Lupescus aus Rumänien zum Beispiel, oder Wolfy Benloulous aus Marokko – die nur zu gern antworten würden. Doch das Winken hörte nicht auf, und das immer gellendere Woll-fie scholl zu ihm herauf und brach sich am Schiffsrumpf. Der ganze Hafen von Haifa mit dem Berg Karmel und dem wunderschönen Schrein des Báb im Hintergrund schien ihre Rufe vorwurfsvoll wiederzugeben.

»Wolfy«, schien das Echo zu sagen, »Wolfy, zwing die Dame nicht, zu schreien. Zeig dich. Sie sucht nach dir.«

Er winkte zurück, doch sein Ruf zum Kai hinunter geriet zu einem schwachen Krächzen, und sie bemerkte ihn nicht. Er versuchte, auf ein Taubündel zu klettern, doch ohne Erfolg. Also zog er sich das Hemd aus und schwenkte es wie eine Friedensfahne über die Reling. Das half, und die Dame warf ihm Kußhände zu, zuerst mit einer Hand und dann, nachdem sie ihre Taschen abgestellt hatte, mit beiden. Sie rief ihm etwas Unverständliches auf Deutsch zu. Es klang wie *»Nicht driving«*, doch das ergab keinen Sinn.

Er zuckte mit den Achseln und zeigte auf seine Ohren, um ihr zu bedeuten, daß er sie nicht verstand. Sie öffnete eine ihrer Taschen und holte einen Stift und ein Notizbuch daraus hervor. Dann tat sie mit übertriebenen Gesten so, als würde sie etwas schreiben, wobei sie schrie *»Nein, nein, nein«* und dabei heftig den Kopf schüttelte.

»Nichts unterschreiben«, rief sie, *»nichts unterschreiben.«*

Er nickte, um ihr zu verstehen zu geben, daß er begriffen hatte, doch erfuhr er erst hinterher, was sie meinte. Sie hatte ihn angefleht, nichts zu unterschreiben und sich bei den Einwanderungsbehörden zu nichts zu verpflichten. Sie hatte von armen Emigranten gehört, daß diese nicht nach Amerika auswandern konnten, weil sie der Regierung noch ihren Kredit für Betten und Decken schuldeten. Deshalb lauteten Sophies eiserne Regeln: *»Nichts unterschreiben«* und zur Hölle mit den Sozialistenbetrügern in Ben-Gurions Ministerium.

»Nichts unterschreiben.«

»Okay«, rief er und versuchte, sich einen Reim darauf zu machen. »I won't unterschreib.«

Es war ihr erster Sprachkontakt, seit Mendl ihm ihre gefälschten Briefe unter die Nase geschoben und ihm gesagt hatte *»Schreib zu«*. Vor zwanzig Jahren hatte er seinen Namen brav unter Sophies Gekritzel gesetzt, was den Großeltern hatte weismachen sollen, ihre Tochter sei noch am Leben. Wolfys Dasein, seine prägenden Jahre zwischen Kindheit und Erwachsensein, zwischen Europa und dem Morgenland, waren zwischen die beiden magischen Pole *»Schreib zu«* und *»Nichts unterschreiben«* gespannt. An einem Ufer prangte Mendls Gebot in flammenden Lettern an der Steilküste von Dover, am anderen schallte Sophies Gesetz ihm wie Engelstrompeten von Haifas Pier entgegen. DU SOLLST SCHREIBEN und DU SOLLST NICHT SCHREIBEN und damit den Regeln folgen, die der Bruder deiner Mutter und die Schwester deiner Mutter dich gelehret haben, auf daß du in das Gelobte Land einziehen kannst.

Inzwischen lag diese erste Begegnung am Hafen schon Jahre zurück, und nun saßen Wolfy und Sophie an einem drückendheißen Augustnachmittag in Sophies dunklem Wohnzimmer in Tel Aviv. Ihr Mann Moritz lag im Schlafzimmer unter den riesigen Daunendecken, die sie aus Wien hatten retten können, und schlief, und Wolfy war auf einen kurzen Besuch vorbeigekommen.

Wenn er an der Tür klingelte, war sie meistens gerade in

der Küche, dem Ort, den sie am meisten auf der Welt haßte. Obgleich sie eine geräumige alte Wohnung in einer ruhigen, gutbürgerlichen Seitenstraße bewohnten, in der Klavierspiel oder das gelegentliche leise Klatschen von Spielkarten auf einem Balkontisch das Äußerste an Ruhestörungen war, glich Sophies Küche der Kombüse eines heruntergekommenen Fischkutters auf stürmischer See. Sie war schmal wie ein Schrank und bis unter die Decke vollgestopft mit Nippes, Schrott und Gerümpel. Die schmutzigen Teller vom Vortag stapelten sich neben Eipulvernotrationen aus dem Zweiten Weltkrieg. Kristallgläser aus der alten Welt fristeten ihr leidvolles Dasein zwischen kaputtem Plastik. Besen lehnten an bedenklich schwankenden Backblechstapeln. Auf dem winzigen Balkon türmte sich tropfnasse Wäsche neben Töpfen voller Paraffin, DDT-Spraydosen, Weckgläsern und Milchpulverschachteln. Oft lag auch ein dicker, öliger Karpfen in der Spüle und wartete darauf, zu Sophies wöchentlichem gefilltem Fisch verarbeitet zu werden, einem Gericht, das sie seit ihrer Heirat in der guten alten Zeit vor Hitler nie zu kochen versäumt hatte, abgesehen von den wenigen Wochen ihrer Flucht.

Sophie haßte Kochen, doch sie zwang sich mit solch einer Inbrunst dazu, daß ihr Essen aussah, als wäre es gefoltert und in Stücke gerissen worden. Hätten ihre Möhren und Kohlköpfe sprechen können, hätten sie davon berichtet, wie sie erbarmungslos in Salzwasser hatten sieden müssen, bis sie schließlich nicht mehr wußten, was sie waren. In der Tat wurden sie zu einem farblosen Nichts ohne Geschmack und Konsistenz. Sie waren einfach nur Sophies Essen. Bei der Zubereitung ihrer Mahlzeiten verausgabte sie sich so sehr, daß ihr das Teilen fast genauso schwerfiel wie das Kochen. Wenn das Essen auf den Tisch kam, mußte sie den Fisch oder das Fleisch erst probieren, bevor sie einem davon abgab. Dann glich sie einem dickbrüstigen Vogel, der in seinem warmen

Nest nicht mehr zwischen sich selbst, dem Futter und den Jungen unterscheiden konnte.

Wolfy war zweifellos eines ihrer Jungen. Seit seiner Einreise in dieses Land und der vorübergehenden Anstellung als englischer Nachrichtenredakteur beim *Voice of Israel Radio* in Jerusalem schickte sie ihm ständig Freßpakete, gerade so, als säße er in einem Flüchtlingslager auf Zypern oder in Marseille. Alle paar Wochen bekam er einen von ihr gebackenen bräunlichen Kuchen, der sich, sobald er den Ofen verlassen hatte, in Stein verwandelte, dazu eine Packung teurer österreichischer Haselnußwaffeln, eine Büchse mit Sardinen oder Makrelen, eine rostige Dose Trockenobst und, wenn es hart auf hart kam, Eipulver aus Zeiten der Schlacht von El Alamein. Das meiste aus diesen Päckchen konnte er nicht gebrauchen, aber da seine Tante einfach nicht einsehen wollte, daß er in seiner Dachkammer nicht des Hungers starb, gab er es auf, sich dagegen zu wehren, stellte die Packung Eipulver wie ein Kunstobjekt ins Bücherregal, tunkte den Kuchen in den Kaffee und wartete auf den nächsten Konvoi.

Obwohl Sophie viel Zeit in der Küche zubrachte und sich dafür bestrafte, als Frau geboren zu sein – und die Hühner, Möhren, Karpfen und Mehltüten dafür, daß sie ihr in die Hände gefallen waren –, war sie eine tüchtige und umsichtige Geschäftsfrau, die von ihrem Schlafzimmer aus mit scharfer Zunge und noch schärferem Verstand das Immobilienbüro ihres Mannes führte. In Wien war Moritz Vermesser gewesen, doch hier kaufte und verkaufte er Grundstücke in althergebrachter Manier, die Sophies Ansicht nach für die Kosaken und Ali Babas in Tel Aviv viel zu blauäugig war. Also behielt sie seine Geschäfte im Blick und kontrollierte den Papierkram, den sie in einer ausgebeulten Tasche unter dem Bett aufbewahrte. Ihre beiden Kinder promovierten in Amerika und wurden dabei mit finanziellen Mitteln unterstützt, deren Herkunft im dunklen blieb, und so konnte sie sich zwischen der beschwerlichen Essenszubereitung und dem harten Geschäftsleben ganz auf Wolfy konzentrieren.

Wolfy hatte das Gefühl, daß zwischen ihr und seiner toten Mutter etwas offengeblieben war, das sie nun durch ihn zu begleichen versuchte. Immer wieder kam sie auf Frida oder *»die Gottselige«* zu sprechen, die nun in Frieden ruhte. Wolfy war froh darüber, denn es gab viel, was weder Mendl noch sein Vater ihm erzählt hatten, da *»die Gottselige«*, oder DG, wie Wolfy sie daraufhin nannte, in London ein Tabu gewesen war. Laut ihrer Auskünfte war DG eine heilige Märtyrerin gewesen, mehr gab es zu ihr nicht zu sagen; so erfuhr er kaum etwas über den Menschen Frida Gold Helfgott oder über dessen unerklärlich späte Flucht von Wien nach England, nur wenige Wochen vor Ausbruch des Krieges. Sophie wußte darüber wohl alles, und Wolfy spürte, daß sie es loswerden wollte. Doch wie sie ihm so in ihrem dünnen Hauskleid dick und schwitzend gegenübersaß, sah es aus, als müßte sie all ihre geistige Energie darauf verwenden, nicht zu schmilzen. Ihr größter Feind war die Sonne, der sie die Schuld für all ihre Beschwerden gab, insbesondere für ihre offenen Beine und für alles sonstige Übel im Mittleren Osten. Sie stöhnte leise, lutschte auf einem ihrer Lieblingszitronenbonbons herum und erkundigte sich, ob er mit dem Hungerlohn des Radiosenders über die Runden kam.

»Es ist nicht viel, aber ich gebe auch nicht viel aus«, sagte er in einfachem Deutsch.

Solche Unterhaltungen, und diese war keine Ausnahme, endeten normalerweise damit, daß sie ihm Geld zusteckte und sagte, es sei ein Teil dessen, was DG von Nissan Gold geerbt hatte, und daß Moritz bald einmal mit ihm darüber reden wollte, was mit DGs Anteil an einem rückübereigneten Grundstück in Berlin geschehen solle.

Ihren Anspielungen und einigen Gesprächsfetzen, die er heimlich in London aufgeschnappt hatte, konnte Wolfy entnehmen, daß bei der überstürzten Flucht aus Wien etwas Merkwürdiges mit dem beweglichen Eigentum der Familie geschehen war. Die Teppiche, das Silber, die Möbel und das Leinen, das der Familie und somit auch DG und Mendl gehört hatte, war nach Palästina verschifft worden und in den harten Jahren nach 1938 verschwunden. Sophie und ihr Bruder Leo hatten das meiste davon verkauft, um sich zusammen mit den alten Herrschaften in Tel Aviv eine Existenz aufzubauen. Es hieß, sie seien kurz vor dem Hungertod gewesen und hätten keine andere Wahl gehabt. DG und Mendl waren nicht am Geschäft beteiligt gewesen, ihre Messer, Gabeln und Teppiche dagegen sehr wohl. Sie lebten ja in England, wo Churchill sich bestimmt gut um sie kümmerte. Jetzt war es zu spät, und angeblich war von DGs und Mendls Besitz nichts mehr übriggeblieben, obwohl in Sophies und Leos Wohnungen noch haufenweise alter Kram herumstand. Immerhin hatte auf Sophies Fußboden ein Teppich überlebt, der zugegebenermaßen DG gehört hatte. Sophie zeigte stets darauf und sagte: »Das war ihrer, und wenn du einmal heiratest, legst du ihn dir in die Stube, genau wie sie.«

Sophies dunkles Wohnzimmer wimmelte vor seltsamen Geistern. Ein großes düsteres Gemälde an der Wand zeigte ein Schäferidyll mit Lämmern, Sturmwolken und Ruinen, eine Wanduhr tickte laut, ein riesiger Kronleuchter hing drohend von der Decke, in der wuchtigen Anrichte prangte goldumrandetes Porzellan in Weiß, Rosa und Rot, und die Sonnenflecken, die durch die geschlossenen Läden in das Zimmer fielen, ließen das dunkle Grün und Blau der türkischen Teppiche auf dem Boden wie Edelstein schimmern. Tel Aviv war im Meer versunken. Dies war Frau Sophie Kellers Wohnung in der Wiener Kirchnerstraße, und Moritz würde bald aufwachen und zu seiner geschäftlichen Verabredung mit seinem Sozius Ingenieur Kraußе in ein Café um die Ecke gehen. Die Kinder waren beim Kindermädchen, und in der blitzsauberen, tadellosen Küche kochte das Dienstmädchen gerade Kaffee und richtete Gebäck und Obst auf hauchdünnen Porzellantellern an. Eben dieses Dienstmädchen Lisa, ein einfaches Kind vom Lande, war beim Anblick von Sophies Rote-Beete-Suppe kurz vor dem Passahfest in Ohnmacht gefallen. Sie hatte sie für das Blut christlicher Kinder gehalten, die für die Matze geschlachtet worden waren. Doch Moritz klärte sie in einfachen Worten auf, und jetzt wußte sie Bescheid.

Sophie, der Wolfys neugierige Blicke nicht entgangen waren, hievte ihren massigen Körper vom Sofa, kniete sich vor die Anrichte und fing an, in einer der Schubladen herumzuwühlen. Sie murmelte leise vor sich hin, tupfte sich den Schweiß vom Dekolleté und kramte Umschläge, Papierbündel, Stoffetzen, ein Nähkästchen und Dosen mit Enthaarungscreme hervor. Nach einer Weile gab sie auf und rief in Richtung Schlafzimmer:

»Moritz, wo ist ihre Handarbeit?«

Als keine Antwort kam, rief sie noch einmal lauter:

»Moritz, Schluß jetzt mit Schlafen, wo ist Fridas Stickerei?«

Im Schlafzimmer hörte man es rascheln, dann rief eine dünne, blökende Stimme, die wie eine Tiroler Bergziege klang:

»In dem blauen Schuhbeutel.«

Sie zog eine andere Schublade auf, zerrte einen kleinen Beutel ans Licht und holte einen runden, obsttellergroßen Bilderrahmen daraus hervor. Sie blies den Staub herunter, wischte ihn mit ihrem Taschentuch ab, stieß ihn brüsk in Wolfys Richtung, erhob sich knackend und ächzend und ließ sich zurück aufs Sofa fallen.

Es war das mit rosafarbenem, rotem, grünem und schwarzem Faden gestickte Porträt eines Mädchens. Es hatte dunkle Augen und trug einen Federhut. In seinem Blick lag so etwas wie Überraschung darüber, daß ihm jemand seine Aufmerksamkeit schenkte. Es war im Halbprofil zu sehen, wand den Kopf ein wenig ungelenk über die Schulter und warf dem Betrachter einen flüchtigen Blick zu. DG hatte das gestickt, und dreißig Jahre lang hatte es im blauen Schuhbeutel in der dunklen Schublade vor sich hin geschlummert und auf jemanden gewartet, der es entdeckte und sich darüber wunderte.

Sophie lutschte geräuschvoll ihr Bonbon.

»Das hat sie gemacht, als sie noch ein junges Mädchen war, bevor sie geheiratet hat. Manchmal denke ich, es sieht ihr sogar ähnlich, ein Puppengesicht in einem Schaufenster.«

»Was haben Mädchen denn gemacht, bevor sie geheiratet haben?« fragte Wolfy. »Haben die studiert oder gearbeitet?«

Sophie lachte. Es war ein überraschend melodiöses Klingeln.

»Ja, an der Fakultät für Männerjagd. Glaubst du etwa, Nissan Gold war ein fortschrittlicher Mensch? Dein Großvater wollte noch nicht einmal, daß wir das Haus verließen, um zur Schule zu gehen.«

»Und wie fand ein Mädchen dann einen Mann?«

»Kuppelei, verstehst du, nach dem Gottesdienst ein Schwätzchen mit Bekannten aus Polen.«

»Seid ihr denn wirklich nie aus dem Haus gekommen?«

»Frag nicht so dumm. Ich bin die ganze Zeit ausgegangen, weil ich die wildere war und mich gegen unseren Vater durchsetzen konnte. Sogar Freitag abends habe ich mich davongestohlen und mich auf Strümpfen hinausgeschlichen, damit er mich nicht hörte. Mama wußte Bescheid und hat ihm nichts gesagt. Aber *›die Gottselige‹* war sanfter und sein Liebling, und deshalb hat sie nie mit ihm gestritten. Und dann wurde sie krank, und plötzlich war alles anders.«

Frisch geduscht und nach Eau de Cologne duftend, kam Moritz herein. Er tätschelte Wolfy höflich die Schulter und verkündete, daß er sich gleich mit Gurevitz im Café Noga, der Maklerbörse, träfe. Bevor sie ihn entließ, gab Sophie ihm noch ein paar strenge Anweisungen mit auf den Weg. Als er sich den Strohhut aufgesetzt hatte, winkte er Wolfy noch einmal zu und verschwand.

Sophie schien froh darüber zu sein, daß sie allein waren. Das Licht draußen war milder geworden. Sie öffnete die Fensterläden ein wenig, um den Seewind und das Klaviergeklimper hereinzulassen, und allmählich wurde Wien von Tel Aviv verdrängt.

»Ich zeig dir was«, sagte sie und ging wieder zur Anrichte. Diesmal zog sie einen braunen Umschlag voller Briefe und winziger Photographien aus der Schublade. Wolfy erkannte ein paar der blassen Bilder von sich und seiner Mutter, die sie während des Krieges aus England geschickt hatten, zwei runde weiße Gesichter in dunklen Kleiderbündeln. Sie sahen verfroren aus. Sophie durchsuchte den Stapel und fand eine größere, ältere Photographie. Darauf war eine junge Frau mit einem lächelnden runden Gesicht zu sehen, die ein Dirndl trug und ihre Hände auf die Schultern eines Mannes in Wanderkluft gelegt hatte. Sie standen in irgendeinem Garten. Es war seine Mutter, und sie sah glücklich aus.

Sophie hielt das Photo mit beiden Händen und beugte sich darüber, schwer atmend wie ein Diamantenhändler, der wertvolle Ware unter die Lupe nimmt. Ab und zu machte sie *Tss-tss*-Geräusche, die Bedauern oder Mitleid oder das widerwillige Eingeständnis von Verlust ausdrücken sollten.

»Sie war sehr unbedarft und gutgläubig.«

»Ja«, sagte Wolfy, »aber wer ist er?«

»Er war ein Aufschneider, der in seinem ganzen Leben nicht ein wahres Wort von sich gegeben hat, und ich hoffe, er ist qualvoll zugrunde gegangen, Gott vergib mir dafür.«

Inzwischen hatte die abendliche Brise sich gelegt, die Luft wurde wieder stickig und schwül, und Sophie saß im schwindenden Licht neben ihm, trank Sodawasser mit Erdbeergeschmack und erzählte ihm zum ersten Mal, wie seine Mutter bereits mit sechzehn Jahren Anzeichen der Krankheit gezeigt hatte, nach einem langen Kuraufenthalt in den Bergen jedoch wieder ganz genesen war. Dann begegnete sie im Hause eines Cousins Oskar.

»Dein Großvater war nicht sonderlich glücklich darüber. Er spielte Tennis. In Schwimmvereinen teilte er sich das Becken mit halbnackten Mädchen. Er war zu modern. Aber er war auch sehr klug. Er sprach Hebräisch und konnte alle Gebete auswendig. Seine Eltern kamen sogar aus Polen, aus einem Ort ganz in der Nähe unserer Heimatstadt. Er wollte Textilwesen studieren, aber er war ein großer Märchenerzähler, ein Wort und du warst in seinem Bann, bis er dich daraus befreite, dieser Aufschneider.«

Bei diesem Wort schienen die Sommersprossen auf ihrem Dekolleté zu summen und zu schwirren, als rüsteten sie sich zum Angriff.

»Sie wollte ihn heiraten. Es war, als würde er ihr alle Türen öffnen und sie Dinge sagen lassen, die sie nie zuvor gesagt hatte. Weißt du, immer haben wir das Wort für sie ergriffen, auch ihr Vater und ihre Mutter, jeder redete an ihrer Statt, und sie …«

Auf einmal konnte Wolfy sich wieder an das Schweigen seiner Mutter erinnern, wenn sie das weiße Tischtuch auflegte oder das Gesicht weinend in den Händen verbarg. Man hörte das Radio der Nachbarn plärren, und sein Vater saß hungrig und mit zurückgelegtem Kopf auf seinem Stuhl.

Sophie biß geräuschvoll in einen Pfirsich, und Wolfy war froh, daß sie ihm nichts davon anbot. Die Mund-zu-Mund-Regel galt nur für Essen, das sie gekocht hatte.

»Für ihn war das eine gute Sache, weißt du. Seine Familie war arm, und wir konnten ihnen eine Wohnung kaufen und ihm das Studium finanzieren. Aber er war nichts als ein Dieb, ein Wegelagerer.«

Sie bedeutete Wolfy, sich neben sie zu setzen, als dürfte das, was sie ihm erzählen wollte, nur im Flüsterton und bei geschlossenen Türen und Fenstern gesagt werden, damit Mrs. Ebstein auf dem Nachbarbalkon oder der gierige Pflaum von oben nichts mitbekämen. Er spürte, wie ihr Körper dampfende Hitzewellen aussandte, und konnte die kleinen Härchen in ihren Nasenlöchern und auf ihrer Oberlippe erkennen. Sie war einmal eine gutaussehende Frau gewesen, nicht schön, aber sich ihres Wertes und Standes wohl bewußt. Im milden, dunstigen Licht von Wien, Paris oder Zürich wäre sie bestimmt auch länger so geblieben und hätte selbstbewußt die angenehmen Seiten eines sorgloseren Lebens genossen, ehe es sich als Lüge entpuppt hätte. Doch hier hatte das erbarmungslose Licht ihre Haut verbrannt, und das ständige Ringen mit all den anderen Dränglern und Grapschern im Sand hatte ein Sturm in ihrem Kopf und eine Rastlosigkeit in ihrem Körper entfesselt, die sich nie mehr legen sollten. Sonne, Schweiß, Feuchtigkeit und Argwohn hatten sie zu einer haltlosen Masse aufgebläht, und keine Reise nach Bad Kissingen konnte das je wieder gutmachen. Sie nahm seine Hand.

»Es war schrecklich und beängstigend. Eines Tages, als sie der Hochzeit schon zugestimmt hatten …, sie machten gerade Pläne, platzte Oskar auf einmal ins Zimmer deines Großvaters und warf ihm vor, ihm Fridas Krankheit verheimlicht zu haben. Er sagte, er wäre einer Lügenbande aufgesessen, die versuchte, ihm einen schwerkranken Menschen unterzujubeln. Er schimpfte Frida eine lebende Leiche, und Schlimmeres. Dein Großvater konnte die schrecklichen Dinge, die er gesagt hatte, kaum wiederholen. Er drohte sogar, eine Anzeige in die Zeitung zu setzen und die ganze Geschichte öffentlich zu machen, es sei denn …«

Sie brachte es nicht über die Lippen.

»Ihr gebt ihm Geld«, sagte Wolfy.

Sie nickte und schob ihm die Obstschüssel hin.

»Du mußt Obst essen, sonst wirst du krank.«

Wolfy griff nach einer Pflaume, und eine Zeitlang saßen sie im Namen der Gesundheit nebeneinander und zuzelten Obst.

»Wir gaben diesem Dieb Geld, viel Geld, verstehst du. Aber das war egal. Es war bedeutungslos. Sie wurde wieder krank, das war das Schreckliche. Sie hatte einen Rückfall. Sie wurde krank, obwohl sie vollkommen geheilt worden war, und das nur aus Schmerz und Schmach darüber, was er ihr angetan hatte.«

Wolfy sah aus dem Fenster. Vielleicht war Oskar irgendwo da draußen in den Straßen von Tel Aviv, noch immer forsch und gutaussehend in seinem weißen Hemd und den frisch gebügelten Hosen. Vielleicht saß er an einem Cafétisch am Strand, aß Wassermelone und schaute dem abendlichen Treiben auf der Promenade zu. Doch das war ziemlich unwahrscheinlich, Sophie hätte längst von ihm gehört. Sie hätte von ihm gehört, auch wenn er sich hundertmal einen neuen Namen und eine neue Vergangenheit zugelegt hätte. Sie hätte ihn aufgespürt, sich ihm an einer heißen Straßenecke mit ihrer ganzen Leibesfülle in den Weg gestellt, ihn gegen den bröckeligen Putz einer Hauswand gepreßt und ihre Rache walten lassen, bis das letzte Fünkchen Leben in ihm erloschen wäre. Nein, er war bestimmt tot. Selbst besseren Schwätzern war es nicht gelungen, sich aus dem gigantischen Fallstrick herauszuwinden, der in der alten Heimat ausgelegt worden war, um sie alle zu töten.

Wolfy war müde. Die Geschichte seiner dahinsiechenden Mutter drohte ihn anzustecken. Trotz aller Röntgenbilder, die man in London von seiner Brust gemacht hatte, kroch ihm ihre Blässe immer wieder klammheimlich ins Gesicht, selbst hier, wo die Pfirsiche und Trauben in der Obstschale aussahen, als wollten sie ihr ganzes saftiges Grün und Gelb über ihm ausgießen. Inzwischen empfand er nur noch wenig Mitleid für sie. Wie immer hatte die Familie gelogen und ihre harmlose Krankheit vertuscht, die am Ende womöglich alles andere als harmlos gewesen war. In ganz Wien durfte niemand erfahren, daß Nissan Golds blasses Töchterchen an einer Krankheit zu knabbern hatte. Ihr Gesundheitszeugnis mußte einfach perfekt aussehen, in gestochenem Bürokratendeutsch formuliert, und mit Brief und Siegel der Republik Österreich versehen. Oskar stellte sie bloß, und sie erkauften sich sein Schweigen, doch DG blieb ihr kostbares Opfer, ihre hauseigene Märtyrerin.

»Wußte Chaim davon?« fragte Wolfy.

Sophie schwieg, sie schien eingeschlafen zu sein, oder vielleicht tat sie nur so.

»Wußte mein Vater das alles, als er sie geheiratet hat? Wußte er, daß er ein Mädchen mit Tb heiratet?«

Sophie schrak hoch, als hätte ihr eine Schlange in den Hintern gebissen.

»Was soll das denn heißen, Tb. Sie war geheilt. Sie war in der Schweiz und wurde geheilt, vollkommen geheilt, von den besten Ärzten.«

»Und wieso ist sie dann in England krank geworden?«

»Es ist ein kaltes Land, und was gab es dort während des Krieges schon zu essen? Es war Pech, großes Pech, das Schlimmste, was passieren konnte. Sie hätte hierher in die Sonne kommen sollen, nicht ich. Dann hätte sie's geschafft.«

»Also wußte mein Vater nichts.«

Chaim, sie haben dich hereingelegt, sie haben dich mit einer *vollständig genesenen* Braut, die gerade frisch von einem langen Aufenthalt in der guten Schweizer Alpenluft zurück war, hereingelegt. Sie haben dich aus ihrem Sortiment nicht besonders wohlhabender junger Männer mit bärtigen, Hut tragenden, polnischen Vätern herausgefischt, einen gutaussehenden Schreiber und Buchhalter mit Diplom. Du glücklicher Bräutigam hast eine Wohnung und eine Arbeit gekriegt und obendrein noch eine Braut und eine Familie, die ihrer jüngsten Tochter immer treu war, so treu, daß sie sie, als alles in die Brüche ging, zurückließ und das Weite suchte, ein jeglicher bepackt mit Teppichen und Silber und allem möglichen anderen Kram.

Oder vielleicht war es auch ganz anders gewesen. Chaim wußte alles. Er wußte von ihrer Krankheit, denn sie hatte ihm davon erzählt, doch sie waren verliebt, und der Rest war unwichtig, die Teppiche, das Silber und die klobige Anrichte, die Angst vor dem nächtlichen Husten und die Habgier ihrer Eltern. Nur die Liebe zählte, als Chaim und DG Hand in Hand an den Schienen entlang in den Sonnenuntergang nach England und geradewegs in den Luftschutzbunker gingen, und wenn sie nicht gestorben sind, dann leben sie noch heute.

Plötzlich stand Sophie auf, schloß die Fensterläden und die Tür, schaltete alle Lampen ein und fing an, das Zimmer mit Anti-Mücken-Spray einzunebeln. Der widerliche Geruch stieg Wolfy wie Nervengas in die Nase, und er mußte husten. Sophie sprühte genüßlich weiter.

»Sie übertragen Krankheiten, und deshalb muß man sie ausrotten«, sagte sie grimmig. Das war die Große Zionistensophie, die nach dem festen Glaubenssatz lebte, nur soviel Gutes zu geben wie einem selbst zuteil wurde, und die sich aller Mittel der modernen Technologie bediente, um die Übel des Orients zu bekämpfen. Systematisch nahm sie sich jeden Winkel des Raumes vor und folgte dabei einem Schlachtplan, der den feindlichen Geschwadern wenig Hoffnung ließ. Die Beichtstunde war vorüber, und es wahr wohl Zeit zu gehen. Er traute sich nicht, sie zu fragen, warum sie DG und Mendl in jenen schwierigen Monaten in Wien zurückgelassen hatten. Solche Fragen waren unzulässig, weil sie zeigten, daß man nicht begriffen hatte, welch furchtbare Qual es bedeutet hatte, bestimmte Entscheidungen treffen zu müssen. Du oder ich? Mutter oder Vater oder Bruder oder Schwester? Heute oder morgen? Vielleicht hatte das Los entschieden, vielleicht die Anzahl der Kinder. Aber noch wahrscheinlicher war es, daß das Geld entschieden hatte. Mendl und DG hatten kein Vermögen, und deswegen mußten Mendl und DG warten. Das war nur logisch und gerecht. War Sophies Lieblingssprichwort nicht »Ein armer Mann ist ein toter Mann«? Wolfy versuchte, nicht mehr darüber nachzudenken.

Sie stand auf einem Stuhl und zielte mit dem Pestizid auf den Lüster, der ein ebenso riesiges buntes Relikt war wie sie selbst. Aber wer sagte eigentlich, daß er ihr gehörte? Vielleicht gehörte er Mendl oder DG. Das Porzellan auf der Anrichte womöglich auch und ein Teil der Gabeln und der großen Suppenlöffel. Wer behauptete denn, daß von DGs Sachen nur der türkische Teppich übriggeblieben war?

Wo war der Beweis?

Das Geld, das Sophie ihm vorhin zugesteckt hatte, war Bestechung. Es war ihr Vesuch, sein Schweigen zu erkaufen und ihn davon abzuhalten, Fragen zu stellen und DGs Löffel einzufordern. Was würde aus all ihren Geheimnissen werden, wenn Wolfy sich plötzlich auf den Balkon stellte und, begleitet vom Klaviergeklimper, auf die stille Straße hinabrief: »Diebe Halsabschneider Löffelklauer«, oder: »Wo ist unser Kristall?«, oder: »Warum habt ihr uns zurückgelassen?« Keiner würde sich darum kümmern. Die Nachbarn würden nicht aufhören, sich ungerührt Luft zuzufächeln, denn solcherlei Anklagen gab es wie Sand am Meer. Wer saß nicht auf dem Stuhl eines anderen? Wer lebte nicht von eines anderen Tod und aß von dessen Tellern? Das hier war Tel Aviv, nicht Brighton. Es war eine Geisterstadt mit Strandpromenade.

Sophie kletterte ächzend vom Stuhl und stand mit der Spraydose in der Hand im Türrahmen. Sie sah aufgekratzt und ein bißchen wahnsinnig aus, eine rotäugige, giftspritzende Medea. Wolfy legte das Geld, das sie ihm gegeben hatte, auf den Tisch.

»Ich kann das nicht annehmen.«

»Bist du *meschugge*? Was soll denn das auf einmal? Es ist der Anteil deiner Mutter, und jetzt gehört es dir. Also nimm es.«

»Ich möchte erst mit dir und Onkel Leo darüber reden, damit ich mir über ein paar Dinge klar werden kann.«

Ihr kleiner Mund lachte über das ganze Gesicht.

»Philosophie ist was für Bettler. Das hier ist für dich zum Leben, und zwar jetzt.«

Sie nahm das Geld und steckte es ihm mit einer behenden Bewegung in die Hemdtasche. Es war eine Geste, die er aus Filmen kannte, in denen das Geld mit einem Wimpernschlag von der Hand in die Tasche wanderte und die Korruption ihren unvermeidlichen Weg ging. Er nahm es. Er nahm es nicht nur, sondern gab dem Bestecher auch noch einen kleinen Kuß auf die feuchte, nach Mückengift riechende Wange. Sie war die große Schwester, Freundin und Beschützerin seiner Mutter. Sie trug den einflußreichen Gute-Nacht-Namen, der in allen Luftschutzkellern und Schlafzimmern Englands Trost gespendet hatte. Seine Mutter hatte nie schlecht von ihr gedacht, da war er sich sicher. Jeden Schritt, den ihre Schwester und ihr Bruder taten, hatte sie gerechtfertigt und war in vollstem Vetrauen zu ihnen gestorben. Wolfy glaubte nicht mehr an Gott, doch ein Ketzer war er nun auch wieder nicht. Also nahm er das Geld und ging.

12
Friedhofsjunge

Bis auf Rosa lagen alle auf irgendwelchen Friedhöfen. Mendl war in Jerusalem auf einem Hügel mit Aussicht begraben, und Rosa hatte beschlossen, daß man »für einen schönen Blick sogar die Halsabschneider bezahlen kann, die einen unter die Erde bringen«. Chaim und Frida, im Tode getrennt wie im Leben, ruhten in verschiedenen Abschnitten des *»Zementery«*, wie Rosa ihn nannte, der zur Klal-Yisroel-Gemeinde gehörte. Er lag in einem weitläufigen Londoner Vorort, in dem die niedrigen, gleichförmigen Häuser große Gärten hatten, die Menschen Kricket und Tennis im Park spielten, und Stauseen, Wasserwerke und Wälder näher waren, als man vermutete. Rosa war hin- und hergerissen zwischen der Zweckmäßigkeit der Londoner Vorortruhestätte – »das ist fast nebenan, weißt du« – und dem Glamour, mit El AL in der Sargklasse nach Ben-Gurion geflogen und wie eine Königin vom Flughafen nach Jerusalem überführt zu werden, um dort Mendls Panorama zu teilen. Mendl mußte es da einfach gutgehen, sagte sie, denn er war ganz nah bei seinem Vater, der direkt nebenan auf der anderen Seite des Hügels lag. Sie dagegen hatte keine Verwandten, deren Gräber sie besuchen konnte. Die lagen in einer Grube irgendwo in Polen, und das war ein wunder Punkt, denn die toten Verwandten nicht besuchen zu können war, wie als Waisenkind geboren zu sein.

»Warst du diesmal schon auf dem *Zementery*, Wolfy?« fragte sie Will, wie er sich, außer den wenigen übriggebliebenen Londoner Flüchtlingen gegenüber, inzwischen überall nannte. Hier aber war er noch immer Wolfy für die alten

Damen, die, wenn sie nicht gerade mit ihren Enkeln telefonierten, mit den Geistern ihrer toten Verwandten redeten und derweil die hochheiligen Hüte ihrer verstorbenen Männer langsam in den Schränken verstauben ließen.

»Nein, noch nicht.« Will war mit seiner Antwort vorsichtig. Für Rosa war er noch immer der Friedhofsjunge, der Mendl auf seinen unermüdlichen Reisen zu allen Friedhöfen, auf denen Väter, Mütter und Schwestern lagen und auf Besuch warteten, ein unverzichtbarer Begleiter gewesen war. Es war egal, ob der Friedhof in einem Londoner Vorort, in Jerusalem oder in Tel Aviv lag, »Wolfy weiß, wo Papa liegt«, »Wolfy findet das Grab von der *Mamme* schon«, »Frag Wolfy«.

Es fing in London an, als er noch zur Schule ging und seine Mutter, *»die Gottselige«,* zum Gedenken ihres Todes, noch vor Jom Kippur und diversen Feiertagen besucht werden mußte. Dieser Besuch fand immer an einem Spätsommersonntag statt, und die Busfahrt in den Vorort hinaus, der damals unendlich weit weg zu sein schien, war lang, heiß und genauso wunderbar anödend wie der Blick aus den Fenstern des Oberdecks. Mendl freute sich schon das ganze Jahr darauf, sich einmal aus Nordlondon davonstehlen zu können. Endlich konnte er mit Wolfy zusammen schweigen oder sich leise mit ihm unterhalten, anfangs über seine Schulnoten und in den späteren Jahren über die Lebenshaltungskosten und Obstpreise, über den Krieg oder die Hitze und Kälte in verschiedenen Teilen der Welt. Von Bernie sprach er fast nie. Vor allem aber konnte er sich von Rosa erholen, und das machte diesen Ausflug so kostbar. Er nahm mindestens zwei Sonntagszeitungen, Süßigkeiten, Äpfel und DAS KLEINE BUCH mit. DAS KLEINE BUCH war eine abgegriffene, zerfledderte Sammlung von Grabmeditationen und Fürbitten, 1910 in PIOTRKOW gedruckt und im kompliziertesten, geschraubtesten Hebräisch seit dem Mittelalter verfaßt. Obwohl Mendl kein Wort daraus verstand, ließ er nichts auf das

Büchlein kommen, denn schließlich enthielt es Gebete für jede Art von toten Verwandten und erwies sich deshalb als unverzichtbares Nachschlagewerk. Wolfys Aufgabe bestand darin, die richtige Passage für das Grab einer Schwester und Mutter zu finden. Das war schwieriger als gedacht, denn das KLEINE BUCH hatte kein Inhaltsverzeichnis, und selbst die Numerierung der Seiten schien sich nach rätselhaften Auslassungen, statt nach dem üblichen Eins, Zwei, Drei zu richten. Doch Wolfy, dessen Hebräisch besser war als Mendls, mußte etwas Passendes finden. Jedes Jahr nahm er sich vor, die rätselhaften Seitenzahlen aufzuschreiben oder wenigstens die Ecken umzuknicken, aber er vergaß es immer wieder, und so blieb ihm nicht anderes übrig, als das Büchlein von *Am Grab einer Mutter, die im Kindbett gestorben ist* bis *Von einem Ehemann am Grab seiner Frau zu sprechen, wenn er vor der Heirat mit einer anderen Frau steht* Seite für Seite durchzublättern, was quälend und deprimierend war. Die Gebete waren nicht nur unverständlich, sondern zudem auch noch ewig lang und stammten wohl aus einer Zeit, in der die Menschen noch abergläubischer gewesen waren und mehr Muße gehabt hatten. Deshalb nahm Wolfy sich die Freiheit, die Gebete für Mendl ein wenig zusammenzukürzen, und solange die Schlüsselbegriffe GESUNDHEIT, GNADE, ANDENKEN und ERHÖRE UNS nur oft genug auftauchten, hatte der nichts dagegen. War das erst einmal erledigt, bestand die nächste Schwierigkeit darin, das Grab zu verlassen, denn *»die Gottselige«* konnte nicht »Auf Wiedersehen, ihr geht jetzt wohl besser, sonst kommt ihr noch zu spät« sagen. Man mußte sich einen Ruck geben und hoffen, daß man nicht zu taktlos und unhöflich war. Also wartete man ein bißchen, legte einen Kiesel aufs Grab und ging davon.

Die Rückfahrt verging immer viel schneller, denn jetzt, da der Friedhofsbesuch hinter ihnen lag, konnte Wolfy seinen eigenen Gedanken nachhängen. Der Bus füllte sich mit Leben, und die Fahrgäste bestanden meist aus Familien, die auf dem Weg zu einem der Parks waren, oder aus Jungen und Mädchen in Sportsachen. Statt Zeitung zu lesen, versank Mendl auf dem Heimweg in tiefes Schweigen, das sich mit den enger werdenden Straßen, dem immer dichteren Verkehr und Rosas mit jeder Ampel näher rückender Präsenz zusehends verdüsterte. Er wäre den Tag über gern bei seiner toten Schwester geblieben, hätte gern an ihrem Grab gesessen, seinen Apfel gegessen und Zeitung gelesen, so als würde er ihr einen Krankenbesuch abstatten, an ihrem Bett sitzen und über ihren Schlaf wachen.

»Aber vor Jom Kippur gehst du doch noch auf den *Zementery*?« fragte Rosa.

Will saß in der Klemme. Er hatte sich geschworen: nie mehr Gräber, nie mehr Friedhofsjunge. Dieser Besuch in London sollte seine Befreiung von den Toten besiegeln. Immerhin war er weit über Vierzig und hatte selbst schon ein paar eingebildete Herzinfarkte hinter sich, weshalb sollte er sich also mit den Toten abgeben? Er hatte Wichtigeres zu tun, mußte seine Exfrau treffen, sich von seinen alten Freunden erzählen lassen, was für ein großartiges Leben sie führten, seiner Forschungsarbeit nachgehen und mit dem Bus durch die Stadt fahren und heimlich hinter der nackten hellrosa Haut der Cockneymädchen aus seiner Kindheit hersehen.

Doch Rosa wußte, daß er bereits in den Seilen hing, und schickte ihn auf die Bretter.

»Du kannst froh sein, daß du weißt, wo deine Eltern sind. Andere haben nicht so ein Glück; dabei hat mein Vater so vielen bei der Flucht aus Wien geholfen. Und wo, bitte, ist er jetzt?«

Sie starrte über seine Schulter hinweg und wippte mit dem Fuß, um ihre neuen Schuhe zu zeigen.

»Wer kommt mich besuchen, wenn ich einmal nicht mehr da bin? Bernhard? In Indien glauben sie an so etwas nicht. Die sitzen nur da und starren Löcher in die Luft. Da ist nichts mit Müttern und Vätern. Nur der große Meister.«

Sie sah hager und zerbrechlich aus. Wieder einmal hatte sie sich mit ihrem Friseur zerstritten, und so, wie ihr Haar Glanz und Fülle vermissen ließ, war auch der flattrige Singsang aus ihrer Stimme gewichen. Plattes Haar gleich flache Stimme, dachte Will und kapitulierte wieder einmal vor Wolfy, dem Friedhofsjungen. »Was soll das heißen, keiner kommt dich besuchen, Tantie Rosa. Außerdem bist du kerngesund und solltest an so etwas gar nicht denken. Vielleicht kommt Bernie ja auch bald wieder, und ich werde sowieso jedesmal *da* vorbeischauen, wenn ich in London bin.«

DA, das war das Codewort seiner Jugend gewesen und bezeichnete das Reich der Toten. »Bist du DA gewesen? Waren viele Leute DA? Du gehst besser noch einmal DA vorbei, bevor du fährst.«

DA konnte überall sein und sogar ein größeres Familiengrab beherbergen. Mendl hatte ihm seine Ankunft in Israel telephonisch mitgeteilt. »Hallo Wolfy, wie geht es dir? Wann fahren wir mal DA raus?« Damit war nicht der *»Zementery«*gemeint, sondern der imposante, labyrinthische Friedhof am Ölberg oberhalb der Schnellstraße nach Jerusalem. Dort lag Mendls Vater Nissan Gold, und sein Grab war so versteckt, daß nur Wolfy es finden konnte. Natürlich gab es auch ein KLEINES BUCH, ähnlich dem in London, das kryptische Wegbeschreibungen enthielt, die Mendls Schwester Sophie vor Jahren dort hineingekritzelt hatte. Ihre Karte sah aus wie eine zerquetschte Spinne, und ihre Angaben zu BLOCK-ABSCHNITT-REIHE waren derart verworren, daß selbst erfahrene Totengräber und professionelle Trauernde ihre Schwierigkeiten damit gehabt hätten. Dieses Zeichensystem aus Buchstaben und Zahlen war ausgestorben, und kein Lebender würde es je entziffern können. Doch Wolfy war ein Friedhofsjunge mit jahrelanger Spürerfahrung. Wenn er einmal ein Grab gesehen hatte, fand er es jedes Jahr wieder, wie ein Lachs, der zu seinem Laichplatz zurückschwamm. Er konnte sich diese Fähigkeit nicht erklären. Es war ihm einfach angeboren, sich an der Lage der Gräber, der Neigung der Grabsteine und dem Echo der eingemeißelten Namen, die langsam in der sengenden Sonne verblaßten, zu orientieren.

Einmal dort angekommen, stellte Mendl sich ans Kopfende des Grabes, um mit seinem Vater zu reden, und Wolfy und Rosa sahen ihm dabei zu. Er bat den alten Herrn, auf Bernie einzuwirken und ihn zurück auf den rechten Weg zu bringen. Er erzählte ihm, was alles passiert war, und erwähnte dabei ab und zu sogar etwas Erfreuliches. Er bat ihn um die Vergebung all seiner Fehler, und dabei legte er eine Hand auf den Stein und beugte sich darüber wie eine Mutter über eine Kinderwiege. Er weinte ziemlich viel. Rosa redete nicht mit dem toten Schwiegervater, sondern genoß die Aussicht und hegte ihren Groll. »Tja, manche Leute wissen eben, wo sie ihren Vater finden können.« Dann machte Wolfy ein Photo von ihnen: eine Vogelscheuche und ein Papagei vor einer Reihe weißer Grabsteine. Er fragte sich, wer sich diese Schnappschüsse jemals ansehen würde.

Zwischen der Kunstseide und dem changierenden Mauve in Rosas Wohnzimmer prangte ein neues Photo von Bernie. Es stand auf dem Kaminsims neben ihrem Lieblingsbild von sich selbst, das sie als heißen Feger mit keß in die Hüfte gestemmter Hand und schüchtern-verwegenem *Komm und nimm mich*-Blick zeigte.

»Ich wußte gar nicht, daß Bernie dir ein neues Bild geschickt hat«, sagte Wolfy.

»Grauenhaft ... das ist doch nicht normal ... schau dir das

an«, sagte sie und hielt es ihm hin. In weiße, traditionelle Gewänder gehüllt, badete Bernie im Ganges. Sein Kopf war komplett kahlrasiert, doch er sah gesund und kräftig aus, und der Photograph hatte sein spitzbübisches Lächeln eingefangen. Es war das Lächeln, das er Wolfy immer zugeworfen hatte, wenn er ihm beweisen wollte, daß Gott entweder die Erfindung von Feiglingen oder von Sadisten war. Wolfy drehte das Bild um und las: »Mögen uns breite Ströme des Friedens in die See der Ewigkeit tragen. Frohes Neues Jahr, Mami. Alles Liebe, B.«

»Er sieht gut aus«, sagte Wolfy, »er ist bestimmt glücklich.«

Sie schnaubte. »Wen wundert's, da muß ja auch keiner arbeiten. Warum hat er wohl nicht zu Ende studiert? Weil er nicht gerne arbeitet. Und überhaupt, das Wasser ist total verdreckt.«

Irgend etwas hier ist anders als sonst, dachte Wolfy. Sie hatte die Photographie doch tatsächlich auf den heiligen Kaminsims neben ihre Hochzeitsbilder und die Photos ihrer Eltern gestellt. Da stand Mendl, jung und proper wie eine frische Walnuß, die darauf wartete, von der Braut geknackt zu werden, und daneben, ein wenig verdeckt vom Panoramakalender Israel, stand Bernie bis zur Hüfte im Ganges. Die Jahre der Schande und Verleugnung gehörten der Vergangenheit an, Bernie war wieder eine lebende Person, wenn auch sehr merkwürdig gekleidet. Er war kein Tabu mehr, an dessen ferne Existenz man sich nur äußerst vage und erst nach hartnäckigem Fragen erinnern wollte.

»Vielleicht könntest du ihm schreiben und ihn bitten, eine Zeitlang zurückzukommen?«

»Damit jeder sich darüber das Maul zerreißt, was ich für einen faulen Sohn habe? Zuerst soll mal wieder ein einigermaßen ansehnlicher Mensch aus ihm werden, dann können wir weitersehen. Außerdem hört er doch sowieso nur auf dich, also solltest du ihm schreiben.«

Sie fegte sich unsichtbare Krümel vom Schoß, und Will spürte, daß es Zeit zu gehen war. Wie konnte sie auch ahnen, daß sie seit Jahren nichts voneinander gehört hatten? Wolfy war ihr nicht böse, daß sie sich nie nach seinem Leben erkundigte. Sie nahm die Welt um sich herum nur bruchstückhaft wahr, und ihren toten Vater sah sie öfter als ihre verbliebenen Freunde. All ihre Verbitterung lud sie auf dessen schwache Schultern und ließ das väterliche Schicksal, das so gewöhnlich und so vielen anderen gemein war, als einzigartige Ungerechtigkeit erscheinen, denn er hatte »so viel getan, um anderen zu helfen, und er selbst … nichts«. Damit wollte sie sagen, daß sie das gleiche Los erwartete und sie in irgendeiner Grube enden würde, verscharrt und von der undankbaren Welt vergessen.

Der Abschiedskuß erfolgte mechanisch, doch als sie Wolfy zur Tür begleitete, blitzte noch einmal ihr mädchenhaftes Lächeln auf.

»Bleib gesund und grüß … alle«, sagte sie, ohne genau zu wissen, wen eigentlich.

Am nächsten Morgen erwachte Will mit dem Wort DA auf den Lippen. Wann fährst du DA vorbei? Wolfy mußte hinfahren, denn es war mal wieder soweit. Nein, sagte Will, ich werde nicht hinfahren. Du erpreßt mich. Rosa weiß doch noch nicht einmal, was ihre rechte Hand gerade tut, wozu sollte ich also? Außerdem geben die Bells heute nachmittag eine Party, und ich muß mich noch mit Nina treffen. Aber für Wolfy war es Zeit: In den öden Parks würden sie Kricket und Tennis spielen, und während das übrige London gleichgültig in der Hitze dieses dunstigen Spätsommertages vor sich hin schmorte, würde der behäbige rote Bus das Totenschiff sein, welches Wolfy-Orpheus-Wolpheus in die Unterwelt bringen und ihm offenbaren würde, was nur den Auserwählten vorbehalten war.

Will versuchte, dem Ruf der Tugend durch Trödeln zu entgehen. Er nahm ein Bad, frühstückte lang, inspizierte eingehend die Bücherregale seiner Freunde, bei denen er wohnte, goß die Blumen und testete das Alarmsystem. Er schlenderte zum Kiosk und kaufte sich zwei Sonntagszeitungen, und als er gerade wieder mit gezücktem Schlüssel vor der Haustür stand, drehte er sich plötzlich auf dem Absatz um und trat seine Reise gen Norden an. Nach der U-Bahn der Bus, nach dem Bus der Fußmarsch, nach dem Fußmarsch die Suche, nach der Suche die Rückfahrt und »Auf Wiedersehen, Wolfy«, das war der Plan. Doch den Bus gab es nicht mehr. Es war der Eins-Vier-Irgendwas gewesen, aber die Haltestelle war weg, eine riesige, leere, von Fußgängersperren umzäunte Kreuzung hatte sie verschluckt. Dafür befand sich auf der anderen Straßenseite ein Busbahnhof mit mehreren Haltestellen, der aussah wie ein Spielzeugflugplatz. Darauf stand ein riesengroßer roter Bus. Will versuchte, sich an die alte Nummer oder wenigstens an die Straße zu erinnern, in der sie immer ausgestiegen waren. Er konnte den Fahrer wohl kaum fragen: »Fahren sie DA hin?«, und sich nach dem »Klal-Yisroel-Friedhof« zu erkundigen war zu riskant.

Der zerfledderte Straßenatlas in seiner Umhängetasche gab nur ein Wirrwarr an grauen Linien und Buchstaben her, das dem Stammbaum einer überaus fruchtbaren Familie ähnelte. Doch am äußersten Ende der Great Cambridge Road fand sein Daumen schließlich den Eintrag JÜD. FRDHF. Die eingezeichnete Bushaltestelle hieß CARTERHATCH LANE.

Vom Fahrer des riesigen Busses erfuhr er, daß er den Zweihundertdreiundneunziger nehmen mußte, eine vollkommen unbekannte Nummer, und sofort wurde ihm mulmig. Hatte der Fahrer ihn auch richtig verstanden? Vielleicht hatte er nur irgendeine Zahl dahergesagt, um Will auf eine endlose Fahrt in den hintersten Winkel Londons zu schicken. Aber der Bus kam, und außer Will stiegen noch ein paar alte Damen mit Blumensträußen ein. Er musterte sie argwöhnisch. Sie waren nicht die typischen Klal-Yisroel-Besucher; Blumen waren an diesem nüchternen Ort ebenso tabu wie Bilder der Verstorbenen und weinende Engel. Mit Schrecken dämmerte es ihm, daß es womöglich Friedhofsmädchen waren, die irgendwo entlang des Weges christlichen Gräbern eine Familienbesuch abstatteten. Besuchten Christen Gräber? Wolfy hatte nie darüber nachgedacht. In all den Jahren hatten Mendl und er im Bus immer oben gesessen und nie auf andere Grabbesucher geachtet, denn es gab nur ein DA, und *unsere* Toten waren die einzigen Toten, und das Läuten der Kirchenglocken sollte einen davor warnen, sich umzuwenden und wie Lots Frau zur Salzsäule zu erstarren.

Statt sich ins Oberdeck neben Mendls Geist zu setzen, hörte er den Gesprächen der Frauen zu, doch die unterhielten sich nur über Haustiere und Ärzte und stiegen irgendwann aus, obwohl weit und breit kein Friedhof zu sehen war. Jetzt traute Will sich nicht mehr, nach oben zu gehen. Die Route war ungewohnt, der Rhythmus von Halt und Anfahrt fremd, und auch die schemenhaft erinnerten Anhaltspunkte am Wegesrand waren nirgends zu entdecken. Es gab keine Kirchen und kein Glockengeläut, keine kurvigen Straßen durch ehemalige Dörfer, die langsam von den Vororten verschluckt wurden. Sogar die Fabrikgebäude sahen anders aus, einige waren verlassen, mit großen ZU-VERKAUFEN-Schildern vor den zerbrochenen Fenstern, andere hatten ihr verheißungsvolles, geschäftiges Aussehen verloren und sich in trödelige Verkaufslager für Möbel und Haushaltsgeräte verwandelt. Aber die Parks gab es noch. Leblos und ausgedörrt lagen sie in der Sommerhitze. Wo waren die Kricketspieler? Tot? Beim Mittagessen? Der Bus war jetzt fast leer, bog plötzlich von der Hauptstraße ab und kam auf einem riesigen Parkplatz zum Stehen. Will hatte das Gefühl, mit trockener Kehle und rasendem Puls mitten in der Wüste ausgesetzt worden zu sein. Zu allem Überfluß hatte er vergessen, Bonbons mitzunehmen. Konnte das die Endstation sein: ein Parkplatz, so groß wie vier Friedhöfe, und weit und breit kein Denkmal, nur ein rot-weißer Coca-Cola-Automat?

»Wo sind wir hier?« fragte er den Fahrer.

»Treevale Einkaufszentrum.«

»Fahren Sie noch weiter nach Carterhatch?«

»Klar.«

Will versuchte sich zu entspannen, aber die sinnlose Warterei machte ihn verrückt. Am liebsten wäre er ausgestiegen und hätte den Bus wie ein liegengebliebenes Auto die Great Cambridge Road hinaufgeschoben, um endlich etwas Vertrautes zu sehen, und sei es nur ein paar Grabsteine auf einer verwilderten Brache. Der Fahrer ließ den Motor an.

»Wie weit ist es noch bis Carterhatch?«

»Ein ganzes Stück.«

Will schloß die Augen und kämpfte gegen die Übelkeit. Er versuchte an seinen letzten Job an der Pennsylvania Prep School zu denken, und an Danae, die Krankenschwester, die ihm erotischen Ringkampf beigebracht hatte. Sie hatte erstaunliche Muskeln gehabt und sie gehegt und gepflegt wie ein Haustier. Sie hatte ihm einreden wollen, ihr Körperkult führe sie zur geistigen Erleuchtung, aber als es ihm noch nicht einmal ansatzweise gelang, so zu tun, als glaubte er ihr, ließ sie von ihm ab.

»Du glaubst an nichts, Will, und das wird sich wohl auch nie ändern«, stellte sie fest. Die Schule war, wie Danae auch, katholisch gewesen und hatte sehr viel Wert auf Glauben und fröhliche Gesichter gelegt. Will, der, nur was letzteres betraf, ein guter Schauspieler war, kam sich vor wie ein Saboteur auf einer Luxuskreuzfahrt, und nachdem er die Theatergruppe noch durch eine äußerst düstere Inszenierung von Doktor Faustus gequält hatte, verließ er die Schule.

»Das ist die Hölle«, sagte er laut, »und ich bin mittendrin«, worauf der Busfahrer mit einem lauten »Nächster Halt: Carterhatch« antwortete. Er war da, doch da war kein DA: Eine Kneipe an einem Parkplatz, ein paar Schrebergärten, eine Eisenbahnbrücke, Sozialbauten, Grünflächen, Schuppen, keine Gräber. Das war nicht der vertraute Weg, den er mit Mendl gegangen war und der sich sanft bergab durch bunte Gärten wand, um einen schonend auf das Tal der Toten vorzubereiten. Das war ein anderer Weg, schnurgerade und feindselig, und er war allein. In der flirrenden Hitze sahen die Grünflächen fahl und farblos aus, und die Schrebergärten schienen nahtlos in den unkrautbewachsenen Straßenrand überzugehen. Es war kein Mensch zu sehen. Wenn er jetzt hinfiel und das Bewußtsein verlor, würde keiner sich um ihn kümmern. Er lief schneller und kniff die Augen zusammen, damit ihm nichts von dem entging, was sich womöglich hinter den Häuserreihen verbarg. Inmitten dieser gesichtslosen Vorstadtkulisse lag unsichtbar ein geheimes Gräberfeld, auf das weder ein großes Tor noch eine steinerne Mauer hinwies, das wußte er, doch konnte er sich nicht erinnern, daß es so versteckt lag. Dann hatte er auf einmal eine Vision von Elefantenknochen. Zwischen zwei roten Backsteinhäusern blitzten sie plötzlich auf, ein Haufen grauweißer, ausgeblichener Gebeine im gelben, sonnenbeschienenen Gras. Da war es, baumlos, unbewachsen, flach, ohne eine Blume, einförmig, dichtgedrängt, ein Feld weißer Knochen, die sich als Steine tarnten, damit die Anwohner keinen Schreck bekamen.

Will lief noch schneller, er rannte den Weg hinauf, am Pförtnerhäuschen mit den ordentlich aufgereihten Schubkarren vorbei, an staubigen Hecken und großen Marmorplatten voller steingemeißelter Gebete entlang, und kämpfte sich ins Innere vor. Namen stürmten von allen Seiten auf ihn ein, Englisch auf der Rückseite, Hebräisch auf der Vorderseite der Grabsteine. Hier sind wir, riefen sie. Bist du gekommen, um mich zu besuchen? Hierher, Wolfy. Wir kennen dich noch von früher. Hast du einen Hut auf, Wolfy?

Wo zum Teufel lag sein Vater? Wills Orientierungssinn ließ ihn mit einemmal im Stich, Wolfy wäre das nie passiert. Die Stimmen verklangen, und das Flattern von Handtüchern, die ganz in der Nähe neben den Trögen einer Waschküche im heißen Wind wehten, trat an ihre Stelle. Irgendwo summte eine Motorsäge, oder ratterte da vielleicht jemand eine Passage aus einem KLEINEN BUCH herunter? Der Kies knirschte unter seinen Füßen, als er, auf der Suche nach den lang Verstorbenen, an den kürzlich Verstorbenen vorbei durch die leeren Reihen für die noch nicht Verstorbenen lief. Dann, ohne zu wissen, warum, wandte er sich plötzlich um und stand vor Chaim Helfgott, dem er nichts zu sagen hatte. Was jetzt? Er sah auf die Uhr. Es war die alte Omega seines Vaters, und er konnte ihr Ticken auf seinem Handgelenk spüren. Diese ganze absurde Unternehmung war reine Zeitverschwendung. Er war zu einer Party eingeladen und wollte seine Exfrau treffen, und seine tote Mutter mußte er auch noch besuchen. Er führte die Hand zur Stirn, salutierte wie ein Soldat und ging fort; zu spät fiel ihm ein, daß er vergessen hatte, einen Kiesel auf Chaims Grabstein zu legen.

Das Grab seiner Mutter hatte Wolfy immer sofort gefunden. Zwei Hände und zwei Kerzen waren in den Stein eingemeißelt, und darunter drängte sich eine Menge sehr schwarzer hebräischer Buchstaben, die bis zur Toten hinab in die Erde zu sickern schienen. Meistens hatte er sie schon vom Weg aus gesehen, neben dem Grab eines Freundes aus Wien, und Mendl hinter sich hergezerrt, um möglichst schnell dorthin zu gelangen. Aber damals war das Gräberfeld noch kleiner gewesen und das Unkraut spärlicher gewachsen, und die Steine hatten ordentlich in Reih und Glied gestanden. Jetzt konnte Will sie nicht finden. Der ältere Teil des Friedhofs war ein Durcheinander aus umgesunkenen

Steinen und verwilderten Pfaden, auf denen ruhelose Tote ihm den Weg versperrten. Alles endete im Nichts, keiner der Namen klang vertraut, und die Steine schienen größer, grauer und dreckiger zu sein. Zwischen den Reihen hindurch hatte man einst so bequem wie über den Korridor eines Bahnwaggons schreiten können, jetzt schien der Abstand zu einem schmalen Spalt zusammengeschrumpft zu sein. Steinsplitter hatten sich von den Grabplatten gelöst, und niemand schien die Toten daran hindern zu wollen, auszubrechen und alles unter dem Chaos ihres unterirdischen Schattenreiches zu begraben. Will drängte sie mit den Füßen zurück, trat Grasklumpen und abgebröckeltes Mauerwerk zur Seite und versuchte vergeblich, der Hitze der sonnendurchglühten Steine zu entgehen. Orientierungslos wanderte er umher und stieß auf eine Menge seliger, geheiligter, aufopfernder, mildtätiger, liebender Mütter, aber nicht auf seine eigene. Bist du schon DA gewesen? hörte er Rosa sagen. Ja, aber sie ist weg. Verschwunden. Rosa würde ihn verständnislos ansehen.

Er wollte sich setzen, aber nicht hierhin zu ihnen. Ein Kind, das Gittel hieß, lag, von Unkraut überwuchert, zu seinen Füßen. Bald würde niemand mehr seinen Namen lesen können. Fluchend zerrte Will an den sehnigen, widerspenstigen Ranken, bis seine Handflächen bluteten. Er gab auf.

»Entschuldige, Gittel, das nächste Mal bringe ich Unkrautvernichter mit.«

Er schaute sich suchend nach einem Kiesel um, den er auf ihr Grab legen könnte, und rammte seinen Absatz in die ausgedörrte Erde. Er hob drei Klumpen Dreck auf, einen für seinen Vater, den er vorhin vergessen hatte, einen für seine Mutter, die er nicht finden konnte, und einen für Gittel.

»Sag ihr, daß ich da war und sie nicht gefunden habe. Ich heiße Wolfy.« Der Klang seiner Stimme überraschte ihn. Warum um alles in der Welt redete Will mit der toten Gittel? Abgesehen von den drögen Versen aus dem KLEINEN

BUCH hatte selbst Wolfy nie mit den Toten gesprochen. Doch jetzt war er dem schieren Wahnsinn anheimgefallen. Demnächst würde er noch herumlaufen und nach Zeugen suchen, die ihm versicherten, daß er nicht verrückt war. Er mußte abhauen, bevor es noch schlimmer wurde.

Auf dem Rückweg machte er an der Waschküche halt und wusch sich das Blut von den Händen. Das tiefrote Rinnsal im Becken verblüffte ihn. *Schau, schau nur, hier fließt Wills rotes Blut den Abfluß hinunter.* Weit und breit war das der einzige Farbklecks auf dem gesamten Friedhof. Es war die neuerliche Besiegelung eines alten Paktes mit den Toten. Das Blut ließ sich fortwaschen, doch der Vertrag war bindend, egal, wie oft Will seinen Namen oder Wohnort ändern würde. Sie würden ihn immer finden.

Eingelullt vom Gemurmel der Fahrgäste und dem rhythmischen Ächzen des haltenden und anfahrenden Busses, fiel Will auf dem Rückweg in einen tiefen Schlaf. Er zankte sich mit Bernie darüber, ob es peinlich sei, in Unterwäsche schwimmen zu gehen. Bernie stand mitten in der belebten Stadt in Unterhosen auf einem Brunnenrand und fand das kein bißchen peinlich. Er machte sich über Wolfy lustig, der sich nicht ausziehen wollte und in der heißen Sonne zitterte. Beim Sprung ins Wasser riß Bernie ihm unter dem Gelächter der Umstehenden die Hosen herunter. Wills Kopf kippte nach vorn und schlug gegen die Stange des Vordersitzes; das Metall war warm und schweißig, so daß er mit der Stirn fast daran klebenblieb. Es war die gütige Geste eines Engels, der ihn vergessen machen wollte, was er gesehen hatte. Das Totenschiff hatte Wolpheus aus der Unterwelt zurück nach Turnpike Lane gebracht.

Wieder zu Hause fühlte er sich auf einmal verloren. Nina hatte ihm eine Nachricht hinterlassen und zum zweiten Mal abgesagt, und bis zur Party der Bells war noch sehr viel Zeit. Die Wohnung war zu eng und der Garten zu still, um ihn auf andere Gedanken zu bringen, also rief er Rosa an. Ein Zwitschern lag ihn ihrer Stimme, als sie ihm erzählte, daß sie einen neuen Friseur gefunden habe, der am Morgen bei ihr gewesen sei und regelrechte Wunder vollbracht habe.

»Stell dir vor, ich sehe jetzt aus wie Margaret Thatcher.«

Will faßte sich ein Herz und lud die Eiserne Lady ins Kino ein.

Es lief ein Film über eine Frau, deren verstorbener Liebhaber zurückkehrt und sie bittet, die Toten ruhen zu lassen. Das konnte etwas für sie beide sein.

»Ist der mit viel Gewalt?«

»Nein, aber möglicherweise gibt's ein paar Tränen.«

»Tränen bin ich gewöhnt. Laß uns reingehen.«

Sie verabredeten sich an der U-Bahnstation Camden Town, und Rosa tauchte wie eine Porzellanpuppe in einem Pulk schwarzgekleideter, tätowierter Jugendlicher aus dem Treppenschacht auf.

»Nicht einmal Bernhard hat sich so bemalen lassen«, sagte sie.

Den ganzen Film brachte sie damit zu, den Reißverschluß ihrer Handtasche auf- und zuzuziehen. Angesichts dieser Tortur mußte es sich um ein ziemlich widerstandsfähiges Modell handeln. Sie suchte nach Bonbons, Schlüsseln, Zetteln, Busfahrscheinen, Notizbüchern, Pillen und sonstigem Kram. Dazu stieß sie ihm jedesmal den Ellenbogen in die Rippen und wisperte ihm zu, daß sie dies und jenes nicht finden könne. Dann, nachdem sie es gefunden hatte oder auch nicht, lehnte sie sich für einen Moment zurück und rückte sich vollkommen abwesend die Brille zurecht. Dem nervösen Wippen ihrer übereinandergeschlagenen Beine und dem ständigen Herumrutschen nach zu schließen, war sie überhaupt nicht bei der Sache. Auch die Geräusche, die sie von sich gab, deuteten darauf hin, daß sie Zwiegespräche führte, die nichts mit dem Film zu tun hatten.

»Möchtest du gehen?« flüsterte er.

»Nein, der Film ist herrlich, so schöne Häuser.«

Er schämte sich dafür, daß er die Unverfrorenheit besessen hatte, zu glauben, sie könnte sich in einer fiktiven Geschichte wiedererkennen. Welche Geschichten brauchte sie denn schon? Sie war die einsame Heldin ihrer eigenen Romanze, Sissi, Romy Schneider und Margaret Thatcher in einem. Wozu brauchte sie anderer Leute gespielte Probleme, wenn ihr eigenes, wirkliches wie eingebildetes Leid sie Tag und Nacht mit haarsträubenden Szenen konfrontierte? Schon hörte er sie sagen: Dieses Mädchen aus deinem Film, was weiß die denn schon, wie es ist, den Ehemann zu verlieren? Mußte *der* etwa mit dem Flugzeug nach Israel gebracht werden? Mußte *der* etwa unbedingt und um jeden Preis neben seinem Vater beerdigt werden? Nein, diesen Mädchen von heute ist das alles egal, genau wie Bernhard.

Sie hatte recht. Die Schauspielerin spielte ihre Trauer perfekt, doch was hatte sie schon mit Hekuba am Hut und was Rosa mit ihr? In Rosas Dramen voller Betrug, Aufopferung und Entbehrung war sie selbst die einzige Zeugin und Überlebende und dazu noch Hauptdarstellerin und Opfer zugleich. Alles Leid war nur ihr widerfahren, und deshalb konnte sie es mit keinem teilen. Sie allein stand auf der Bühne, und nur Margaret Thatcher durfte mitspielen, die, zugegeben, keine Jüdin, aber dennoch die ruhmvollste und siegreichste unter den tragischen Heldinnen war. Jeder hatte versucht, sie zu hintergehen, selbst die Queen, und am Ende mußten alle schamerfüllt die Häupter senken, wenn Margaret ihnen vor Augen führte, was sie ihr angetan hatten.

Auf dem Rückweg verloren sie kein Wort über den Film. Rosa hing ihren Gedanken nach und schien das bunte Gedränge im Zug gar nicht wahrzunehmen. Will mußte sich zusammenreißen, um sie nicht zu schütteln. Jeder Versuch, eine Unterhaltung mit ihr anzufangen, endete bei ihrem Vater, den sie wieder auferstehen ließ, damit er sie in wundervolle Hotels in Paris und Budapest begleitete. Will fühlte sich nutzlos. Überall traf er Gespenster, selbst in diesem U-Bahnwagen voller schwitzender Lebender. Die gutaussehenden und symphatischen Filmschauspieler waren harmlos; was hatten die schon mit dem Tod zu tun? Rosas Vater aber war ein ruheloser Geist. Sie hatte ihm einen schicken Anzug und gute Schuhe verpaßt, so daß er mit ihr an glamouröse Schauplätze reisen und sich um seine schöne Tochter kümmern konnte. Wills Geister lauerten an zwei Fronten: Frida und Chaim auf dem Feld der Elefantenknochen, ewig getrennt und dennoch vereint in ihrer Enttäuschung über seine Untreue und Gleichgültigkeit; die anderen beiden saßen in einem großen roten Bus, der langsam durch die Vororte trudelte. Einer sah aus wie eine Vogelscheuche mit dicken, alten Sonntagszeitungen in der Jackentasche. Der andere trug einen Schulblazer und einen Hut und hielt einen nicht mehr ganz frischen Apfel in der Hand. Sie sprachen nicht miteinander, denn die wenigen Dinge, die sie sich zu sagen hatten, hatten sie sich schon oft gesagt. Sie sahen nicht aus dem Fenster, da die vorbeiziehende Landschaft ewig gleich blieb und sie sie ohnehin auswendig kannten. Die Parks waren grün, die Kricketspieler weiß und lose über das Feld versprengt, die Häuserblocks schmucklos und einförmig. Die beiden legten ihren immergleichen Weg zurück, doch sie stiegen nicht aus, denn sie würden Frida nicht finden. Also fuhren sie weiter.

Will und Rosa saßen ihrerseits in der U-Bahn. Sie waren noch am Leben und durchquerten einen stickigen Tunnel, auf dem die Stadt lastete, in die sie vor fünfzig Jahren geflohen waren. Damals waren sie Flüchtlinge gewesen, dann Fremde und Evakuierte, Durchreisende mit Koffern, unterwegs nach Irgendwo. Jetzt waren sie Pendler, doch keiner von beiden würde je wieder nach Hause zurückkehren. Das Zuhause war ihnen genommen worden, von bewaffneten Plünderen, von einer verblassenden und verklärten Erinnerung, von Unrast und Friedlosigkeit und nicht zuletzt von jenen Geistern, die die Lebenden enteignen und langsam die Welt erobern würden.

13
Will wandert

Will Halfgo lief durch seinen Londoner Straßenatlas. Die Straßen waren graue Linien, Insektenpfade, die kurvig und verschlungen in alle Richtungen führten. Es gab weder Häuser noch Gebäude, die ihn vom Spinnennetz der fein verzweigten Wege ablenken konnten, nur Namen und Abkürzungen füllten die ebene Fläche, die er Seite um Seite abschritt. Krkhs, Frdhf, Str, Promenade, Sackgasse – es war eine farblose Stadt, in der Parks und Teiche nicht mehr als winzige, von Schlaufen und Kästchen umschlossene graue Schnipsel waren, und selbst die Straßennamen mußten sich so dicht auf mikroskopischen Papierparzellen zusammendrängen, bis sie verschwommen und unleserlich wurden. Will kam sich riesenhaft und unbeholfen in diesem engmaschigen Gitter vor. Er glich einer ins Netz gegangenen Schildkröte, doch er lief weiter, auf der verzweifelten Suche nach einem Ort, den es zu finden galt. Bilder von Schauplätzen aus seiner Kindheit legten sich plötzlich als farbige Momentaufnahmen über das Liniengitter. Ein Luftschutzbunker, eine U-Bahnstation voller Menschen, die schlafend auf dem Bahnsteig lagen, ein hallendes Schulschwimmbad, ein von Gaslaternen beleuchteter Markt am Abend, ein dämmriger Park mit singenden, im Kreis sitzenden Kindern. Er konnte in diese Szenen nicht eintauchen, doch leuchteten sie grünlich, braun und karminrot vor ihm auf, ehe sie sich auflösten und auf der grauen Karte zu farbigen Klecksen zerliefen. Wills Füße waren bleischwer, und das Liniengewirr des Straßenatlasses hatte sich wie Fesseln um seine Knöchel gelegt. Es kostete ihn Mühe, weiterzugehen und sich von dem bleiernen Gewicht und der verwirrenden Straßenvielfalt um ihn herum nicht entmutigen zu lassen. Doch Will hatte keine Ahnung, was er eigentlich suchte. Petherton Road. Aberdeen Park. Green Lanes. Die Karte schleuderte ihm vertraute Namen entgegen, wies ihm jedoch keinen Weg. Hinter jeder Ecke offenbarte sich ihm etwas Neues, jedoch lud ihn nichts zum Verweilen und Ausruhen ein. Wo war das Fenster, das er stundenlang in der Hoffnung belauert hatte, sie käme endlich heraus? Blackstock Road. Holloway. Nein, dort nicht. Die Straße, die er im dichten Nebel entlanggegangen war und sich dabei wie ein Blinder an den Mauern vorangetastet hatte, war mit all den anderen verschmolzen. Straßenecken, die an Samstagabenden voller Kotzlachen waren. Vorgärten, die von wütenden Fans nach dem verlorenen Spiel platt getrampelt wurden. Noch ehe die Erinnerungen aufsteigen und lebendig werden konnten, verfingen sie sich im Netz der gesichtslosen Straßenkarte. Will konnte hingehen, wo er wollte, doch der Ort, den er suchte, würde ihm verwehrt bleiben. Es konnte der Baum im Park sein, unter dem sie das letzte Photo mit ihr gemacht hatten, um es den alten Herrschaften zu schicken und sie damit zu beschwichtigen. Die Jungs standen linkisch da, mit klobigen Knien und Armen, die weit aus den Ärmeln herauswuchsen. Die beiden Männer waren überflüssig. Einer drückte sich am Rand der Gruppe herum und sah aus, als würde er gleich aus dem Bild fallen oder davonschweben, der andere schien vor Trübsal, durch das Gewicht seiner Hängebacken und seines ausgebeulten Anzuges fast im Boden zu versinken. Die Frauen in der Mitte hielten ihre Jungen: Die eine hatte den ihren beim Kragen gepackt, als wollte sie sagen, der hier ist meiner, und versucht ja nicht, euch mit mir anzulegen. Die Hand, die auf seiner Schulter ruhte, schien dagegen schwerelos zu sein wie ein gerade vom Baum herabgeschwebtes Blatt, das gleich zu Boden fallen und zertreten werden würde. Ihr Lächeln glich einem klaffenden Riß, der ihr bleiches Gesicht in zwei Halbmonde zerschnitt. Sie trug ein strenges, blaues Kostüm, das an eine Schulleiterin oder eine Gesundheitsbeamtin erinnerte, doch in ihrem Blick lag nichts Autoritäres, nur der hohläugige Tod starrte dem Betrachter entgegen. Will durchquerte die Karte, um den Ort zu finden, an dem sie sich unter dem Baum beim Bahndamm hinter der Kirche zum letzten Mal in der fahlen Sonne aufgestellt hatten. Er würde sich nicht von Bushaltestellen oder Märkten oder dem Gedanken an das Sauerkrautfaß in Nissimovs vollgestopftem Laden vom Weg abbringen lassen. Will lief und konzentrierte sich verbissen auf ein zum Scheitern verurteiltes Vorhaben. Nichts, kein angestrengtes Nachdenken oder Laufen – mochte es noch so diszipliniert und gottvertrauend, völlig reinen Geistes und frei von Bürden sein – konnte den verschlungenen Pfaden der Karte trotzen. Laufen konnte keine Ruinen wiederaufbauen oder Tote auferwecken oder auch nur irgend etwas bewirken. Es würde ihn nicht zu den Gärten bringen, in denen Wolfy und Bernie in der Dämmerung grüne Äpfel geklaut und dann die enttäuschend sauren, trockenen Bissen auf die feuchte Erde gespuckt hatten, denn diese Gärten waren der Photographie ihres Todes gefährlich nahe. Also lief Will weiter und konzentrierte sich auf seine Aufgabe. Er war wie ein Sportler, der keinesfalls in eine schnellere Gangart verfallen durfte, um nicht disqualifiziert und unrühmlich nach Hause geschickt zu werden. Deshalb achtete er auf seine Schritte und war darauf bedacht, den einen Fuß ganz exakt vor den anderen zu setzen. Wie ein Mönch unterwarf er sich klaglos der Gesetzmäßigkeit des Gehens, das nach einer Weile zum Selbstzweck werden, sein Sehnen nach einem Ziel betäuben würde. Die Straßen wiederholten sich, und die Namen zogen sich aufs Geratewohl in die Länge oder drängten sich zusammen. Im Verzeichnis formierten sie sich zu Spalten.

Meistens behelligten sie ihn nicht. London ließ ihn im Stich. Er mußte seinen Straßenatlas allein durchwandern und bei jedem Schritt mit der trotzigen Hoffnung ringen, am Ende vielleicht doch noch seinen Weg zurück nach Hause zu finden.